KB057723

사다리가

놓인 창

서영은

청소년
현대문학선 022

사다리가 놓인 창

문이당

• • •

청소년 판을 내면서

그 당시 나는 오랜 독신 생활을 접고 결혼을 해서 남편의 집으로 생활의 터전을 옮긴 상태였다.

큰 거실에, 방이 일곱 개나 되는 집이었지만 나만의 방은 없었다. 현관 왼쪽에 붙어 있는 세 평 크기의 기사의 방을 수리하고 내 책상과 책장을 들여놓을 수 있었던 것은 1년이나 지난 뒤의 일이었다.

집안일, 손님 접대, 끊임없이 이어지는 낯선 사람들과의 대면 등으로, 새 환경에 적응하는 일이 쉽지 않았다. 그래도 내 방을 가진 뒤에는 힘들면 방에 들어와 책상 앞에 앉아 있곤 했다.

서향인 그 방의 창에는 바깥으로 방범 창살이 촘촘히 박혀 있었는데, 외부 침입자에게는 달갑지 않은 그 창살을 한식구처럼 끌어안으며 푸른 담쟁이넝쿨이 대각선 방향으로 뻗어나가고 있었다.

그리고 창 아래 담장 밑에 놓여 있는 개집에서 쇠사슬에 묶여 있는 개가 몸을 움직일 때마다 쩔렁거리는 소리가 들려왔다.

나는 창 앞에 앉아 쇠사슬이 쩔렁거리는 소리를 들으며, 넝쿨의 푸른 잎새를, 때로는 잎새 사이로 붉게 지는 노을을 바라보다 말고 문득 문득, 아, 삶이 참 두렵구나, 하는 생각을 했다. 그것은 막연한 두려움이 아니라, 돌이킬 수도, 피할 수도, 그렇다고 앞으로 나가기도 쉽지 않은, 오직 치러 내는 길밖에 없는 상황과 마주하고 있다는 두려운 깨달음이었다. 어찌어찌 살다 보니 와 있는 자리가 그토록 두려운 자리였던 것이 아니라, 살면서 어찌어찌 묻어 지내다가 명치를 겨누고 있는 칼처럼 단호하고 용서 없는 어떤 것이 자기 삶으로부터 불쑥 모습을 드러냈던 것이다.

뒤돌아보니 지난 세월 곳곳에도 수많은 창이 있었고, 그 창을 마주한 때의 마음이, 기억 속에 얼음이 녹은 뒤의 흔적처럼 남아 있었다.

「사다리가 놓인 창」은 마흔네 살의 내 앞에 놓인 창과 기억 속의 한 작은 창을 포개어 본 이야기이다. 스물을 갓 넘긴 주인공의 젊음은, 마치 큰 러시아 인형 안에 풍덩 빠지듯이 들어 있는 또 다른 작은 인형처럼, 내 안에 있음에도 어느 구석에 잦아든 것인지 알 수 없으리만치 멀고 아득했다. 하지만 상상이 많은 도움을 주었고, 무엇보다 자기 발밑이 백척간두와 같은 절체절명의 상황임을 문득 깨닫게 된다 해

도, 자기 안에서 끌어올린 힘, 그것이 있는 한 삶은 참으로 살아 볼 만
한 것이 아니었던가.

이 책을 읽는 독자들도 나와 함께 그 힘을 공유할 수 있기를 바란다.

2006년 1월

차례 사다리가 놓인 창

먼 그대

먼지 낀 유리창 너머로 바람이 세차게 몰아치고 있는 거리를 차분히 내다보며, 문자는 장갑을 한 쪽 또 한 쪽 끼었다.

빨 때마다 오그라들고 털이 뭉쳐 작아질 대로 작아졌기 때문에 그녀는 장갑 낀 손가락 새새를 꼭꼭 눌러 주어야 했다. 몇 년 전 이미 한차례 유행이 지나간 알록달록한 털장갑을 여태 끼고 다니는 사람은 그녀 주위에 아무도 없었다. 장갑만 구식인 건 아니었다. 소매 끝이 날깃날깃 닳아 빠진 외투며, 여름도 겨울도 없이 신어 온 쫄쫄이식 단화, 통은 넓고 기장은 짧아 발목이 껑뚱해 보이는 쥐똥 색 바지, 보푸라기가 한 켜나 앉은 투박한 양말, 서랍에서 꺼내어 얼찐거릴 때마다 반찬 내를 물씬 풍기는 가방 등, 몸에 걸치고 지닌 것마다 구멍만 뚫리지 않았다 뿐이었다.

문자의 이런 차림새는 사십 고개를 바라보도록 노처녀로 알려진 그녀의 입장을 더한층 측은해 보이게 했다. 아동 도서를 간행

하는 H출판사에서 문자는 영업부, 편집부 통틀어 최고참이었다. 입사 이래 현재까지 그녀는 줄곧 교정 일만 보아 왔다.

편집부 정원은 부장을 포함해서 일곱이었다. 그사이 문자만 제외하고 자리마다 얼굴이 수없이 바뀌었다. 대학을 갓 졸업한 축일수록 반년도 못 채우고 떠나갔다. 출근 첫날부터 의자가 기우뚱거린다, 화장실이 더럽다, 층계가 가파르다 등등의 불만이 하나씩 쌓여 가다가 나중엔 말끝마다 "이놈의 데 얼른 떠나야지, 더러워서 못해 먹겠어" 하고 구시렁거렸다 하면 견뎌야 한두 달이 고작이었다.

문자는 그런 나이 어린 동료들로부터 노골적으로 따돌림을 받았다. 그네들로서는, 가르마에 새치가 희끗희끗하도록 무엇 하나 이룩해 놓은 것 없이, 한평생 있어 봐야 별 볼일 없는 출판사에, 그것도 말석에서만 10년을 보낸 노처녀 동료가 있다는 그 자체가 자존심 상하는 일이었다.

그네들의 눈엔, 문자가 교정지를 앞에 하고 등을 쭈그리고 있을 때는, 그녀의 등 뒤에만 보이지 않는, 유난히 시린 바람이 회오리 치고 있는 듯이 여겨질 때가 많았다. 그리고 그녀의 턱 언저리는 늘상 소름이 돋아 까슬까슬한 것같이 보였다.

점심시간에 다들 우르르 몰려 나가 곰탕 한 그릇씩 먹고, 다방에 들러 커피까지 마신 뒤 사무실로 돌아와 보면, 두 손으로 뜨거운 보리차 컵을 감싸 쥔 문자가 그네들을 맞았다. 그네들은 문자가 측은하다 못해 마음이 언짢아져, 어쩌다 그녀 쪽에서 말을 건네 오면 심히 퉁명스럽게 내쏘았다.

그렇더라도 문자는 한 번도 기분 나쁜 표정을 드러내는 일이 없었다. 나이 어린 부장으로부터 이따금 민망할 정도로 면박을 받아도 늘 다소곳이 받아들였다. 동료 간에 그런 것처럼 사내 규칙에 대해서도 그녀는 한마디 불평 없이 성실하게 지켰다. 다른 동료들이 입 모아 사장을 험구하고 시설이나 월급에 대해서 불평을 늘어놓아도 그녀만은 잠자코 듣고만 있었다.

그런 그녀를 두고, 나이 어린 동료들은 문자가 밥줄이 떨어질까 봐 두려워해서 몸을 사리는 줄로 알았다. 그네들은 문자가 주눅 들고 처량해 보일 때마다 남몰래 자기 자신에게 다짐하곤 했다.

"나도 저렇게 될까 무섭다. 얼른 여기를 떠야지."

문자는 이제 창문으로부터 돌아섰다. 퇴근 시간이 20여 분이나 지났음에도 다른 동료들은 자리에 앉은 채 노닥거리고만 있었다. 퇴근 시간이 임박해지자 한참 전화가 오고 가고 하더니 저마다 약속이 된 모양이었다.

문자는 가방을 집어 들고 부장 쪽으로 다가갔다. 그가 다른 동료랑 하던 얘기를 끝낼 때까지 기다린 끝에 먼저 가겠다는 인사말을 남기고 사무실에서 나왔다.

계단을 서너 개 내려오노라니, 안에서 미스 최의 조심성 없는 목소리가 그녀에게까지 들려왔다.

"참 안됐어요. 토요일인데도 전화 한 통 걸려 오지 않구."

"집으로 가 봤자 반겨 주는 사람도 없을 테구."

"어머, 왜요? 결혼은 안 했더라도 가족은 있을 거 아녜요?"

"이런, 한 사무실에서 너무들 하시는군. 같은 여자끼린데 신상 파악은 하고 있어야지."

"본인이 가르쳐 주지도 않는데 어떻게 알아요?"

"하긴 나도 몇 다리 건너 들은 소리지만, 부모는 일찍 돌아가시고 오빠가 한 분 있었는데 수년 전에 이민 가고 그때부터 내내 혼자 처지인가 봐. 고생도 무지무지하게 하고. 지금까지도 용두동인지 어디에 세 들어 있는 방 전세금이 전부라나 봐."

"이상하다? 옷도 안 해 입고 도시락도 꼭꼭 싸 오겠다, 그만큼 알뜰하게 10년이나 직장 생활을 한 사람이 어째서 그 정도밖에 못 모았을까."

"이상하구 자시구, 남에게 신경 쓸 거 없이 미스 최나 뜸 들이지 말고 데꺽* 면사포 쓰라구."

문자는 그네들이 혹시나 이쪽에서 들었다는 것을 알고 무안해할까 봐 나머지 계단은 소리를 죽여 살금살금 내려왔다.

길에 나서니 바람이 생각보다 매웠다. 언제나 좁은 골목에 한두 대쯤은 정차하고 있어 행인을 불편하게 하던 승용차들도 보이지 않았다. 길 양쪽에 즐비한 밥집의 문전도 평일 같으면 드나드는

* 데꺽 : 일 따위를 서슴지 않고 하거나 쉽게 하는 모양.

14

사람들로 한창 북적댈 시간이었으나 한산하기만 했다. 어느 집 추녀의 못이 삭았는지 함석 귀가 들려 널뛰듯 덜컹거리는 소리만 자못 바람의 기세를 짐작케 했다.

그녀는 목덜미가 선득거리자 외투 깃을 올렸다. 회사 앞 골목을 빠져나오며 그녀는 생각했다.

'내 인생이 남 보기에 그렇게 안되어 보일 만큼 실패한 걸까?'

그러자 괜히 웃음이 터져 나올 것 같아 입술을 지그시 깨물었다. 자기가 동료들과 세상 사람들을 멋지게 속여 넘기고 있는 듯한 기분이 들었기 때문이다. 물론 그녀가 세상 사람들 앞에 은닉하고 있는 것은 남루한 옷차림의 이 도령이 도포 속에 감춰 가지고 있던 마패 같은 것은 아니었다. 또는 텔레비전이나 영화에서 가난한 여주인공이었던 여자가 알고 보니 무슨 재벌 총수의 딸이더란 식의 돈 많고 지위 높은 아버지를 감춰 두어서도 아니었다. 글쎄, 그녀로선 남들이 눈치 채지 못하는 자기 맘속의 어떤 그윽하고 힘찬 상태, 그걸 뭐라 해야 할지 알 수 없었다.

문자로선 유행의 흐름이란 데 따라 바지통이 넓어지든 좁아지든, 외투 길이가 짧아지든 길어지든, 또 동료들이 자기를 미스라 부르든 선생이라 부르든, 의자가 기우뚱거리든, 사장이 잔소리가 많든 적든, 그런 것은 정말 아무래도 좋은 일로 여겨졌다.

언젠가 자칭 '교정 박사'라는 비교적 나이 든 한 여자가 새로 입사했다. 그녀는 출근한 지 열흘도 못 되어 옆 자리의 남자 직원이

자기를 선생이라 부르지 않고 미스라 부른다고 대판 싸운 끝에 이튿날 사표를 집어던졌다. 문자는 삿대질을 하며 악악거리는 그녀를 멀거니 신기한 듯이 쳐다보며 이렇게 생각했다.

'남들이 자기를 뭐라 부르든 그게 무슨 큰 대수로운 일이라고.'

도로 자기의 교정지 위로 고개를 떨어뜨린 문자는 턱을 깊숙이 감춘 채 혼자 빙그레 미소 지었다.

타인의 눈에 자기가 형편없이 초라하게 비쳐지는 것을 의식할 때도 잠자코 맘속으로만 이렇게 생각했다.

'그래, 불쌍해 보여도 좋고 초라해 보여도 좋다. 너희 맘대로 생각해라.'

또 어떤 날은 출근해서 서랍을 열어 보면 쓸 만한 사무 용품들이 다 없어지고 몽당연필 하나와 볼펜 껍질만 소로시* 남아 있는 경우도 있었다. 그때도 그녀는 몽당연필 하나만으로 견디든가 자기 돈으로 다른 볼펜을 사 오면 사 왔지 절대로 내색하지 않았다. 그녀는 속으로만 이렇게 생각했다.

'그래 좋다. 내게서 필요한 것이 있으면 다 가져가라.'

다른 회사로 옮겨 가 부장이 된 옛 동료가 봉급을 더 많이 주겠다는 조건으로 몇 차례나 그녀를 끌어가려 했을 때도 문자는 한사코 거절했다.

'몇 푼 더 받겠다고 이리저리 철새처럼 옮겨 다닐 사람은 다니라

* 소로시 : '고스란히'의 방언.

16

지. 하지만 난 그깟 몇 푼 없어도 살 수 있어.'

일요일이나 공휴일에 일직을 하는 거며, 그 밖의 사내(社內) 궂은일들을 모두 슬그머니 그녀 앞으로 미뤄 놓고 달아날 때도 마찬가지였다.

'좋다. 그까짓 얼음물에 청소 좀 한다고 손이 떨어져 나가는 건 아니니까, 뺄 사람은 빼라지.'

물론 이보다 몇 배나 불리하고 괴로운 일을 당한 경우도 마찬가지였다. 그녀는 자기에게 지워진 어떤 가혹한 짐에 대해서도 결코 화를 내거나 탄식하지 않았고, 피하지도 않았다. 그녀의 억센 정신은 아직도 얼마든지 무거운 짐을 짊어질 수 있다는 듯이, 항시 무릎을 꿇고 있었다.

하지만 H출판사 직원들이나 주위 사람들이 보기에 문자는 그저 '죽은 듯이 가만히 있는 사람'으로만 보였다. 그네들은 아무도 문자의 그런 침묵이 '어떤 상황, 어떤 조건 아래서도 나는 살아갈 수 있다'는 절대 긍정적 자신감에서 기인된다는 것을 몰랐다. 더욱이 그 자신감이, 자신들의 키를 훨씬 넘어 아주 높은 곳에 있는 어떤 존재와 겨루면서 몇만 리나 되는 고독의 길을 홀로 걸어오는 동안 생겨난 것이리라고는 꿈에도 몰랐다.

아무리 그렇더라도 남에게 아쉬운 소리를 하는 일만큼은 문자로서도 너무나 곤욕스러웠다. 정말 저녁때까지는 무슨 일이 있어도 20만 원을 구해야 했다.

짓눌린 듯 무거운 맘으로 문자는 공중전화를 바라보며 걸었다. 한 청년이 전화에 매달려 통화를 하고 있었다. 그의 높은 웃음소리가 그곳서 꽤 떨어진 문자에게까지 들려왔다. 며칠 전 통화했을 때 이모는 분명히 확실한 어조로 잘라 말했다. 그러나 이제 다급해진 문자는 다시 한 번 더 이모에게밖에 매달릴 데가 없었다. 그녀의 사정을 가장 잘 알고, 이따금 급할 때마다 돈을 변통해 왔던 친구에겐 아직 갚지 못한 빚이 있어 더 이상 매달려 볼 염치가 없었다.

청년의 통화는 한정 없이 늘어질 듯했다. 상대 쪽에서는 빨리 오라고 조르는 모양이었고, 이쪽에서는 WBC 타이틀 매치 위성 중계를 놓칠까 봐 지금은 안 되겠다는 내용이었다.

청년의 등 뒤에 서서 시린 발을 동동거리며 문자는 건너 빌딩의 높은 꼭대기 위로 빠른 물살처럼 흘러가는 음산한 구름을 초조하게 바라보았다. 바람은 쉬 잦을 것 같지 않았다. 청년은 자기 주장대로 관철된 것이 흡족한 듯 담배를 한 대 피워 물고서야 공중전화 앞을 떠났다.

문자는 아직도 청년의 미적지근한 체온이 배어 있는 수화기를 집어 들었다.

"이모, 전화 또 했어요."

그 이상 할 말은 없었다. 찍찍거리는 잡음만 한동안 계속되었다. 이윽고 이모 쪽에서 "쯧쯧" 하고 약간 짜증스럽게 혀를 찼다.

"하여간 얼굴이나 좀 보자."

눈물이 핑 돌아 앞이 흐릿한데도 문자는 기를 쓰고 그래야 하는 듯이 누군가 전화 받침대에다 그려 놓은 낙서를 손톱으로 지우고 또 지웠다.

매달 얼마씩 가져가는 것 이외에 이따금 한수가 적지 않은 목돈을 요구해 오는 데 대해서 문자는 한 번도 그 이유를 묻지 않았다. 오히려 돈을 받아 넣으면서 불안해진 한수가 제풀에 화를 내곤 했다.

"젠장, 내가 뭐 이러고 싶어서 그러는 줄 알아. 두고 보라구."

그는 항시 이번만은 틀림없다고 전제하면서, 광산에 자금을 투자해 줄지도 모르는 유력한 자본주를 만나는 데 급히 필요하다고 했다. 문자에겐 그의 말의 진부는 아무래도 상관없었다. 옥조를 그가 데리고 있는 이상, 그를 도와줌으로써 옥조에게도 간접적으로 도움이 될 거라 여겼기 때문이었다.

설사 그가 집에는 한 푼도 들여놓지 않고 예전의 씀씀이대로 그 것을 하룻밤 술값으로 날려 버린다 하더라도 역시 상관없었다. 문자는 이제 그런 일 때문에 더 이상 마음 상하지 않았다. 한수는 그녀에게 천 개의 흉터를 내었을 뿐, 그녀가 그 흉터를 스스로 딛고 일어선 지금에 이르러서 그는 이미 그녀의 맘속으로부터 지나가 버린 그 무엇이었다. 그가 무자비한 칼처럼 그녀에게 낸 상처 하나하나를 딛고 일어설 때마다, 문자의 정신은 마치 짐을 얹고 또 없고 그러는 동안 자기 속에서 그 짐을 이기는 영원한 힘을 이끌어 낸 불사(不死)의 낙타 같았다.

그러나 한수는 문자의 주위 사람들이나 마찬가지로 그런 사실을 조금도 눈치 채지 못했다. 그는 바보스러울 만큼 착하다고 여겨지던 그녀가 딱 한 번 '무서운 여자다' 하고 생각된 때가 있었다. 왜 그렇게 생각되었는지 그 이유는 자신도 확실히 알지 못했다.

문자가 옥조를 낳은 지 한 달도 못 되어서였다. 그는 아내의 등을 떠밀어서 문자로부터 옥조를 빼앗아 오게 했다. 아내와의 사이에 1남 1녀를 둔 그가 새삼스레 그 자식이 탐났을 리는 없었다. 그는 옥조를 데려옴으로 해서, 문자를 영원히 자기 곁에 붙잡아 둘 수 있으리라고 계산했다.

데려온 핏덩이를 내려놓으면서 그의 아내가 상기된 얼굴로 말했다.

"세상에, 얼마나 변변치 않은 년이었으면 집 안을 그 꼴로 해 놓고 산단 말이우. 미리 겁부터 줄리고 뭘 좀 때려 부술까 해도 눈에 띄는 게 있어야지, 없다 없다 해도 손바닥만 한 경대조차 없는 여편네는 내 생전 처음이라니까."

한수의 아내는 말은 그렇게 했지만, 기실은 문자의 살림이란 게 캐비닛 하나뿐임을 보고 속으로 적이 안심했었다. 아무것도 없이 산다고 늘상 남편으로부터 들어 온 터이긴 해도 그녀는 설마 했었다. 왜냐하면 남편이 광업소 소장으로 있었을 무렵, 봉투나 값진 선물을 가지고 찾아오는 업자들이 문턱에 줄을 이었던 만큼, 그가 마음만 먹는다면 그쪽으로 얼마든지 빼돌릴 수도 있었기 때문이다.

그래서 한수의 아내는 남편 덕으로 뜻하지 않은 밍크나 악어 백이나 보석 같은 것을 몸에 휘감게 될 때마다, 혹시 그년이 나보다 더 좋은 걸 갖고 있는 게 아닐까, 하는 의구심이 치밀어 올라 남편 속을 슬그머니 떠보곤 했다. 그러다 한수는 광업소를 그만둔 뒤 자영(自營)해 보겠다고 중석 광산을 하나 사들였다. 그러곤 지녔던 동·부동산은 물론 집이며 선산까지 팔아 광산에 집어넣었다. 끼닛거리가 없어 자신에게 남은 마지막 보석 반지까지 팔아야 했을 때 한수의 아내는, 나만 이렇게 빈털터리가 되는 게 아닐까, 그년은 여전히 몸에다 보석을 휘감고 있는데 나만 거지꼴이 되는 게 아닐까 싶어 새삼스레 속이 지글지글 끓었다.

올케에게서 빌린 밍크와 악어 백으로 치장하고 용두동 개천가의 개구멍만 한 쪽문을 밀고 들어서, 한달음에 문자의 살림 속을 읽고 난 그녀는 그동안 공연히 가슴을 태웠다 생각하니 우습고 허전했다. 남편이 가져다주었음 직한 것은 정말 아무것도 눈에 띄지 않았다. 한때 방방마다 놓아 두었던 그 흔한 텔레비전 한 대도 없고 보면, 남편의 그녀에 대한 사랑이란 건 대수롭지 않은 게 분명했다.

그러나 한수의 아내는 애 엄마가 순순히 아기를 내놓더냐고 남편이 물어보자 매처럼 사납게 눈을 부릅떴다.

"순순히 안 내놓음, 지 년이 별 수 있어요? 호적에도 못 오른 년이 새끼를 낳아 놓고 할 말 하겠다고 들면 그게 되레 뻔뻔스럽지. 어쨌든 눈물 한 방울 안 흘리고 새끼만 잠자코 들여다보더니 딱 한마디 합디다. 아기가 한밤중에 깨어서 우는 습관이 있으니 그럴 때는 숟갈로 보리차를 몇 모금 떠먹이라나 어쩌라나."

한수는 그 얘기를 듣는 순간 아내에겐 들리지 않게 "하여간 맹추라니까. 제 속으로 난 자식인데 그렇게 맥없이 뺏겨?" 하고 중얼거리다가 단단한 쇠꼬챙이에 명치를 치받힌 듯 입을 다물었다. 갑자기 그 소리 없는 조용함이 간담을 서늘하게 하는 그 무엇으로 그의 가슴에 와 닿았던 것이다.

한수가 10년 전 처음 문자의 자취방을 드나들기 시작했을 때는 한겨울이었다. 유난히도 눈이 잦았던 그해 겨울을 문자는 거의 지붕 위에서 살다시피 보냈다. 눈이 쌓인 채로 놔 두면 그 물이 언제까지나 콘크리트 천장으로 스며들어 곳곳에서 낙수가 지곤 했다. 오르내릴 사닥다리도 변변치 않았고 고압선이 길게 늘어져 있어 위험하기 짝이 없는데도, 문자는 부삽을 들고 날개가 달린 듯 지붕으로 오르내렸다. 식당을 한다는 주인집 내외가 비죽이 웃으며 대청마루에 선 채 구경 삼아 쳐다보고 있거나 말거나, 그녀는 빨갛게 상기된 얼굴로 마치 춤추듯 가볍게 눈을 퍼서 지붕 아래로 집어 던졌다. 어쩌다 지나가던 행인이 흙탕물이 튀었다고 화를 내면, 날듯 뛰어내려 그의 바짓가랑이를 털어 주며 만족할 때까지 몇 번이나 사과하고 나서 또다시 지붕으로 올라가곤 했다.

또한, 헛간이나 다름없는 문자의 부엌에는 수도가 없었기 때문에 안집 마당에 있는 수도에서 일일이 물을 길어다 먹었다. 안집 마당으로 가자면 부엌 뒷문으로 나가서 높고 가파른 계단을 내려가야 했다. 이전에 세 든 사람에겐, 그 계단이 죽지 못해 오르내리는 굴욕의 사다리로 여겨졌었다. 그 가난한 여인들은 자신이 양손에 물 양동이를 들고 낑낑거리며 계단을 오르는데, 주인집 여자가 비죽이 웃으며 자기의 뒷모습을 주시하는 것이 무엇보다 싫었다.

그러나 똑같은 방을 빌려 사는 처지이면서도 문자는 그녀들과 전혀 달랐다. 그녀가 뒷문 앞에 나타날 때 보면, 무슨 좋은 일을 하다가 중단하고 나온 것처럼 항시 두 뺨이 발그레했다. 때로 그녀는 양손에 양동이를 든 것도 잊고 층계참에 서서 한참 동안씩 하늘을 쳐다보곤 했다. 그러고 난 뒤엔 두 뺨에 발그레한 빛이 안에서 불을 켠 것처럼 더욱 짙어졌다. 그녀가 계단을 내려오는 모습은 마치 몸속에 깃들어 있는 싱싱한 생명의 탄력이 음계를 밟고 있는 듯이 보였다

그래서 그 계단은, 그 위에 있는 아주 신비롭고 아름다운 세계를 그녀 혼자만 누리기 위해 외부로 나타난 부분을 일부러 조악(粗惡)하게 꾸며 놓은 것같이 보였다.

주인집과 그 집에 세 들어 사는 여느 식구들은 문자가 새벽같이

층계참에 나와 매운 연기를 마셔 가면서도 연탄 화덕에다 신 나게 부채질을 활락활락 해 대며 때로는 콧노래까지 흥얼거리는 광경을 종종 볼 수 있었다. 그도 그럴 것이 그 부엌의 아궁이에선 물이 솟았기 때문이었다.

아궁이뿐만 아니라, 지붕이며 방고래*를 고쳐 달랄 만한데도 문자가 혼자 힘으로 잘 참아 나가자, 주인집은 고마워하기는커녕 오히려 그녀에게 물 세, 불 세까지도 터무니없이 물리었다. 그래도 문자는 한마디도 따지지 않고 달라는 대로 선선히 내주었다. 마치 큰 여유가 있어 그만한 일은 불문에 부치는 것처럼.

때문에 한집에 세 들어 사는 여인들은 문자의 살림 형편이 겉보기보다는 훨씬 알심* 있을 거라고 추측했다. 어느 날 그녀들은 자기들끼리 짜고 불시에 문자를 찾아갔다. 방 안을 찬찬히 둘러본즉, 물이 스며든 천장은 페인트칠이 일어나 너덜거렸고, 녹슨 손잡이가 달린 캐비닛 이외에 이렇다 할 세간*이라곤 아무것도 없었다. 그녀들로서는 문자의 두 뺨에 서린 발그레한 홍조와 노래를 몸에 휘감고 있는 듯한 그 발랄한 생기가 어디에서 연유하는지 더욱 모를 일이었다. 그녀들은 문자가 수돗가에 나왔다가 떠나고 난 뒤에, 향기 좋은 꽃으로 가슴을 꾹 눌렀다가 뗀 것 같은 그 느낌을

---

* 방고래 : 방의 구들장 밑으로 나 있는, 불길과 연기가 통하여 나가는 길.
* 알심 : 보기보다 야무진 힘.
* 세간 : 집안 살림에 쓰는 온갖 물건.

24

어떻게 설명해야 할지 알 수 없었기 때문에, 그중 누가 엄지손가락으로 돌았다는 시늉을 해 보이면 거기에 전적으로 동의하는 듯 폭소를 터뜨렸다.

그녀들이 이미 확인한 바와 같이 문자는 남다른 무엇을 소유했던 게 아니었다. 그녀로선 무엇을 하든 그 일을 하면서 사랑하는 사람을 생각한 것뿐이었다. 콩나물을 다듬든, 연탄불을 피우든, 지붕 위의 눈을 치우든 그를 생각하노라면 어딘가 높은 곳에 등불을 걸어 둔 것처럼 마음 구석구석이 따스해지고, 밝아 오는 것을 느꼈다. 그 따스함과 밝은 빛이 몸 밖으로 스며 나가 뺨을 물들이고, 살에 생기가 넘치게 하는 것을 그녀 자신은 오히려 깨닫지 못했다.

한수가 그녀에게 오는 것은 단지 일요일 밤뿐이었지만, 그는 항시 그녀의 시렁* 위에 걸려 있는 등불이나 다름없었다. 시장에서 물건을 깎다가도 그녀는 '그가 만약 이 사실을 안다면' 하고 깎는 일을 그만두었고, 남과 다툴 뻔하다가도 그를 떠올리면 분노가 촉촉하게 가라앉았다.

이렇게 해서 월요일, 화요일…… 토요일을 보내는 사이에 그는 그녀의 존재 자체를 조금씩 연금(鍊金)시켜, 이윽고 일요일이 되었을 땐 그녀의 손길이 닿기만 해도 닿는 것은 무엇이든지 금빛

*시렁 : 물건을 얹어 놓기 위하여 방이나 마루 벽에 두 개의 긴 나무를 가로 질러 선반처럼 만든 것.

물이 들었다.

문자는 그가 미처 문을 두드리기도 전에 이미 그의 발걸음 소리를 알아듣고 미리 나가서 그를 맞아들였다. 그녀가 그의 옷을 벗기면 그 옷이 금빛으로 물들었고, 양말을 벗기면 양말이 그러했다. 뜨거운 물이 담긴 대야를 가져와 그의 발을 씻기면 그 발 역시 금빛이 났다.

그녀가 그를 위해 마련한 저녁상은, 가난한 자가 1주일 내내 거친 솔과 젖은 걸레로 마룻바닥을 힘들여 닦아서 번 돈으로 성전(聖殿) 앞에 켤 양초를 사는 것같이 마련된 것이었다.

한수는 그녀가 살코기를 집어 줄 때마다 입을 딱 벌려 받아 먹기만 할 뿐, 자기가 그녀의 입에 그 고기를 먹여 주려는 생각은 한번도 해 보지 않았다. 한수의 마음은 무디고 이기적이어서 온 방 안에 가득 찬 금빛을 보지 못했고, 가만히 있어도 그 침묵이 노래임을 알지 못했다. 심지어는 그녀의 몸을 만지면서도 잘 익은 과육에서 나는 것과 같은 향기가 자기 손가락에 묻어나는 것도 몰랐다.

그는 마치 돈 없는 주정뱅이가 어쩌다가 값싼 술집을 발견하고도 긴가민가하여 자꾸 주머니 속의 가진 돈을 헤아려 보듯이, 문자가 과연 자기가 줄 수 있는 것만으로도 만족하고 자기와 살아 줄 것인지를 알고자 끊임없이 탐색의 눈초리를 번득였다. 그는 이미 아내와 자식들이 있었으므로, 그가 문자와 더불어 지낼 수 있는 시간은 그가 빼내도 그의 아내가 눈치 채지 못할 만큼의 시간에 한정되어 있었다. 그는 또한 여당 소속 국회의원의 비서라는 그럴싸한 직업을 가지고 있었지만 수입은 보잘것없었다. 그래서 그는 문자에게 생활비 같은 것을 보태 줄 처지가 못 되었다.

그는 문자로부터 어떤 요구도 받은 적이 없으면서, 항시 이 여자가 내가 줄 수 있는 한도 밖의 것을 요구해 오면 어쩌나 하고 불안해했다. 그는 문자가 화장도 하지 않고, 모양도 내지 않고, 집 안에 값나가는 물건을 사 놓으려 하지도 않는 걸로 봐서, 욕심 없는 성격이라는 것을 간파했으면서도 여전히 경계를 게을리 하지 않았다.

그러던 차에 그가 모시고 있던 K의원이 장관으로 발탁되었고, 그의 도움으로 광산과 출신의 한수는 반관 반민의 동동 광업소 소장으로 임명되었다.

그의 수입은 이제 문자에게 정식으로 딴살림을 시킬 수 있을 만큼 풍족해졌다. 그는 멋진 새집을 사서 이사를 했고, 그의 아내와 자식들은 좋은 옷을 입었고, 가만히 앉아 심부름하는 사람들의 시중을 받았고, 과일과 케이크는 미처 먹지 못해 곰팡이가 필 정도로 지천이었다.

그럼에도 그는 문자에겐 아무것도 나누어 주지 않았다. 사과 하나, 귤 하나도. 이따금 그는 문자에게 가져가려고 무심히 과일 바구니 하나를 집어 들었다가도 도로 내려놓았다. 일단 그녀에게 무엇을 주기 시작하면, 혹시나 끝없이 요구의 손길을 뻗쳐 오지 않을까 겁이 났다.

문자는 여전히 그에게 아무것도 요구하지 않았다. 주인집에서 방 값을 올리자 그녀는 자기 힘으로 구해 보다가 끝내는 방을 옮겼다. 그사이 물가가 많이 올라서 문자가 그에게 예전과 같은 저녁상을 차려 내기 위해서는 자기가 1주일 살 몫에서 더 많이 쪼개 내야 했다. 그녀는 버스를 두 번 타는 대신 한 번만 타고 나머지는 걸었다. 그리고 점심도 라면으로 때웠다

반대로 한수의 몸에서는 날이 갈수록 기름이 번지르르하게 흘렀다. 그는 매번 올 때마다 구두를 갈아 신었고, 와이셔츠와 넥타이와 커프스 버튼과 내의까지도 달라졌다. 양복도 가지각색으로 늘어났다.

어느 날 문자는 시계를 보고 자리에서 일어나는 그의 내의 자락을 꽉 움켜쥐며 "가지 말아요. 오늘 밤만은 함께 있어 줘요" 하고 등에 얼굴을 묻었다. 그러나 이내 잡은 옷자락을 맥없이 놓아 주는 순간, 울컥 울음이 넘어오는 것을 간신히 참았다.

예전에는 문자의 손길이 닿는 것마다 금빛으로 물들었던 것이 이제는 그녀의 가슴을 미어지게 할 때가 많았다. 그녀는 그에게 옷을 입혀 주려고 옷걸이에서 양복을 걸어 내다 그 속주머니에 찔러진 두툼한 돈뭉치를 보고도 목이 메었고, 보자기에 싸서 아랫목에 묻어 두었던 그의 구두를 꺼내다가 밑창에 새겨진 고급 상표를 보고도 가슴이 미어졌다.

그녀의 맘속에서는 끝없는 해일(海溢)이 일고, 번개가 치고, 폭풍이 몰아치는 종말 같은 나날이 계속되었다. 아무도 없는 강가나 깊은 산속에 가서 목 놓아 울고만 싶은 슬픔이 그녀의 두 뺨에서 발그레한 홍조를 차츰차츰 스러지게 했다.

또다시 집값이 올라 하루 종일 방을 구하러 다니다 돌아오던 길에 문자는 소주 두 병을 샀다. 안주도 없이 단숨에 소주 두 병을 비우고 나서 그녀는 의식을 잃었다. 눈을 떴을 때 그녀는 자기가 눈부신 아침 햇살과 끈적거리는 오물 속에 누워 있음을 발견했다.

새로이 눈물이 괴어 올라 눈앞이 어룽졌다. 그녀는 이를 악물었다. 그때 그녀 속에서 낙타 한 마리가 벌떡 몸을 일으켜 세우며 외쳤다.

"고통이여, 어서 나를 찔러라. 너의 무자비한 칼날이 나를 갈가리 찢어도 나는 산다. 다리로 설 수 없으면 몸통으로라도, 몸통이 없으면 모가지만으로라도. 지금보다 더한 고통 속에 나를 세워 놓더라도 나는 결코 항복하지 않을 거야. 그가 나에게 준 고통을 나는 철저히 그를 사랑함으로써 복수할 테다. 나는 어디도 가지 않고 이 한자리에서 주어진 그대로를 가지고도 살 수 있다는 것을 보여줄 테야. 그래, 그에게뿐만 아니라 내게 이런 운명을 마련해 놓고 내가 못 견디어 신음하면 자비를 베풀려고 기다리고 있는 신(神)에게도 나는 멋지게 복수할 거야!"

회사에도 못 나가고 그녀는 이틀을 꼬박 누워 앓았다. 그 이튿날은 일요일이었다. 문자는 일어나서 아무런 일도 없었던 것같이 그를 맞기 위해 목욕을 하고, 시장에 다녀와서 은행 알을 깠다.

그날 저녁 그의 넥타이를 받아 옷걸이에 걸다가 문자는 그것에 꽂혀 있는 진주 넥타이핀을 발견했다. 그러나 그녀의 가슴은 이전처럼 미어지지 않았다. 마침내 그녀의 맘속으로부터 그가 가진 모든 것이 무관해졌던 것이다. 그가 누리는 모든 것이 그녀와 무관해졌다.

문자는 오로지 곁에서 담담한 맘으로 지켜볼 뿐이었다. 그의 끝없는 욕망이 그의 집 문전에 줄을 잇는 업자들의 선물 상자와 돈봉투를 딛고 자꾸자꾸 높아지는 것을.

어느 날 새벽에 라디오와 텔레비전에서는 베토벤의 「영웅 교향곡」 2악장을 끝없이 되풀이하여 들려주었다. 계엄령이 선포되었고 국회와 내각이 해체되었다. 그런 뒤 두 달도 못 되어서였다. 한수는 수염이 텁수룩하고 초췌해진 얼굴로 비틀거리며 문자에게 나타났다. 몸을 가누지 못할 만큼 취해 방바닥에 퍼질러 누운 그에게서 문자는 하나씩 옷을 벗겨 냈다. 갑자기 그가 문자의 옷자락을 움켜쥐며 목쉰 소리로 울먹였다.

"난, 이제 아무것도 아냐, 우리 집 문전엔 인적이 끊겼어. 그렇지만 너까지 날 괄시하면 죽여 버릴 테다."

이모가 목욕 중이었으므로 문자는 거실에 앉아 기다려야 했다.

30

그녀가 앉아 있는 소파는 보드라운 깃방석 같았고, 아라비아풍의 두툼한 양탄자가 깔려 있어 발밑도 포근했다. 모든 것이 포근하고 쾌적했다.

천장에서부터 내려뜨려진 하얀 망사 커튼 너머로 뜰의 나무들이 세찬 바람에 휘청거리는 것이 보였다. 이곳에서는 추운 바깥 날씨 조차도 아프고 시린 것이 아니라 쾌적하고 달콤하게 느껴졌다. 음산한 하늘에서 차츰 먹빛이 배어났다.

욕실에서 타일 바닥을 때리는 상쾌한 물줄기 소리가 들려왔다. 문자는 갑자기 등이 시리고 몸이 저렸다. 그러한 자기 자신에게 그녀는 이렇게 타일렀다.

'약한 사람들은 자신의 삶을 보드라운 소파와 양탄자와 금칠을 한 벽난로와 비싼 그림과 쾌적한 침대 위에 세운다. 그런 뒤엔 그 물질로 해서 알게 된 쾌적한 맛에 길들여져 그들은 이내 물질의 노예가 된다. 그들의 갈망은 끝없이 쓰다듬는 손길에 의해서 잠을 잘 잔 말의 갈기와 같다. 하지만 내 정신의 갈기는 만족을 모르는 채 항시 세찬 바람에 펄럭이기를 갈망한다.'

주방 쪽에서 슬리퍼 끄는 소리가 났다. 아줌마가 주스 쟁반을 들고 왔다.

"오랜만이에요, 아줌마."

"좀 자주 놀러 오시잖구. 애기는 잘 커요?"

"네."

"어쩌면 엄마를 고렇게 쏙 빼박은 것 같죠?"

"어떻게 아세요?"

"사진을 봤어요. 저기 사진이 있잖아요."

아줌마는 거실의 한쪽 벽을 가리켰다. 문자는 아줌마가 주방으로 되돌아갈 때까지 기다렸다가 장식장 앞으로 갔다. 다섯 살이 된 옥조가 생일을 맞았으므로, 문자는 한수에게 부탁하여 아이를 데려와서 하루 동안 함께 지냈었다. 사진은 그날 이모 집에서 찍은 것이었다

옥조는 이종들의 팔에 안겨 밝게 웃고 있었다. 옥수수처럼 고른 치열이 하얗다 못해 푸르렀다. 문자는 사진틀을 꺼내어 손에 들고, 먼지가 낀 양 손바닥으로 닦고 또 닦았다.

한수의 아내가 아기를 데리러 나타나기 며칠 전부터 문자는 밤마다 아기를 빼앗기는 꿈을 꾸었다. 때로는 아기를 안고 검은 옷의 괴한을 피해 산으로 들로 쫓겨 다니기도 했고, 때로는 아기를 이미 빼앗겨 실성한 듯이 찾아다니다 잠이 깨기도 했다. 잠이 깨어 보면 꿈속에서 질렀던, 자기 목소리 같지 않은 비명의 여운이 그저도 귓가에 맴돌고 있었다.

불을 켜고, 그 바람에 불빛에 눈이 시려 아기가 눈두덩을 옴찔옴찔 움직이는 것을 확인하고도 그녀는 여전히 그것이 꿈일까 봐 겁이 났다.

아기를 보고 또 보는 동안 악몽의 환영은 멀어지는 것이 아니라

더욱더 그녀를 옥죄었다. 당장 아기를 데리고 먼 곳으로 도망치고만 싶었다. 어느 순간 갑자기 문자는 누구에겐지 모르게 무릎을 꿇고 울음 섞인 목소리로 탄원했다.

"그러면 왜 안 된다는 거지? 나는 그동안 너무 힘들었어. 연명할 것만 남기고 나는 늘 빈손으로 지냈어. 내 손은 무엇을 움켜쥐는 버릇을 잊어버린 지 오래야. 하지만 이제 내 속으로 난 혈육만큼은 놓치고 싶지 않아. 위안받기를 거부하는 일이 이제는 너무 힘들어! 고통스러워!"

그러자 그녀 속에서 또다시 낙타가 우뚝 몸을 일으켰다.

"너는 할 수 있어. 도달하기 위한 높은 것을 맘속에 지님으로써 너는 고통스러울지 모르지만, 그 고통이 너를 높은 곳에 이르게 하는 사다리가 되는 거야."

그래도 문자는 고개를 가로저으며 계속 신음했다.

그러나 이제 딸의 사진을 보고도 문자는 담담하게 미소 지을 수 있었다.

타일 바닥을 때리던 줄기찬 물소리가 그치고 나서 욕실 문이 열렸다. 뜨거운 물의 쾌적함에 한껏 도취된 듯 이모의 눈빛은 약간 몽롱했고 우유빛 살갗에는 분홍색이 감돌았다. 그녀는 브러시로 잘 염색된 갈색 머리카락을 빗어 내리며 소파가 있는 데로 걸어왔다. 깃이 깊이 패인 비단 겉옷 사이로 나이를 멈춘 듯 피둥피둥하고 탄력 있어 보이는 앞가슴이 물결쳤다.

문자는 옥조의 사진을 가만히 제자리에 세워 놓고 돌아섰다.

"옥조는 끝내 그 집에다 놔둘 거니?"

거침없는 이모의 말투는 반드시 문자를 탓해서 하는 말은 아닌 듯했다. 문자는 무릎 위에 두 손을 가지런히 모아 쥐고, 다지고 또 다져서 표면이 탄탄하게 굳어진 땅과 같은 표정이 되며 짧게 대답했다.

"네."

"왜? 그 집에서 안 내놓겠대?"

"아뇨. 그쪽에서 데려가래요."

"그럼 잘됐다. 옥조만 데려오고 나서 그 사람과는 연을 끊어라. 그 사람은 이제 운이 다했어. 끌면 끌수록 너만 손해라는 걸 알아야 해."

"……옥조는 안 데려올 거예요, 이모."

"너 참 이상한 애다. 네 새긴데 가엾지도 않니?"

"가엾어요. 그리고 너무너무 데려오고 싶어요. 하지만 나는 그 아이를 데려옴으로써 나 자신을 만족시키고 싶지 않아요. 옥조를 내놓을 때 이미 그 아이는 제 맘에서 떠나갔어요. 그렇다고 그 아이를 사랑하지 않는다는 얘기가 아녜요. 제가 옥조를 사랑하는 맘은 여느 엄마들이랑 달라요. 얼마 전 칭기즈칸에 관한 전기를 보았어요. 그는 금나라를 치고 나서, 그 낯선 나라의 낯선 사람에게 자기 아들을 버리고 떠나더군요. 칭기즈칸으로 하여금 영원한 영웅이 되게 한 것은 아들을 버림으로써 사랑까지도 밟고 지나갈 수 있었던 바로 그 힘이었던 것 같아요. 소유에 대한 집념과 마찬가지로 혈육 역시도 초극(超克)되어야 할 그 무엇이라 여겨져요. 나는 꼭 누구랑 끊임없이 대결하는 긴장 상태 속에서 살고 있는 것 같아요."

"무슨 소린지 한마디도 모르겠구나. 주스나 마셔라. 아줌마, 나는 당근 주스로 갖다 줘."

문자는 이모의 살지고 나태해 보이는 손을 가만히 바라보았다. 뜨거운 물속에서 나른해졌던 손은 건조해지자 끝이 쪼글쪼글해졌고, 청회색 매니큐어 칠도 벗겨져 얼룩덜룩했다. 재미 삼아 손톱으로 매니큐어 칠을 긁어 내던 이모가 불현듯 생각난 듯이 목소리를 높였다.

"애, 참 그러잖아도 내가 전화할까 했는데 네 발로 왔으니 잘됐다. 너 이제 그쯤에서 결혼하면 어떻겠니? 마땅한 사람이 있단다. 시집가서 지금 옥조 아빠한테 쏟는 정성의 반의 반만큼만 남편한테 쏟아도 너는 귀염받고 잘 살거야."

설마 이 얘기를 하자고 오라 했던 건 아니겠지. 문자는 초조해져 창밖을 살폈다. 이제는 뜰의 나무들까지도 먹빛으로 변해 있었다. 한수는 집을 나서고 있을지도 몰랐다.

"어떻니? 그렇게 해 볼래? 나이는 쉰 살이고 애가 둘 있지만 할머니가 데리고 있댄다. 압구정동에 아파트가 한 채, 또 과천 가는 어디에도 목장을 할 만한 산도 있다더라. 직업은 변호사야. 한쪽 눈이 짜부라진 게 큰 흠이지만, 흠으로 치면 너한테도 그만한 게 있으니 쌤쌤이지 뭐."

이모는 문자에게서 좋은 반응을 기대했으나, 그녀는 수심에 찬 얼굴로 창밖만 바라보고 있었다. 돈 때문에 저러지 싶었지만 이모는 자기 쪽에서 먼저 돈 얘기를 꺼내고 싶지는 않았다. 이모는 나오지도 않는 하품을 짝 찢어지게 했다. 겸연쩍은 한순간을 그렇게 해서 넘겼다.

하품 소리에 문자는 창밖에서 이모에게로 눈길을 돌렸다. 하품 때문에 질척해진 눈가를 본 순간 그녀는 이유 모를 분노를 느꼈다. 그러나 다음 순간 그녀는 자기 속의 낙타가 그 분노를 지그시 밟고 지나가는 것을 느꼈다.

"이모, 내가 부탁드린 거 어떻게 됐어요?"

"돈 말이니?"

"네."

"나한테 없다고 했잖아. 하지만 아줌마가 나한테 맡겨 둔 거라도 가져갈 테면 가져가. 이자를 줘야 하는데 괜찮겠니? 5부다."

"네. 좋아요."

그러고도 이모는 선뜻 일어나려 하지 않았다. 손톱으로 매니큐어 칠을 긁어 내는 데 자지러져 있으면서 그녀는 여전히 흥얼흥얼 잔소리를 늘어놓는다.

"너 내 말 허술하게 듣지 마라. 이모라고 두 눈이 시퍼렇게 살아 있으면서 조카가 결혼한 것도 아니고, 그렇다고 안 한 것도 아닌 그런 상태로 일생을 지내게 할 수야 없지 않니? 지하에 계신 느이 엄마가 알아봐라, 날 얼마나 원망하겠니? 그리고 너 매일 돈에 쪼들리는 거 지겹지도 않니? 그 변호사한테 시집만 가 봐라. 팔자가 획 바뀔 텐데."

"네, 알아요."

이모가 이미 대답에는 신경을 쓰고 있지 않다는 것을 알고 문자는 맞장구만 쳤다.

"하여간 어렸을 때부터 네 속엔 괴물이 들어앉아 있었어. 가다가 진창이 있으면 돌아가야 할 텐데, 너는 발이 빠지면서도 돌아갈 줄 모르는 고집쟁이야."

"네. 알아요."

문자는 문자대로 다른 데 정신이 팔려 있었다. 리비아를 여행하고 온 사람이 쓴 글 중에 이런 구절이 있었다.

리비아는 국민 소득이 1인당 1만 달러였고, 인구는 3백만밖에 되지 않았다. 그 나라 정부의 절대 과제 중 하나는 인구를 늘리는 일이었다. 그래서 정부에서는 다산(多産)을 권장하는 한편, 사막의 오지에 사는 사람들을 도시로 끌어내기 위해 돈다발로 유혹한다. 푹신한 양탄자에 에어컨 장치에 안락한 침대에 꼭지만 틀면 수

돗물이 콸콸 쏟아져 나오는 집에서 편안히 살게 해줄 테니 제발 도시로 나오라고 간청한다.

그러나 사막에서 살아온 유목민의 상당수가 그 유혹을 뿌리치고 더 깊이 사막 속으로 들어간다. 대부분의 인간은 시달리는 것, 즉 갈증을 몹시 두려워한다. 그런데 그들만은 갈증뿐인 사막 속으로 더 깊이 파고든다. 사막의 갈증. 돌멩이조차도 타고 부서져서 모래로 변한 죽음의 땅. 해가 뜨면 땅과 하늘 사이는 분홍색 열안개의 도가니가 된다. 해가 지면 그 추위 또한 살인적이다. 사막 속의 인간이 열사(熱死)와 동사(凍死)로부터 자기를 보호할 것은 그의 살갗뿐이다. 그들은 무엇 때문에 이 갈증의 길을 스스로 택해서 가는가.

리비아는 조상 적부터 전해져 내려오는 전설 같은 지도가 있다. 그 지도에는 사막의 땅속 깊은 곳으로 흐르는 푸른 물길이 그려져 있다. 그들은 이 길을 신(神)의 길이라고 부른다.

사막의 오지에서 나오지 않는 사람들만은 이 푸른 물길이 어디에 있는지 안다고 한다.

문자는 이모에게 다시 한 번 더 돈 얘기를 상기시켜야 했다. 이모가 돈을 가지러 방으로 들어간 사이에 문자는 옥조의 사진을 한 번 더 봐 두려고 장식장 앞으로 갔다.

'가엾은 자식. 엄마가 네게 지운 짐이 너무 가혹하지? 하지만 너도 네 힘으로 네 속에서 낙타를 끌어내야 한다. 엄마가 너의 삶을 안락한 강변도 있는데 굳이 고통의 늪가에다 던져 놓은 이유를 그 낙타가 알게 해줄 거야. 그것이 사랑이란 것을 알게 해줄 거야.'

문자는 이모가 건네준 돈을 받아 가방에 넣고 나서 아줌마에게 고맙다는 인사말이라도 하려고 주방 쪽으로 돌아섰다

"애, 애, 넌 그냥 가라. 아줌마한텐 나중에 내가 얘기해 줄게."

당황한 이모가 문자를 만류했다. 문자는 어리둥절한 채 이모가 허둥거리며 쇼핑백에다 주워 담아 주는 과일을 받아 들었다.

"저어……."

셈을 치르려던 문자는 상점 주인의 망설이는 얼굴을 쳐다보았다.

"저어, 아까 아저씨가 들어가시면서 오징어 한 마리하고 고량주 두 병을 가지고 가셨어요."

"네, 알겠어요. 그건 얼마죠?"

"가만있거라 보자, 1,800원이군요."

찬거리를 들고 문자는 상점에서 나왔다. 다닥다닥 붙어 있는 집들의 노란 창문들이 그녀로 하여금 한층 더 지치고 피곤하여 쉬고 싶은 생각을 간절하게 했다. 그러나 한수가 와 있으니 쉴 수도 없으리라. 그는 요즘 들어 부쩍 허물어진 모습에 주사(酒邪)까지 늘고 있었다.

문자는 높고 가파른 언덕을 올라갔다. 가는 도중에 그녀는 고목 나무 아래서 다리를 쉬었다. 언제나 다름없이 신선한 영감이 가슴을 뿌듯하게 차올랐다.

그 고목은 몸뚱어리가 온전치 못한 불구의 몸임에도 늠름한 키에 풍성한 가지를 지니고 있었다. 그의 가지 하나하나가 모두 하늘을 어루만지려는 갈망의 손으로 보였다. 저토록 높은 데까지 갈망의 손을 뻗치기 위해서는 아마도 그의 뿌리는 자기 키의 몇 배나 깊이 땅속으로 더듬어 들어갔을 것이다. 생명수를 찾아 부단히, 차고 견고한 흙 속으로 하얀 의지를 뻗친 나무의 뿌리가 자신의 발밑에 맞닿아 있다는 것을 생각하면 문자는 시린 삶의 아픔이 가시는 듯한 위안을 느꼈다.

문자는 미처 집에 닿기도 전에 대문 안에서 얼굴만 내밀고 자기를 기다리고 있던 주인집 여자를 만났다. 가슴이 철렁했다. 역시 그랬다.

"아유, 속상해 죽겠어. 색시 저기 좀 봐요. 저기다 또 오줌을 누었어요. 개도 그러진 못할진대, 남의 집 얼굴이나 다름없는 문간에다 지린내를 진동 치게 해 놓다니. 우리는 둘째치고 담벼락 주인이 알고 쫓아올까 봐 무섭군요,"

"정말 죄송해요, 아주머니. 지금 당장 씻어 내겠어요."

문자는 부엌 겸 자기 방 출입문으로 들어가서 찬거리랑 가방을 내려놓고 대야에 물을 퍼 담았다. 주인집 여자는 여전히 눈초리에

독을 묻혀 가지고 서서 문자를 흘겨보았다.

지칠 대로 지친 육체에 굴욕의 비수가 꽂히자 감미로운 동요가 일어났다.

"고통의 사닥다리를 오르는 일이 다 쓸데없는 짓이라면? 이 길의 끝에 아무것도 없다면? 모든 것이 다 조작된 의미라면? 아픔과 고통의 끝이 또 다른 아픔과 고통의 연속으로 이어진다면……?"

그럼에도 그녀의 팔은 오랫동안 낙타의 지칠 줄 모르는 다리가 되어 왔던 까닭에 걸레질을 멈추지 않았다.

문자가 담장을 말끔히 씻어 놓고 안으로 들어가려니, 주인집 여자가 그제야 다소 누그러진 음성으로 그녀를 붙잡아 세웠다.

"색시, 잠깐만 기다려요. 편지 온 게 있어요."

잠시 후에 주인집 여자는 푸른 항공 엽서 하나를 들고 나왔다. 그것을 건네주며 그 여자는 밑도 끝도 없이 쌕 웃었다. 그 웃음은 또다시 문자의 가슴을 철렁하게 했다. 틀림없었다.

"이사 온 지 6개월도 안 됐는데 이런 말 하기가 뭣하지만, 이해해 줘요. 우리 아들이 방을 따로 쓰겠다고 자꾸 보채는구려. 복덕방비는 이쪽에서 물어 줄 테니 다른 데 방을 좀 봐 보려우?"

"네, 알겠어요."

문자는 선선히 대답하고 안으로 들어갔다. 발등이 터진 한수의 헌 구두를 집어 한쪽으로 가지런히 세워 놓고 방문을 열었다. 한수는 곯아떨어져 자는 중이었다. 빈 고량주 병이 머리맡에 나뒹굴었다. 그의 머리는 텁수룩하게 자라 귀를 덮었고 와이셔츠 깃은 때에 절어 있었다. 새우처럼 등을 구부리고 자는 모습을 바라보고 있는 동안, 문자에겐 이제야말로 내가 이 사람을 진정으로 사랑하는 게 아닐까, 하는 생각이 스쳐 갔다.

손에 들린 편지 생각이 난 것은 그다음 일이었다. 편지는 뜻 밖에도 미국에 간 오빠로부터 온 것이었다. 문자는 저녁을 지으려는 생각이 앞서 편지를 대강대강 읽었다.

"이건 무슨 편지야?"

밥상을 차리는데 방 안에서 그의 목소리가 들려왔다.

"오빠에게서 온 거예요."

"내용이 뭔데?"

"나보고 들어오래요. 자기가 하는 슈퍼마켓이 너무 잘돼서 손이 모자란대요."

"쳇, 지금까지 소식 한 장 없다가 겨우 손이 모자라니 와서 도와달라구? 당장 회답을 써 보내, 웃기지 말라구. 물주만 만나 봐. 그까짓 슈퍼마켓 같은 건 10개라도 차릴 수 있어."

탁, 하고 성냥불 긋는 소리가 들려왔다. 그가 짜증이 난 것은 편지의 내용 때문이라기보다, 돈을 구했는지 못 구했는지 빨리 말해 주지 않기 때문이라고 헤아려졌다.

밥상을 차리다 말고 문자는 방 안으로 들어갔다. 한수는 핏발이 선 눈길을 얼른 모로 비꼈다. 문자는 가방에서 돈을 꺼내 그에게 내밀었다. 그는 돈을 받는 즉시 담배를 신문지 귀퉁이에 눌러 끄고 벌떡 일어났다.

"저녁 다 됐어요."

"지금 몇 신데 저녁 타령이야. 다 늦게 들어와 가지구."

문자는 잠자코 그에게 윗도리와 외투를 입혀 주었다. 순간순간 그의 모질고 이기적인 성격을 엿볼 때마다 문자는 맘속으론 울고 입술로는 웃었다.

그가 단추를 채우는 동안 문자는 먼저 부엌으로 나와서 그가 신기 좋게 구두를 가지런히, 그리고 약간 벌려 놓아 주었다. 밥을 푸다 만 밥솥에서 김이 서려 올라 자욱했다. 문득 쓰라린 비애를 느꼈으나 그녀는 조용히 웃었다.

한수는 문자가 문밖에서 배웅하고 있다는 것을 알면서도 곧장 뚜걱뚜걱 계단 아래로 내려갔다. 그는 언덕을 내려가 잠시 후엔 시야에서 사라졌다.

그러나 문자에겐 그가 자기 시야에서 끝도 없이 멀어지고 있을 뿐인 것으로 느껴졌다. 그는 이미 한 남자라기보다, 그녀에게 더 한층 큰 시련을 주기 위해 더 높은 곳으로 멀어지는 신의 등불처럼 여겨졌다. 그리하여 그녀는 그것에 도달하고픈 열렬한 갈망으로 온몸이 또다시 갈기처럼 펄럭였다.

산행

1

깜박 잠이 들었나 보다. 눈이 뜨인 것은 어떤 소리 때문이었다. 어느새 창문에서 푸르스름한 새벽빛이 묻어나고 있다. 전등이 여태 켜져 있었나? 어마 이를 어째. 나는 무릎걸음으로 덮치듯 갓 전등 불을 끈다. 그래 봤자 전력은 이미 소모될 대로 됐을 것이다. 나는 낭패감에 젖어 멍하니 창문을 바라본다.

처음 이사 왔을 땐 창문이 커다래서 좋더니만, 이제는 커튼을 해 달지 못한 그 알 유리가 사뭇 썰렁하게만 보인다. 줄곧 해야지 해야지 하면서도 여태 그만한 여유가 돌지 않았다.

밤새 내린 비가 추위를 재촉했나 보다. 새벽 냉기가 제법 으스스하다. 나는 잠결에 흘린 일감을 도로 집어 들면서 불을 켤까 하다가 그만둔다. 간밤에 허무하게 전력을 낭비한 데 대한 오기다. 방 안이 충분히 밝아지려면 한 시간 정도 지나야겠지만 마음이 조급해서 날 밝기를 기다릴 수가 없다. 오늘 안으로 몇 푼이라도 쥐어 보려면 일을 끝마쳐 공예 집에 갖다주어야만 한다.

밝은 빛에 보면 꿈처럼 고운 색실 타래가 거무죽죽하게 죽어 겨우 식별할 만하다. 빨간색 매듭 걸이를 하나만 더 만들면 네 쌍이 채워진다. 매듭을 여물게 다질 때마다 손끝이 쓰라리다. 군살이 배기게 되면 아픔도 훨씬 덜해질 것이다.

"쏴아—."

나는 흠칫 놀라 귀를 기울인다. 이제 보니 아까 잠결에 들은 그 소리는 남편이 욕실에 가기 위해 문을 여닫은 소리였을지도 모르겠다.

"쑤르르 쏠쏠—."

물소리는 한참 동안 여음이 계속된다. 수압이 너무 좋아서 필요 이상으로 많은 물이 쏟아져 나온다. 그래서 나 자신은 욕조에 물을 받아 놓고 바가지로 그 물을 퍼서 쓰곤 한다. 남편에게도 그렇게 하라고 귀띔해 보았지만, 그는 번번이 내 귀띔을 무시해 버린다. 그렇다고 남편에게 두 번 세 번 같은 말을 되풀이하기는 싫다.

그보다는 내 편이 너무 지나치게 소심해진 감이 든다. 아닌 게 아니라 나는 눈을 뜨는 그 순간부터 집 안 보이지 않는 곳에서 소리 없이 돌아가고 있는 가스, 수도, 전기 미터기와 경주라도 하고 있는 듯한 기분이다. 일감을 들고 가만히 귀를 기울이노라면, 어디선가 윙윙 미터기 돌아가는 듯한 환청(幻聽)에 벌떡 일어나 뒤 베란다로, 두 계단 아래 있는 바깥 출입구로 가 본다.

뒤 베란다엔 가스 미터기가 있고, 바깥 출입구엔 전기 미터기가 있다. 거기엔 그 출입구로 드나드는 여섯 세대분의 전기 미터기가 아래위 3개씩, 두 줄로 벽에 부착되어 있다. 가스는 취사 때와 목욕물을 덥힐 때 이외엔 도통 쓰질 않으니까 쫓아가 봐도 내 기우였던 게 드러나지만, 전기는 그렇지 않다. 어디에도 불을 켜 놓은 데가 없을 듯싶은데도 미터기는 번번이 빙글빙글 돌아가고 있다. 올라와서 집 안 곳곳을 살펴보면 냉장고 콘센트가 끼워져 있는 것을 잊어버렸거나, 때로는 틀림없이 불을 끈 것 같은데 엉뚱하게 욕실 불이 켜져 있기도 하다.

이 집은 먼저 살던 집과 평수는 같아도 전등 수가 배는 더 많아서 벽에 부착된 코드도 그만큼 많다. 하나의 코드에 두 등분의 단추가 달려 있다. 욕실 코드엔 욕실 이외에도 현관 조명등을 켰다 껐다 하는 단추도 있다. 그래서 남편은 늘상 욕실을 쓰고 불을 끈다는 것이 오히려 아랫단추를 누르는 수가 있다. 나 역시도 방심할 땐 남편이 실수로 켜 놓은 현관 조명등을 끈다는 것이 오히려 윗단추를 눌러 욕실 불을 켜 놓곤 한다.

그러니까 내가 이 한심스런 경주에 말려든 것은 순전히 새집으로 이사 오면서부터이다. 우리가 13년 가까이 살았던 옛집은 단독주택인데 말만 단독이지, 벽이 곧 담장이고, 그 담장과 남의 집 사이는 한 걸음도 채 되지 않는다. 창문을 열면 남의 집 마당이요,

남의 집 안방 벽이다. 하늘은 두 집 추녀에 가려 실오라기만 하게 보인다. 거기다 마당은 손바닥만 했다.

처음 몇 년은 남의 집으로 전전하다가 내 집이라 하는 멋에 살았지만, 살다 보니 나무 한 그루 심을 수 없고, 불편한 것도 한두 가지가 아니었다. 집 살 적부터 돈이 모자라 방 하나를 세놓고 보니, 방 둘만 우리 차지였다.

가운데 방은 남편이 서고 겸 글 쓰는 방으로 썼는데, 이 방의 난방은 지하실에서 연탄 화로를 밀어 넣게 되어 있다. 연탄을 갈아 넣으러 지하실로 들어갈 때마다 나는 번번이 마루 천장 가로장*에 머리를 부딪치곤 했다.

살림이 옹색해서 짜증이 나면 나는 늘상 그 일을 들먹거리며, "하다못해 10평짜리라도 좋으니 아파트로 이사 가자"고 남편에게 졸라 댔다. 남편은 귓전으로만 흘리다가 나중엔 아예 딴청이었다. 나 역시 소설가에게 시집올 땐 헐벗고 굶주릴 각오는 되어 있었던 터여서 그다지 빼지는 않았다

그러나 한 해 두 해 겨울을 넘기기에 점점 꾀가 났다. 날씨가 스산해지면 지하실 연탄 갈아 넣을 걱정에 지레 심란해졌다. 지하실에 들어갔다 혹을 얻어 가지고 나올 때마다 내 맘속에선 어떤 위기가 위험 수위에 가까워지고 있었다. 말은 안 해도 가로장에 머리를 부딪쳐 쿵 할 때마다 그 소리는 내가 애타는 맘으로 남편에

*가로장 : 가로로 건너지른 나무 막대기.

게 호소하는 위험 신호였다.

그러나 두 해 전에 남편이 느닷없이 직장을 놓아 버리고 글만 쓰겠다고 들어앉았을 때, 아 이제 이사 가기는 영 글렀구나 싶어서, 나는 남편에게 밥상을 들이밀어 주고 부뚜막에 앉아 울었다.

그러던 어느 날, 지난 해 12월 중순께였다. 찬바람에 볼이 빨갛게 익은 남편이 밖에서 들어와 장갑을 벗으며 말했다.

"당신 지금 복덕방으로 가서 집을 내놓고 와."

나는 너무도 어처구니가 없어서 그를 멍하니 쳐다만 보았다.

"빨리, 급해."

그가 보채는 걸 보고 나는 짐짓 가슴이 철렁 내려앉았다.

"이 겨울에 누가 집을 보러 다닌다고 집을 내놓자는 거예요."

"그럴 일이 있어."

남편은 내 눈길을 피하면서 덧붙였다.

"친구 소개로 강남에 있는 아파트를 보고 오는 길이야. 값도 적당하고 우리 살기에 꼭 알맞아. 이 집을 1천5백 받는다 치고 융자 2,3백 끼면, 이사 비용 정도만 마련하면 되겠어. 이제 당신은 연탄 갈아 넣는 일로부터 영원히 해방이야. 여느 아파트하고 구조는 같은데 난방 비용은 반값밖에 안 든대. 기름 대신 도시가스를 사용한다나 봐. 엄동에 많이 때 봐야 6만 원 정도 나올 거래. 그 정도면 그다지 힘겨울 게 없잖아? 딴 데서 절약하면 되니까. 내가 술을 덜 마시든가 담배를 줄이지. 거기다 또 한 가지 좋은 점은 방마다 개폐기가 있어서, 열어 놓은 방만, 또 그 시간만 가스를 쓰면 되니까 쓰기 나름으론 2,3만 원 선까지로도 내릴 수 있대. 그러니 얼마나 좋으냐 말이야. 내가 진작 엄두를 못 낸 게 후회되더라고."

남편이 이러고저러고 하는 말을 나는 한마디도 귀담아 듣지 않았다. 오직 한 가지 점에서만 미심쩍어 나는 다그쳤다.

"당신 보고만 온 것 아니죠?"

"응, 계약금까지 걸었어."

"계약금이 어디 있었어요?"

"그전부터 장편을 달라던 데다 전화해서 선불금으로 1백만 원만 급히 달라고 했지."

"이쪽 집이 언제 팔릴지도 모르는데……" 하다가 나는 그만 입을 다물었다.

비단 어제오늘만의 일인가. 여느 땐 월급을 몽땅 써 버리고 집에 들어오지 못해 죽지 않을 만큼 수면제를 먹고 집 앞에 쓰러져 있기도 했고, 쌀이 없다고 하자 큰소리 탕탕 치고 나간 뒤 밤이 이슥해서야 안마사 같은 색안경을 끼고 나타나서 쌀 대신 쇠고기 두 근을 들이밀어 준다든가, 뭐 그런저런 주책스런 일이 끊일 새 없이 일어났다. 그러니 새삼스럽게 화를 내기엔 나 자신이 쑥스러울 지경이었다.

복덕방에 다녀온 내가 시름없이 "조급해 하지 말고 느긋이 기다려 보라"는 그들의 말을 전하자, 남편은 손마디를 딱딱 꺾으며 나보다는 자기 자신을 안심시키려는 듯 이렇게 말했다.

"괜찮아 괜찮아. 친구의 친구가 그 주택 회사 사장이라니 잘 봐 주겠지. 사장이면 끗발이 세잖아. 그건 그렇고 당신도 집 구경해 야잖아. 지금 가 볼까?"

집 구경이라기보다는 어떻게 궁한 소리를 해서 해약을 할 수 없을까? 하여 나는 남편을 따라나섰다.

강을 건너 허허벌판 같은 데 이르러 우리는 택시에서 내렸다. 동쪽으로 버스 두 정거장 거리쯤에 고층 아파트들이 밀집해 있긴 해도, 이쪽은 옛 시골 농가 몇 채와 새로 지은 호화 주택 몇 채 이외엔 허허벌판이나 다름없었다. 길 건너편에는 큰길로부터 약간 물러앉은 언덕바지에 3층 높이의 시멘트 건물 몇 동이 들어서고 있었다. 건물 외양만 겨우 갖추었달 뿐이어서 언제 집이 될지 바라보면 을씨년스럽기만 했다. 주위엔 언덕을 깎아 내린 흙더미가 여기저기 쌓여 있고 간혹 진창도 있는지 흙투성이 장화를 신은 인부들이 사다리나 물통을 들고 오락가락했다.

저거지 싶자, 나는 실망이 이만저만이 아니었다. 비록 해약하기로 맘먹긴 했으나, 내심 딴맘으론 베란다에 빨간 제라늄 화분이 놓여 있는 아담한 아파트를 그리며 왔는데…….

남편은 시답잖아 하는 내 표정을 흘끔거리며 열심히 꿈을 불어 넣으려 애썼다.

"저어기 보이는 저 숲 있지(그 숲은 영 딴 동네인 게 분명했다)?

거기엔 법원 청사가 들어설 거래. 그리고 이쪽 저기 보이는 저 건물이 S교대인데 그 곁으로 지하철이 지나간대. 그리고 그 뒤쪽으로 시청이 옮겨 온대. 그렇게만 되면 이 지역이 요지가 되는 거야. 거기다 이제 이 길로 지나다니는 버스도 생길 테고, 그러면 주거 지역으로 이만한 데가 어디 또 있겠어."

이미 내 결심을 한층 굳힌 터라 나는 남편의 말을 무시하고 잔인하지만 그의 주의를 을씨년스런 공사장으로 이끌어 왔다.

"당신은 아파트라 하더니 연립 주택이군요."

"아냐, 저게 어디 연립 주택이야, 아파트지."

"아파트는 5층 이상이라야만 아파트라 하는 거예요."

"그래? 난 몰랐어. 난 그저 많은 세대가 한군데 모여 살면 그게 아파트인 줄 알았지. 그나저나 아파트면 어떻고 연립 주택이면 어때?"

남편은 최근 사람들의 의식 속에 연립 주택에 대한 멸시 경향이 은근히 흐르고 있는 것을 모르거나, 알아도 싹 무시하거나 둘 중에 하나였다. 그러니 더 할 말이 없었다. 나는 다른 트집을 잡아야 했다.

"살풍경하고 도무지 정 붙일 데라곤 없어 보이는군요."

"짓는 중이니까 그렇지 다 지은 뒤를 상상해 봐. 모델 하우스로 데리고 가 봐야지. 아마 당신 맘도 그때 가선 지금하고 달라질 걸."

우리는 길 건너 벌판에 공사장과 이만큼 떨어져 있는 모델 하우스로 갔다. 매운바람이 거침없이 불어와 살갗을 찢었다. 남편은 괜스레 신이 나서 입을 하 벌리고 바람을 술처럼 들이켜는 시늉을 했다.

남편은 나를 벽에 붙여 놓은 도면 밑으로 데리고 가서 자기가 계약해 놓은 데를 손가락으로 짚어 보였다. '7동 205호'라고 쓰인 네모에 빨간색 빗금이 그어져 있었다. 그 도면상으로는 빨간 빗금이 그어져 있지 않은 데라곤 두 군데밖에 없었다.

한쪽에선 분양 사무소 직원이 다른 방문객과 상담하고 있었다. "1주일 뒤면 늦죠. 그건 우리가 보증 못해요. 내 손님 들으라고 하는 소리는 아니지만, 프리미엄 1백만 원 더 얹어 줄 테니 분양해 달라는 집이 한두 집이 아닙니다. 두고 보십쇼. 내년 가면 현재 시세 반은 따먹고 넘길 수 있습니다. 내가 뭣 하러 아주머님을 속이겠어요. 막말로 속였다 칩시다. 그래도 후회는 안 하실 겁니다. 이런 요지에 이런 분양가면 싸죠, 싸구 말구요. 그러니 이왕 걸음을 하신 김에 망설이지 말고 계약금만이라도 걸어 놓으시죠."

남편은 내 옆구리를 찌르며 눈을 끔벅였다. 들었느냐는 듯이. 그리고 갑자기 직원 앞으로 가서 절을 꾸벅 했다. 그가 미처 보지 못하자 남편은 그가 봐줄 때까지 몇 번이고 허리를 굽혔다.

분양 사무소 직원의 말투에서 묻어나는 허풍과 남편의 턱없이 덤벙거리는 태도는 나를 점점 더 불안하게 했다. 지난번 자신의 퇴직금을 덥석 사업하는 친구한테 빌려 줄 때만 해도 그랬다. 한 달에 이자가 얼마고, 그 이자면 두 식구 식생활은 넉넉히 꾸릴 수 있을 거라며, 이재에 독판 밝은 영악한 사람인 양 말치레를 해서 믿거라 하고 있었더니, 그 이자는 한 번 나오고, 두 번째 가서는 원금째 날아가 버렸다. 알고 보니 남편의 퇴직금은 도산 직전에 먹혀 누구 손에 들어간지도 모르게 흔적 없이 사라져 버렸던 것이다. 그는 남 못지않게 사리를 잘 알아차리는 듯싶다가도, 정작 딛어서는 안 될 함정을 만나면 영락없이 발을 헛놓곤 했다. 그는 자신이 애쓰고 거둬들인 볏섬을 달구지에 옮겨 실을 때까지는 낟알 하나라도 흘릴까 봐 벌벌 떠는 시늉을 하다가, 집으로 가는 동안 뜻하지 않은 구멍에서 낟알들이 새기라도 하면, 달구지를 세우기보다 새는 것이 더 재미있어 낄낄대며 더 빨리 소를 몰 사람이다.

그럴 때마다 나는 그와 함께 생의 어두운 질곡 속에 함께 거꾸로 처박히곤 했다. 그러곤 그 질곡으로부터 헤어 나오기 위해 몇 년씩 허덕거려야 했다. 때로는 굶주리면서까지. 나는 두려웠다. 새카만 절망이 그 낯익은 그림자를 다시 드리워 오는가 싶어서였다.

남편이 뭐라 하든 이번만은 절대로 그의 덤벙거리는 기분에 놀아나지 않겠다고 다짐하고 또 다짐했음에도, 나는 여기 모델 하우스와 현장을 둘러보고 나서는 언제 그런 결심을 했던가 싶게 마음이 돌변했다.

잠깐 둘러본 데 지나지 않았지만, 나는 그 안락한 입식 부엌과

옥내 욕실이 갖추어진 집을 맘먹기에 따라서는 나도 가질 수 있다는 꿈에서 좀체 깨어나고 싶지 않았다. 현장에 가 보고는 내가 그러한 것같이 남편에게도 그런 꿈이 있었을 듯싶다고 헤아려졌다. 남편은 항시 창문이 커다란 집이 소원이었다. 가능하다면 벽 한 면 전체가 창문이어서 밝은 햇빛, 맑은 하늘을 가득 담아 들이면 좋겠다고 했다. 그러던 그가 자기 소원에 가까운 집을 보고 왜 탐나지 않았겠는가.

그가 자기 방으로 쓰겠다고 점찍어 둔 곳에 들어서 보니 벽 전체가 창문이라 싶게 창문이 크고, 앞도 거침없이 툭 트여 있었다. 베란다 밑 서너 길 아래로 언덕길이 굽어보였고, 그 길 너머 시골 초등학교 운동장만 한 정구장이 있었다. 비어 있음에도 그것은 세심한 원정(園丁)의 손길에 의해서 산뜻하게 단장되어 있었다. 코트의 수는 10개 남짓한데 하얀 선이 너무 선명해서 바람이 스쳐도 횟가루가 묻어날 것 같았다. 2개의 초록색 기둥에 매어진 그물이 코트마다 있었지만, 끝이 일직선으로 이어져 10개가 하나같이 보였다. 정구장 둘레에 띠처럼 가꾸어 놓은 잔디밭이나 그 잔디밭에 촘촘히 심어 놓은 교목들도 원정의 자디잔 손길이 속속들이 쓰다듬고 지나간 흔적이 엿보였다. 국내 재벌 회사 전용 체육관 간판이 세워진 희고 납작한 건물이 정구장 한쪽 편에 있었다. 정구장 너머, 도로변에 늘어선 나목들의 잔가지 사이로는 새하얀 고속도로가 보이다 말다 했고, 그 고속도로 옆으로 거대한 무대의 세트

장치처럼 고층 아파트들이 우뚝우뚝 서 있었다.

난간 위로 몸을 기울이고 언제까지 앞만 바라보던 남편이 불현 듯 읊조렸다.

"아, 참 좋다. 저렇게 넓고 번듯한 땅이 비어 있다는 게 꼭 꿈만 같잖아? 이제 더 이상 바랄 게 없을 것 같아. 방 안에 앉아서도 하늘과 나무를 볼 수 있으니까."

나 역시 하늘과 나무를 보고 좋다 했던 먼먼 날의 촉촉한 감정이 되살아나는 것 같았다.

결국 우리는 '방 안에 앉아서도 하늘과 나무를 볼 수 있다'는 점과 가스 난방, 입식 부엌, 옥내 욕실에 혹해서, 일이 꼬이면 어떤 결과를 가져올지 짐작조차 할 수 없는 위태로운 모험에 뛰어들었다.

악몽 같은 겨울이 가고 봄이 올 무렵, 우리는 다행히 적자를 만났으나, 시세보다는 2백만 원이나 밑지고 간신히 집을 팔았다.

그사이 저쪽 집은 완공되어 끝전만 치르면 이튿날이라도 짐을 옮길 수 있었으나, 끝전이 마련되지 않아 우리는 두 번씩이나 남편 친구의 친구를 찾아가 사정하는 등 우여곡절이 많았다. 마침내 우리 집을 사서 오는 쪽으로부터 잔금을 받아 저쪽 끝전을 무사히 치를 수 있게 되자, 나는 꼭 죽었다가 되살아난 것만 같았다.

이제 남은 문제는 이삿짐을 싸고 옮기는 일뿐이었다. 나는 서서히 이삿짐 꾸릴 준비를 해 나갔다. 하루는 다락에서 잡동사니를 몽땅 끌어내 챙길 것은 챙기고 버릴 것은 버리고, 또 하루는 이불

홑청을 뜯어 빨고, 또 하루는 솥, 냄비 따위의 그릇들도 닦아야 할 것이었다.

수돗가에서 모래와 비누를 섞어 수세미로 냄비를 썩썩 문지르다 말고 나는 잠시 일손을 멈추었다. 흘러내린 머리카락을 추켜올리려는데 볕 바른 마루 구석에 쭈그리고 앉아 있는 남편이 보였다. 나는 깜짝 놀라 그를 다시 보았다. 그의 몸은 재처럼 폭삭 사그라질 것만 같이 기운이 하나도 없어 보였고, 오직 움푹 패어 거무스름한 눈자위에서만 사위는 불꽃처럼 희미한 안광이 스며 나왔다. 나는 며칠 전에도 남편으로부터 꼭 그와 같은 섬뜩한 느낌을 받았던 게 기억났다.

"여보."

겁먹은 목소리로 나는 가만히 남편을 불러 보았다.

"응?"

가물거리던 그의 눈에서 반짝하는 불빛이 되살아나고 그의 몸속 피톨도 다시 순환하기 시작하는 것 같았다. 그렇다 해도 그의 몸놀림은 바위 덩이처럼 무거워 보였다.

"당신 어디 아파요?"

"아냐. 잠을 못 자서 그래."

"그 신문 연재는 언제 끝나요? 빨리 끝내고 좀 쉬세요."

"그래야겠어. 영 고전이야. 간밤에도 밤을 해딱 새웠는데 다섯 장도 못 메웠어. 이런 때가 없었는데."

남편은 무겁게 고개를 절레절레 저었다.

"그럴 때도 있겠죠. 샘솟듯 글이 펑펑 쏟아지기만 해서야……."

"아냐, 그런 문제만도 아닌 것 같아. 뭐라 할까, 어떤 깊이 모를 심연이 내 속에 있어, 모든 것이 자꾸자꾸 그리로 흘러내리는 것만 같아. 스태미나도, 의욕도, 정열도, 꿈도, 절망도, 슬픔도 모든 게 다. 그렇게 가라앉는 대로 가만히 있는 게 편안하거든. 내가 왜 이럴까? 이게 늙는 징조일까? 아니면……."

심연? 처음 듣는 어휘였다. 이사 가는 일로 넋이 빠져 있는 동안, 내가 전혀 모르는 어떤 것이 남편의 내면 속에서 은밀히 깨어나고 있었던 것일까? 아니, 그는 벌써 내가 전혀 몰라볼 정도로 변신해 버린 건 아닐까? 밤사이 집을 옮긴 달팽이의 희미한 궤적을 더듬어 보듯 나는 요 몇 달 사이의 일들을 되살려 보았다.

청탁 관계로 오는 전화를 자신이 받으면서도 전화 잘못했다고 끊어 버린다든가, 누님 집에 얹혀 지내는 게 가엾다며 사흘이 멀다 달고 들어오던 친구를 대수롭잖은 일로 갈비뼈를 부러뜨려 놓아 파출소까지 갔다 온다든가, 이사도 가기 전에 빚돈을 내어 식탁, 융단, 옷걸이 등 가재를 사들여 놓고 어느새 그 물건들에 대한 애착이 싹 가신 듯 한쪽 구석에 밀쳐놓은 거라든가, 잠자리에서마저 고르지 못한 변조(變調)가 있었던 게 생각났다.

특히 친구를 흠씬 패 주어 갈비뼈를 부러뜨려 놓게 된 경위는 정말이지 나를 어리둥절하게 했다. 밥상을 들여다 주고 5분도 못 되어서였다.

"이게 연근이냐, 우엉이지."

"아니다, 연근이다."

하고 짜그락대는 소리가 들려왔다. 내가 듣기엔 남편의 주장이 틀린 것 같았다. 그러더니 잠시 후엔 어떻게 된 건지 불씨에 기름을 부은 듯 언성이 높아졌다. 그래도 나는 저러다가 말겠지 하고 개의치 않았다.

"이게 우엉이냐, 연근이지."

"아니다, 우엉이다."

두 사람은 핏대를 세워 소리 지르는가 싶더니, 조금 있다 쨍그랑 무엇이 깨지는 소리가 났다. 이어서 방문이 뜨르륵 열리고 남편이 친구의 멱살을 거머쥐고 마루로 나오더니, 퍽퍽 소리가 나도록 그의 가슴패기에 주먹을 먹여 댔다.

이 무렵 그는 친구들에게 미움을 사기로 작정한 사람처럼 이상하게 행동했다.

여자들도 둘이나 낀 '갈매회'라는 동인 모임이 있었는데, 그네들을 집으로 초대해 놓고 한 시간 전에 없어져 버렸다. 예정대로 친구들은 집으로 몰려와 방 안이 그득 차게 들어앉아 있었다. 나는 부엌에서 일하다 말고 대문이 조금만 덜컹해도 쫓아나가 보았지만 그는 아니었다. 하는 수 없이 먼저 상을 들여놓아 주고 부뚜막에 앉아 있노라니 전화가 왔다.

"갔어?"

그가 대뜸 하는 소리였다.

"도대체 어떻게 된 거예요? 나 혼자 이게 무슨 고역이에요?"

그러자 그는 되레 역정을 벌컥 냈다.

"그럼 아직 안 갔단 말이야? 어이 개새끼들."

잠시 후 그는 나타났다. 모인 친구들이 어떻게 된 거냐고 아우성치자, "내일 온다는 줄 알았다"고 태연히 대꾸했다.

"인마, 아까 니가 전화까지 받고 그래? 애가 변비라더니 아침에 똥을 못 눠서 해까닥 한 거 아니야?"

주객이 전도되어, 친구 하나가 술잔을 채워 그에게 권해도 손등으로 밀어내며 바락바락 우겨 댔다

"그건 니가 '까무러쳐 버렸다' 할 때 띄어 쓰는 게 맞느냐, 붙여 쓰는 게 맞느냐, 하는 걸 묻는 전화였지. 오늘 온다는 건 아니었어."

"야, 그 말끝에 내가 이따 만나, 그랬잖아. 그랬더니, 니가 그래라 우라질 놈아, 그랬잖아."

"언제 내가 그랬어. 내 사전엔 우라질이라는 어휘는 없어."

두 사람이 맞붙어 입씨름하는 동안 여느 사람들은 멀거니 지켜보다 서로 눈짓했다. 그러더니 슬금슬금 소지품을 챙겨 일어났다.

그네들이 가 버린 뒤 나는 남편에게 따졌다

"당신 나더러는 친구들이 오기로 했으니 뭘 좀 만들어 놓으라

고까지 했잖아요."

"당신마저 이렇게 따지기야. 그럴 수도 있잖아, 사람이."

어떻게 해서 그럴 수 있다는 건지 나는 지금까지도 이해할 수 없다. 남편의 친구들 역시도 그랬던 모양이다. 그 뒤로 그네들이 남편을 찾는 전화는 급작스럽게 뜸해졌다.

그렇다면 이 모든 것이, 그 어디론지 끝없이 흘러내리는 것 같다는 그런 기분과 관계된 걸까? 아니면, 자기 변덕에 지쳐 주저앉은 걸까? 그래, 너무 과로해서 그래. 나는 남편이 사로잡혀 있는 그 기묘한 상태가 내가 모르는 이유에서 비롯되는 일이 아니기를 바라며 자기 자신에게 타일렀다.

그날 오후, 나는 남편의 손을 잡아끌다시피 해서 우리들의 새집으로 갔다. 이사 들기 전에 집도 돌아봐 둘 겸 그에게 기분 전환이라도 될까 해서였다.

열쇠로 문을 따고 들어서자마자 남편은 곧장 베란다로 나갔다. 장판이니, 가스보일러 설비니 아직 미비한 것들이 있어, 내가 현장 사무소 직원을 만나고 돌아와 보니, 남편은 그저도 베란다 난간 위로 몸을 숙인 채 삭막한 체육관 뜰을 내려다보고 있었다. 그가 어찌나 잠잠한지 나는 다가가다 멈추어 섰다. 그것은 일시적인 침묵이라기보다, 자기 속으로 한없이 침잠하여 무엇으로도 흔들 수 없는 그런 고요함인 듯싶었다. 그가 한없이 멀게 느껴지자 가슴이 사르르 하도록 쓸쓸한 물결이 지나갔다.

가만히, 숨소리도 죽인 채 가만히 서 있었음에도 남편은 내가 돌아온 것을 알고 있었다. 그는 조용히 이상스럽게 미소 지으며 나를 돌아다보았다.

"이봐, 일루 좀 와봐."

"당신은 아무래도 여기다 서재를 차려야겠어요."

"이제 보니 이쪽 뒤켠으로 과수밭이 있군. 아, 빨리 저리로 좀 거닐어 봤으면. 가만히 잘 봐. 나무들 사이사이로 노르께한 연두 색 안개가 서려 있지? 가까이 가면 아마 수액(樹波) 냄새가 향긋 할 거야."

"그러세요, 그쪽만이 아니라 저기 고속도로 곁으로 오솔길도 있어요. 아침에 일찍 일어나 산책도 다녀 보세요."

내가 이쪽저쪽 손가락질해 가며, 기실은 자기 속의 공허함을 감 추기 위해 드높은 목소리로 떠들고 있을 때였다. 삐리- 삐리삐리 하는 종달새 노랫소리가 현관 쪽에서 났다.

"누가 왔나 봐."

"이상하다, 올 사람이 없는데."

현관 밖에는 서른 안팎의 여자가 낯설어하며, 미소를 띠고 서 있었다. 여자의 몸에서 튀김 기름 냄새가 났다.

"저기 여기 옆집에 사는 사람인데, 댁에서 이리로 오실 건가 요?"

"네."

"언제쯤 이사 오세요?"

"나흘 뒤에요."

"그럼 이사 오신 뒤에 말씀드릴까?"

여자는 비친 말을 도로 거두려고 했다.

"무슨 말씀이신데요?"

"얘기가 좀 긴데……. 우리 집으로 함께 가시겠어요. 그쪽은 앉을 만한 데가 없죠?"

"네, 그럽시다."

집 안으로 들어가자 튀김 기름 냄새는 더욱 짙어졌다. 열린 방문을 통해 번들거리는 자개장롱과 전신 거울과 울긋불긋한 커튼이 퍼뜩 보였다. 여자는 그 옆방으로 나를 안내했다. 피아노와 장식장과 푹신한 안락의자들이 갖춰져 있었다. 남편이 자기 방으로 점찍어 둔 바로 그 방과 같은 방이었다.

"다름이 아니라……."

양말에 구멍이 뚫린 것을 여자에게 보이기 싫어서 나는 바닥으로 내려앉아 치마로 발을 감쌌다.

"이리로 이사 오는 우리 모두에게 문제가 좀 있어요. 댁에서도 얘기 들으셨죠? 이곳 난방 시설이 기름을 쓰는 게 아니라 가스를 쓴다는 거 다 아시죠? 그리고 제일 추울 때 많이 써 봐야 6만 원 정도라는 얘기도 들으셨겠구요. 저희는 K아파트에 살다가 아이들 학군 때문에 이곳으로 이사 왔어요. 어제가 이사 온 지 꼭 두 달째 되는군요. 그런데 가스를 때어 보니, 말 듣던 것과는 생판 달라요. 저쪽 집에서는 한 달 12만 원이면 충분했는데 여기선 똑같은 기간에 26만 원 내지 30만 원도 모자랄 지경이에요. 그것도 하루 종일 때는 게 아니라 절약하고 절약해서 하루에 열 시간 안팎으로만 불을 때는데도 그래요."

말을 듣고 있는 동안 나는 온몸에서 힘이 새어 나가는 듯 휘청거렸고 눈앞이 어찔어찔했다. 나는 간신히 한마디 했다.

"그럼 어떻게 하면 좋죠?"

"그래서 여기 먼저 이사 온 사람들끼리 각계에다 진정서를 냈어요. 댁에서도 이제 이사 오시게 되면 그런저런 일에 협조를 해 주어야 될 것 같아요. 제가 그 문제를 처음 들고 일어났다고 해서 뜻하지 않게 자치회장 직을 맡게 되었어요. 힌두 집도 아닌데 무슨 수가 있겠지요. 너무 염려 마세요. 우리는 다행히 아빠 월급 외에도 집세 들어오는 게 있어 여차해도 얼어 죽지는 않겠지만, 여느 댁들은 모두 봉급 받아서 생활하기도 빠듯한데, 난방비를 30만 원 씩 내고 어떻게 사느냐고 아우성이에요."

"그렇다고 지금 와서……."

말끝도 맺지 못하고 나는 황망히 일어나 나왔다. 어쩌나, 이를 어쩌나. 나는 입속으로 같은 말만 되풀이 굴렸다. 나는 한참 동안 현관 밖에 우두커니 서 있었다.

남편은 싱크대 위에 걸터앉아 나를 기다리고 있었다.

"무슨 일이야, 왜 그래?"

"옆집에 사는 여자래요."

"그런데 무슨 일이 있어? 당신 안색이 아주 창백한데."

나는 서 있을 수가 없었다. 나는 방으로 가서 맨바닥에 주저앉았다. 남편도 내 곁으로 와서 앉았다. 그는 아직 영문을 몰라 그저 내 입이 열리기만 기다렸다.

이 말을 어찌 남편에게 옮기나. 그의 충격인들 오죽하랴. 생계를 이을 수단은 오직 그의 붓끝뿐인데. 붓끝이 잘 나가지 않는다고 한다……. 세상이 온통 그늘에 잠겨 버린 듯했다. 아니면 시간이 그만큼 지난 걸까? 하늘이 어두워지고 있었다.

"저기 있잖아요. 여기 옆집에 사는 여자 말로는 자기네가 이사 온 지 두 달 됐는데 그동안 가스를 써 봤더니……."

"30만 원? 30만 원 정도라? 하는 수 없지. 이제 해약할 수도 없는 일이구."

남편은 뜻밖에도 덤덤했다. 그는 내 어깨를 툭툭 두드려 주고 도로 베란다로 나가 난간에 걸터앉았다. 어깨를 구부정하니 쭈그리고 손마디를 딱딱 꺾으며 남편이 중얼거렸다.

"염려 마. 연재를 계속 늘이지 뭐."

나는 잠자코 꾸부정한 그의 등과 희끗희끗한 뒤통수를 바라보았다. 아직 젊으려니, 모든 것이 우리와 함께 여기 있으려니 여겼는데, 이제는 한 세월을 넘어서 다른 세월을 살고 있구나, 하는 생각이 스쳤다.

어느새 어둠은 방 안까지 밀려 들어와 있었다. 홀로 어둠 속에 갇히며, 나는 짐짓 울고 싶은 맘으로 무릎 사이에 얼굴을 푹 파묻었다.

2

파르스름하던 새벽빛이 하얗게 벗겨져 간다. 빨갛고 파란색 실타래도 제빛으로 곱게 살아난다. 자전거 차륜 소리와 우유병 부딪치는 소리가 투명한 아침 속에 메아리친다.

나는 잠시 일손을 놓고 뻐근한 어깨를 주먹으로 두드린다. 무얼해도 피로가 너무 쉬 오는 게 아무래도 이상하다. 그것만이 아니다. 팔다리 끝에 무거운 추가 달린 양 무지근하다. 아직 뚜렷한 증세는 없지만 임신이 아닐까 해서 나는 지레 겁이 난다. 첫아이를 자연 유산으로 잃고 나서 5년이 지나도록 소식이 없었다. 한 해 두해 기다려 온 터이지만 지금은 낳아서 기를 처지가 못 된다.

이사 와서 석 달째 되는 그달의 말일께였다. 연재 고료를 타 온다고 나간 사람이 두 시간이 채 못 되어 돌아왔다. 나는 약간 의외라는 듯이 그를 쳐다보았다. 고료를 타는 날엔 대개 친구들과 어울려 술을 마시고 느지막이 귀가하곤 했기 때문에 그날도 으레 그러려니 했었다.

남편이 주머니에서 고료 봉투를 꺼내 놓았다. 그리고 덧붙였다.

"이게 마지막 고료야."

"네?"

"사실은 오늘 넘긴 1주일분 원고가 끝이야."

남편이 아주 담담하게 말했기 때문에 나도 담담하게 그의 말을 듣고 있었다.

"금년 겨울 날 때까지만 쓰려 했는데 광고가 자꾸 올라온다고 윗사람들이 이제 그만 썼으면 하나 봐."

"광고가 올라오는 게 뭐예요?"

"내가 쓰는 지면 밑에 광고가 깔리잖아. 그런데 거기에 깔릴 광고들이 넘치나 봐. 신문사로선 좋은 일이지."

나는 남편이 왜 술을 안 마시고 들어왔는지 알 만했다. 당장은 그것이 우리의 마지막 수입이 될지도 모를 일이었다.

"잘됐군요. 이제 좀 푹 쉬세요."

"그래, 좀 쉬고 나서 다시 쓰기 시작해야겠어."

그러곤 잠 좀 자야겠다고 남편은 자기 방으로 들어갔다. 그날 남편은 먹지도 않고 다음 날 아침까지 계속 잤다. 몇 시인지 모를 시각에 잠시 일어나 한술 뜨고는 다시 잤다. 그런 날이 1주, 2주, 3주 계속되었다. 앉을 새가 없이 그는 픽픽 쓰러졌다. 그러한 그는 마치 신 내림 타는 무당과도 같았다. 그의 육체는 그에게 씐 무언가를 가누지 못해 자꾸자꾸 주저앉는 것만 같았다.

우리 사이엔 이상한 침묵의 벽이 서리기 시작했다. 나는 곁에서 가만히 지켜볼 뿐 속수무책이었다. 밥을 먹고 있는 그를 유심히 지켜보노라면 늘상 이마에 진땀이 질척했다. 그의 몸은 밥 몇 술 마저도 힘겨워하는 것 같았다.

어느 날 나는 참을 수 없어 그에게 말을 건넸다.

"당신 웬 땀을 그렇게 흘리세요."

"글쎄, 왜 그런지 밥 숟가락만 뜨면 진땀이 나는군."

"입맛이 없어요?"

"밥알이 모래 같아."

"어디가 아파서 그래요? 아픈 데를 확실히 얘기해 보세요."

"글쎄, 아픈 데가 어디라고 꼭 꼬집어 낼 수는 없어. 자도자도 자꾸 잠이 오는데 꿈을 꾸는 건지, 잠을 자는 건지 혼수 상태야. 깨고 나면 머리가 띵하고 온몸이 저려."

"오늘 당장 병원에 좀 가 봅시다."

"병원에 갈 병이 아닌 것 같아. 그건 내가 알아. 그나저나 이제 글을 좀 써야 할 텐데. 돈이 다 떨어져 가지?"

막무가내인 남편의 등을 밀어 한의원으로 갔다. 진맥을 보고 난 의원이 고개를 갸우뚱하고 말했다.

"내가 이제까지 수천 사람 진맥을 해 봤지만, 이런 맥은 처음이오. 몸이 풀잎 같다고 할까, 칼날 같다고 할까?"

"나빠요? 왜 그렇죠?"

"글쎄요. 어디 봅시다."

의원은 남편의 팔에다 혈압계를 감았다.

"흠. 혈압은 아주 정상이군. 대변 잘 봐요?"

"예."

"잠 안 오거나 그런 일은?"

"아주 잘 잡니다."

"머리가 멍하거나 그렇지도 않구요?"

"예. 머리는 자고 나면 멍하고 무겁습니다."

"식사할 때 까부라지는 기분이 듭니까?"

"예, 그래요."

의원은 이제 감이 잡힌다는 듯 고개를 끄덕였다. 나는 성급하게 다시 물었다.

"선생님, 무슨 병입니까?"

"맥 뛰는 걸로 봐서는 큰병 든 것 같았는데 의외로 몸이 아주 깨끗합니다. 단지 원기가 좀 부족하군요."

당장 죽을 것처럼 기운이 없고 여기가 아프다, 저기가 아프다, 하는 사람에게 아무런 병도 없다는 것이 나는 믿어지지 않았다. 남편은 그것 보라는 듯이 눈짓으로 나를 나무랐다.

"보약을 좀 들어 보시겠어요? 뚜렷한 병은 없으나 원기를 북돋 워 주기 위해선 보약을 좀 드셔야겠어요."

남편은 완강히 고개를 가로저었다. 돈을 생각해서 그러는 게 아니었다. 그의 다음 말이 그 점을 말해 주었다.

"원기는 충분히 있습니다. 가만히 숨을 쉬면서 자기 몸속으로 깊이 가라앉아 보면 알 수 있어요. 몸속 어딘가는 모르지만 거대한 에너지가 가득히 고여 있다는 것을. 다만 그것이 이전과 같은 목적에 쓰이기 위해서는 결코 깨어나지 않으리란 것뿐예요. 내 느낌이 이거다, 하는 것을 찾기만 하면 나는 그것이 화산처럼 터질 것을 알고 있어요."

옆방에서 부스럭대는 소리가 들려온다. 남편이 산책 나가려나 보다. 방문이 열렸다 닫히고, 조금 있다 현관문에 부착된 2개의 걸림 쇠를 따는 소리가 찰칵찰칵 난다. 그리고 계단을 내려가는 발걸음 소리가 난다. 발걸음 소리는 점점 멀어진다.

발걸음 소리는 이미 들리지 않는데도, 내 맘엔 그의 발걸음이 집으로부터 멀어져 가는 환청이 끝없이 되풀이된다.

이사 와서 아침 동틀 무렵마다 산책을 나가던 남편의 습관은, 그 후 시도 때도 없는 외출로 연장되었다. 처음엔 바깥바람이나 맞고 오는 정도였으나, 나중엔 두 시간도 좋고, 세 시간도 좋고, 어느 땐 밤을 지나 새벽 무렵에 돌아온 일도 있었다. 외출하기 전에는 자든지, 죽은 듯이 앉아 창밖만 내다보다가 바람에 휩싸인 듯이 획 나간다. 전화로 친구들이 그를 불러낼 때도 있으나, 그건 극히 드문 일이다.

건강에 도움이 되고, 기분 전환이 될까 해서 그의 산책은 오히려 내 쪽에서 바라던 바였다. 그러나 잦은 외출로 연장되어 밤을 지나는 일까지 생겼을 때, 그의 그런 외출이 그저 바람이나 쐬는 정도가 아니라는 것을 나는 깨닫게 되었다.

그의 변신하는 몸에서 뽑힌 깃털은 내가 전혀 예상치 못한 장소에 흩어져 있었고, 또 아직도 얼마나 엉뚱하고 먼 장소에서 발견될지 모를 일이었다.

나갈 때 3, 4만 원 정도의 용돈을 요구하는가 하면, 어느 땐 한 푼도 없이 나가 자전거 빌려 주는 데서 푼돈을 받으러 오기도 했다. 현관을 쓸다 보면 붉고 찰진 점토 가루가 빗자루에 벌겋게 묻어날 때도 있었고, 가는 모래가 한 움큼씩 쓸려 나오기도 했다. 빨래를 하려고 보면 주머니에서 커다란 하트 모양의 서양 포플러 잎사귀가 지폐인 양 한 다발씩 쏟아져 나올 때도 있었다.

어느 날 그가 다시 내게 용돈을 청구했을 때였다. 나는 가스 문제가 해결된 뒤에 주려고 떨어뜨린 집값 끝전에서 3만 원을 빼내 그에게 주었다. 이미 끝전은 남편이 그렇게 빼내 가지고 가는 바람에 1백만 원 중 반이 축났다. 염려스런 맘을 감추지 못해 나는 한마디 했다.

"바깥에 새 애인이 생겼어요?"

"아니."

그뿐이었다. 궁금증을 참다참다 또다시 어렵게 물어봐도 대답은 한마디뿐이었다.

나는 아직 그가 밖에서 무엇을 하는지 모른다. 그가 나간 뒤에

머문 곳, 만난 것들은 내가 감득할 수 있는 한계 밖의 일이다. 그런
데, 각각 다른 시기에 뜻하지 않은 손님이 우리 집을 찾아왔다.

어느 날 문밖에 행상으로 보이는 아주머니 한 사람이 서 있었
다. 뒤축이 없는 자주색 플라스틱 슬리퍼에 몸뻬를 입고, 앞에는
국방색 천으로 만든 앞치마 겸 돈주머니를 두르고 있었다. 윗도리
는 방수천으로 된 남자용 점퍼였고, 얼굴은 바람에 그을리고 터져
팥죽빛이 났다.

무엇을 팔러 온 것 같지도 않은데 여자는 이상스러울 만큼 주눅
이 들어 자꾸 손을 비비고 허리를 굽실거렸다.

"무슨 일이세요……."

내가 물었다.

"저어, 이런 얘기를 해도 될지, 와서 보니 입이 안 떨어지는군
요."

"얘기해 보세요. 괜찮아요."

"난 계란 장수예요. 아저씨가 여기 가서 돈을 받으라기에 왔어
요."

"우리 집 그이가요?"

"예. 여기가 강남 타운 7동 205호지요?"

"네. 그건 맞는데, 우리 집 그이가 무슨 일로 계란을 샀다는 건
지, 난 통 영문을 모르겠네요."

"물론 그럴 거예요."

"도대체 계란 값은 얼만데요?"

"4만 2천 원이에요."

"4만 2천 원?"

"네?"

내가 놀라자 계란 장수는 더욱 풀이 죽어 고개를 떨어뜨렸다.

"아주머니, 내가 도저히 이해가 가지 않으니, 선은 이렇고 후는 이렇다고 자초지종을 상세히 얘기해 보세요. 우리 그이가 계란 싣고 가는 자전거에 뛰어들어 사고를 냈나요?"

"아니에요, 그런 건. 말을 하라니 안 할 수는 없고, 하자니 그러네요. 난 타이탄 트럭에다 계란을 싣고 아파트로 돌아다녀요. 오늘 아침엔 청담동에 있는 미림 아파트로 계란을 팔러 갔는데, 정문에서 수위 녀석이 못 들어가게 하잖아요. 그래서 정문 밖에 차를 세워 놓고 장사를 하는데, 그 녀석이 어찌나 심사 사나운지, 거기서도 차를 비키라는 거예요. 그래 옥신각신하다가 그 녀석이 미는 바람에 내가 계란을 깔고 뒤로 나자빠졌어요. 분해서 그놈한테 물어 달라고 악을 썼더니, 그 자식은 되레 날 보고 누가 차를 거기다 세워 놓으랬느냐고 호통을 치는 거예요. 그러구 막 싸우고 있노라니까, 구경꾼 속에서 웬 양반이 나서더니 다짜고짜 자기가 물어 주겠다는 거예요. 그리고 이리로 가서 돈을 받으라며 주소를 적어 주더군요."

"그래서, 아주머닌 우리 그이가 계란 값을 물어 줘야 할 이유가 있다고 생각하세요?"

"물론 나도 경우는 아는 사람이에요. 그래서 싫다고 했지만, 어떻게 된 셈인지, 아저씨가 그러라고 했을 적엔 뭔지 모르게 꼭 그래도 될 듯싶었어요. 그런데 문 앞에 당도해서 생각해 보니 미친 사람 미친 짓에 홀렸거나, 아니면 어쩌나 보자구 농담한 걸 가지고 쓸개 빠지게 예까지 온 게 아닌가 후회막급이더군요."

"아주머니가 내 입장이 되어 보더라도 아무 상관없는 일에 4만 원씩 선뜻 내놓겠어요? 살림하는 여자의 맘은 다 같지. 그러니 운수로나 돌려야지 어쩌겠어요."

계란 장수는 심란한 표정으로 돌아섰다. 나 역시 심란했다. 길거리에서 걸인을 만나도 적선 한 번 않는 그다. 그러한 그가 왜 계란 값을 변상해 주려 했는지 의아했다. "아저씨가 그러라고 했을 적엔 뭔지 모르게 그래도 될 듯 싶었다"는 그녀의 말을 곰곰이 반추해 보았다. 그녀가 멋모르고 지껄인 그 말은, 휘장처럼 남편의 비밀스런 혼으로 그윽하게 부풀어 올라 있는 것 같았다.

그런 일이 있고 나서 다시 두 달쯤 뒤였다. 이번엔 눈동자가 해맑고 두 뺨에 복숭아 빛이 서린, 열댓 살 난 소녀가 찾아왔다. 옷은 낡고, 몸에 맞지 않아 가슴 언저리의 솔기*가 뜯어질 듯 벌어져 있었지만, 바지도 운동화도 깨끗이 빨아 손질한 흔적이 엿보였다. 소녀의 손엔 비닐봉지에 한 관쯤 담긴 귤이 들려 있었다. 누굴

*솔기: 옷의 두 폭을 맞대고 꿰맨 줄.

찾느냐고 했더니 소녀 역시도 주소를 댔다.

"아저씨한테 이것 좀 전해 주세요."

귤만 내밀어 놓고 소녀는 한사코 도망치려 했다. 나는 간신히 소녀를 끌어 들여 얘기를 시켰다.

소녀의 얘기는 이러했다.

어렸을 때 아버지가 집을 나갔기 때문에 어머니하고 단 두 식구가 어렵게 살아왔다. 행상으로 생계를 꾸려 온 어머니는 소녀가 중학교를 마칠 무렵 몸져눕게 되어 소녀는 공장에 취직을 했다. 반년쯤 시름시름 앓다가 어머니는 돌아가셨다. 그날은 어머니가 돌아가시고 나서 처음으로 맞는 기일(忌日)이었다. 제상을 모시려고 조업이 끝나는 대로 집으로 달려왔다. 제를 올리긴 올려야겠는데 있는 것도 없고 돈도 넉넉지 않았다. 밥하고 국하고 나물 몇 가지를 준비해 놓고 보니 고기 종류가 하나도 없었다. 집을 나와 시장으로 가던 중 길가의 선술집 유리창 속에 물오징어가 보였다. 안으로 들어가 주인아주머니에게 "제상에 물오징어도 쓰느냐"고 물어보고 있는데, 혼자서 소주를 마시고 있던 아저씨가 왜 그러느냐고 사연을 캐물었다. 사실대로 얘기했더니 그가 물오징어는 제상에 올리지 않는 법이라며, 대신 포를 사라고 가르쳐 줬다. 그리고 자신이 상 차리는 것을 도와주겠다고 나섰다.

"아무 상관도 없는 아저씨가 제상을 차려 주겠다고 따라 나섰을 때, 넌 겁나지 않았니?"

소녀의 얘기를 다 듣고 나서 조심스럽게 물어보았다.

"아뇨, 아저씨가 남이다 낯선 사람이다 하는 느낌을 전혀 주지 않았어요."

이런 일들을 통해서 나는 남편의 관심이 무언지 그전과는 다른 힘의 축(軸)으로 옮겨 가고 있는 것을 막연히 느끼곤 했다. 이전에 그가 좋아하고 중요하게 여기던 일들──언론과 정치·사회에 대한 관심, 작가의 사명, 예술과 인간에 대한 이론 정연한 대화, 모임, 하다못해 그가 수집해 온 종(鍾)에 대해서까지도 관심이 멀어졌다.

그의 사고, 그의 감정, 그의 혼은 다른 진동(振動)에 갑자기 눈 뜬 것 같다. 가만히 있다 가도 그런 울림에 일단 휘말리면 눈빛이 번들거리고 공연히 집 안을 서성거리다 기어이 집을 나가고 만다. 1시나 2시, 집에 돌아와서도 밤새도록 자지 않는다. 어제도 늦도록 불이 켜져 있었다.

이래선 안 되지 하면서도 나는 일어나 남편의 방을 엿보러 간다. 이제나저제나 하면서 나는 아침마다 남편의 책상 위를 살펴본다. 무엇을 쓰기 시작했는가 싶어서. 그러나 벌써 1년이 넘게 남편은 책상으로부터 떠나 있는 눈치다.

방바닥에 이불이 그대로 깔려 있다. 머리맡에 갓 전등과 재떨이와 성냥, 보던 책들이 널려 있다. 나는 창가에 놓인 책상 앞으로 간다. 뜻밖에도 원고지 뒷면에다 휘갈겨 쓴 몇 줄의 글귀가 눈에 띈다. 무슨 메모일까.

천형(天刑)의 고독을 타고난 그를 위해서 나는 오늘에 이르러서야 겨우 그를 위한 한 뼘의 땅을 발견했다. 이 세상 한 귀퉁이, 육지 속의 무인도다.

그가 그곳으로 떠난 지 얼마 안 되어 그 무인도는 푸른 이내*에 둘러싸이게 되었다. 그 이내는 갈수록 짙고 푸르고 안개처럼 풍성하여, 그 섬 근해를 지나다니는 배들에 의해서 '이내의 섬' 또는 '향기로운 영혼의 섬'이라 이름 지어졌다.

계단에서 발걸음 소리가 난다. 남편의 발걸음 소리만이 저렇게 무겁고 나른하게 들린다. 나는 얼른 책상 앞을 떠나 등 뒤로 소리 나지 않게 문을 닫고 방에서 나온다. 무언지 자기 자신에게 부끄러운 감이 든다.

나는 아침 채비를 하는 척 부엌에서 서성거린다. 현관문이 열린다. 그가 들어온다. 현관과 부엌은 직각의 위치에 있어 우리는 피차 서로의 모습을 볼 수 없다. 잠시 후 나는 그의 뒷모습이 문 뒤로 완전히 자취를 감추려는 찰나 그를 부르려다 그만둔다.

이런 충동은 오늘이 처음은 아니다. 침묵 속에 자기를 걸어 잠근 그를 죽일 듯이 흔들어 대며 외치고 싶다. "얘기해 보세요. 뭣 때문에 그래요? 무엇이 당신을 어디로 이끌어 가는 거예요?" 그러나 아직까지 그런 일은 없었다. 인내심 때문이 아니다. 희망 때

*이내 : 해 질 무렵 멀리 보이는 푸르스름하고 흐릿한 기운.

문이다. 머지않아 그를 사로잡는 이상한 몸살이 씻은 듯이 내리고, 물 위의 집처럼 끝없이 흔들리고 동요되던 우리 삶의 토대도 안정되리라 하는 희망 말이다.

그는 이제부터 잠을 잘 것이다.

나는 도로 큰방으로 가서 일감을 집어 든다. 또 하나의 매듭 걸이 하나가 거의 완성되어 간다. 돈을 받으면 커피 프림과 가스 불 위에 얹을 굴렁쇠를 사야겠다. 굴렁쇠를 놓고 쓰면 가스가 40프로는 절약된다고 한다. 보온병도 서둘러 장만해야겠다. 병을 깨뜨린 뒤로 남편은 일일이 커피포트로 물을 끓이곤 한다. 남편은 물이 끓고 나서도 이내 플러그를 빼지 않는다. 물이 끓는 소리를 듣고 있노라면 나는 피가 마르는 것같이 느껴진다. 커피포트를 바깥 콘센트에다 끼워 놓았을 때는 가서 플러그를 뽑지만, 그의 방에 있을 때는 거기까지 들어갈 수가 없어 차라리 귀를 막곤 한다.

이렇게 소심해져 얼마만큼 절약이 될지는 나도 모르겠다. 오히려 지난번 같은 때는 그 때문에 손해를 본 경우도 있다. 우체통에 전기 요금 고지서가 꽂혀 있어, 연체료를 물지 않으려고 재빨리 갖다 냈더니, 이튿날 옆집에 사는 자치회 회장이 그 고지서를 거두러 왔다. 이번 달까지는 회사에서 물어 주기로 합의가 되었다고 한다.

난데없이 스피커 소리가 들려온다. 경비원의 목소리다.

"주민 여러분께 알립니다. 금일 오전 9시 30분까지 어린이 놀

78

이터로 한 분도 빠짐없이 나와 주시기 바랍니다. 주민 총회가 있습니다. 다시 한번 말씀드리겠습니다…….”

주민 총회니 반상회니 그런 것이 있을 때마다 나는 괜히 겁이 나고 가슴이 두근거린다. 낯선 사람들 앞으로 나설 일이 두렵다. 어린 시절처럼 돌연한 잠이 나를 어디 먼 데로 데려갔으면 싶다. 어머니와 아버지가 말다툼을 하면 나는 장롱 모서리로 도망 가서 웅크리고 있다가 어느새 잠이 들곤 했다. 깨어 보면 편안한 잠자리에 눕혀져 있고, 싸움은 끝이 나 집 안이 적막했다. 어둠 속에서 어머니와 아버지가 도란대는 소리가 잔잔한 물결인 양 가물거리는 내 잠의 베갯머리를 적셨다.

나는 뒤 베란다로 가 본다. 어린이 놀이터가 한눈에 내려다보인다. 아까까지도 그곳에서 왁자지껄하던 아이들이 버스에 실려 학교로 갔나 보다. 늘 이맘때는 고만고만한 사내아이와 계집아이 네댓이 그네를 타더니 지금은 그 아이들의 모습도 보이지 않는다. 투명하고 따스한 아침 햇살이 빈 놀이터를 비추고 있다. 미끄럼틀도, 뺑뺑이도, 철봉도, 사닥다리도, 그네도 가만히 정지해 있다. 놀이 기구들은 모래 바닥에 숯검정으로 칠해 놓은 듯한 그림자를 드리우고 있다.

그래, 저 그네에 앉아 있을 때 아이들은 먹을 것도 마냥 있고, 하늘도 마냥 푸르고, 친구들도 마냥 같이 있으려니 여길 것이다. 그러나 문득 날이 어두워지고 어른들이 문간에 나와 친구들을 하나

하나 집 안으로 불러들여 간다. 다음 날 놀이터로 다시 나와 보면 유난히 눈이 커다랗고 습관적으로 코를 들이마시던 사내아이가 보이지 않는다. 아이들은 모르는 새, 알 수 없는 시간이 아이들을 각자의 삶의 길로 천천히 실어 간다.

이제 아이는 풀이 너무 빳빳한 교복 깃 때문에 목이 아린 것을 참으며 입을 새치름히 다물고 놀이터 곁을 그냥 지나친다. 그네를 봐도 무심하다. 그러는 사이에도 아이는 시간의 물 위에 떠 어디론지 흘러간다.

어느 날 베란다 창문을 통해 아이는 놀이터를 내려다본다. 어린 시절 다리를 일렁거리며 앉아 놀던 그네는 거기 있으나 자기는 지금 그 그네로부터 아주 멀고 먼 데로 떠내려 와 있는 것을 느낀다. 사무치는 그리움으로 그네를 바라보는 아이의 눈에 눈물이 어룽진다.

주민들이 하나 둘 놀이터로 모여든다. 나이 든 노인네들도 있으나 대개는 젊은 여자들이다. 나는 창가를 떠난다.

여자들은 끼리끼리 모여 서 있다. 나는 뒷전에 홀로 뚱하니 서 있다. 아무도 내게 말을 걸어 오지 않고, 나 역시 아무에게도 알은 체하지 않는다. 그럼에도 나는 그곳에 모인 여자들이 모두 나만 보는 것같이 생각된다. 손과 눈을 어떻게 건사해야 좋을지 사뭇 곤혹스럽다. 나는 그네 옆에 있는 은행나무 있는 쪽으로 간다. 은행잎이 노랗게 물든 것이 순간 내 눈길을 끌었을 뿐, 나무 아래로 가서는 뭘 어쩌겠다는 계획이 전혀 없다.

누군가 내게 큰 소리로 알은체해 온다. 옆집 여자다. 그녀와 함께 서 있던 다른 여자들도 모두 나를 바라본다. 제발 나를 그대로 놔뒀으면.

"우리 옆집에 사는 아줌마예요. 이리 오셔서 얘기도 좀 나누고 그러십시다."

나는 그녀들 모르게 내 등을 보일 용기가 나지 않는다. 빙 둘러선 여자들이 나를 위해 한 발짝씩 옮겨 선다. 그녀들의 머리 모양, 옷맵시, 신발, 매니큐어 칠한 손톱 따위들이 너무 낯설어 나는 울컥 설움이 넘어온다.

옆집 여자가 한 여자의 머리를 칭찬한다. 그녀의 노랗게 물들인 머리는 텔레비전에 나오는 모 인기 여가수의 머리형과 같다.

"그 파마 참 잘 나왔네요. 어디서 하셨어요?"

"L호텔 미용실에서요?"

"거긴 파마하는데 얼마예요?"

"비싸지 않아요. 2만 원이에요."

"나두 이 파마 S호텔에서 했는데 우리 친구들은 야미 집에서 한 것 같다고 놀리지 뭐예요."

"볼 줄 몰라서 그렇지, 벌써 웨이브가 다른데 뭘. 아줌마가 손질이 좀 서투르군 그래. 파마를 하고 금방은 머리카락이 바시러질 듯 곱실곱실하잖아요. 그럴 때는 오이를 담근 물에 머리를 감으면

돼요. 감고 나서는 젖은 채로 머리카락을 이렇게 꼬아 주세요.”

거드름 속에 뚱뚱한 몸집을 잔뜩 사리고 있을 때와는 딴판으로 여자는 한번 입이 떨어지자 넉살이 술술 풀려 나온다.

“미안하지만 체중이 얼마나 되세요?”

팔짱을 끼고 있던 또 다른 여자가 불쑥 나선다.

“남의 체중에 관심이 있는 걸 보니, 아줌마 몸이 나기 시작해서 고민인갑다? 그렇죠? 고민할 필요 하나도 없어요. 헬스클럽에 한 달만 나가세요. 신기할 정도로 바늘이 제자리에 딱 멈춰 버릴 거예요. 나는 석 달 전부터 나가기 시작했는데, 가 보니 내 몸 뚱뚱한 건 명함도 못 들여놓겠습디다.”

“글쎄, 수영을 배우든지, 헬스클럽에 나가든지 무슨 수를 써야겠어요. 우리 애 아빤 여자 몸 나는 거 질색이거든요.”

“어마, 아줌마는 참 순진하신가 부다. 지금 나이가 어떻게 되시는진 몰라도 그렇게 남편한테 매여 살 필요 없다구요. 자식 낳아 길러 줬겠다, 먹을 거 안 먹고 입을 거 안 입어서 재산도 늘려 놨겠다, 왜 큰소리 못 치나요? 여자 나이 사십이면 보석에 눈뜰 때라는 말도 있잖아요.”

“그건 참 그래요. 옛날엔 누가 뭘 가져도 그저 그런가 보다 싶더니 이젠 돈이 좀 생기면 보석 욕심부터 생겨요.”

여자의 말끝에 옆집 여자가 그녀의 손에 끼고 있는 반지를 가리킨다.

"그건 뭐예요?"

"문스타라는 거예요. 애들 아빠가 이번에 인도로 출장 갔다가 사온 거예요. 인도는 얼마 전까지만 해도 이런 자연석들을 되로 돼서 팔 정도로 흔했대요. 타지마할이라는 어떤 왕비의 무덤은 여의도 국회 의사당보다 더 큰데, 그게 전부 하얀 대리석이고 왕비의 관이 안치된 지하는 천장, 바닥, 무덤 할 것 없이 온통 자연석으로 꽃무늬를 대리석에 박아 넣었대요."

"그런 여자는 얼마나 좋을까."

눈을 가느스름하게 뜨고 한 여자가 감탄하자, 옆집 여자가 고개를 끄덕이며 말을 받는다.

"그러게 말예요. 남자한테 얼마나 사랑을 받았으면 죽은 뒤에도 그런 무덤을 만들어 줬을까?"

"그런데 애들 아빠가 그러는데 처음 무덤을 보고는 너무 엄청나 세상에 별 미친놈도 다 있다 싶었는데, 인도 여자들을 자세히 눈여겨보니까, 아하 저렇게 아름다우니 미칠 만도 하겠군 싶더래요."

"그 사람들 피부가 검을 텐데, 예쁘면 얼마나 예쁠라구요."

넉살 좋은 여자가 입을 비죽거린다.

"피부가 검은 여자들 중에도 간혹 신비하게 예쁜 여자가 더러 있었지만, 그보다는 아리안계 여자들이 그렇게 예쁘더래요. 눈동자가 꼭 유리알처럼 빛이 나고 피부는 수밀도* 속살 같고, 체격은

*수밀도 : 껍질이 얇고 살과 물이 많으며 맛이 단 복숭아.

미끈미끈한 팔등신인데, 그런 여자들을 보니까, 정말 여자가 아름
답다는 게 저런 거구나 싶더래요."

"에이, 아름다워 봤자 그렇고 그렇다니까요. 내 생각엔 그 왕비
가 왕을 사로잡은 비결은 얼굴이 아니라, 그 왜 있지 않아요? 그게
유난히 좋았던 게지요."

흐드러지게 몸을 떨며 웃어 대는 여자들의 자태에서 어딘지 뻔
뻔스럽고 음탕한 중년의 냄새가 풍긴다. 웃음이 가라앉고 좀 머쓱
해진 얼굴로 서로를 쳐다보는 사이, 넉살 좋은 여자가 인도산 반
지의 주인공을 상대로 다시 화제를 이끌어 낸다.

"아빠 어디 나가는 분이세요?"

"공룡 시멘트 총무부장이에요."

"댁의 아빠는요?"

"사업해요."

공룡 시멘트 총무부장 부인은 어쩌다 눈길이 마주친 김에 나에
게도 질문을 던진다. 얼른 입이 떨어져 주지 않아 나는 자신에 대
해서 마음이 조급해진다.

"아무 데도 안 나가세요. 집에서…… 글을 써요."

한낮에도 이불을 뒤집어쓰고 자지 않으면 유령처럼 아파트 주
위를 어슬렁거리는 남편, 흰 고무신을 꿴 맨발, 낡고 헌 스웨터를
풀어 놓은 듯 가닥가닥 너풀거리는 머리카락, 초점 잃은 눈…….
괜히 얼굴이 달아오른다.

그녀들은 남편의 직업을 월급봉투나 보너스로 가늠해 볼 수 없어 난처해하는 것 같다. 나는 잘못을 저지른 양 무안하다.

그때 어디선가 남자 자치회장이 나타나 빨갛게 달아오른 자괴감으로부터 나를 구원해 준다. 사람들이 그의 앞으로 몰려간다.

"긴히 상의드릴 일이 있어 이렇게 모이시게 했습니다. 지난번 총회 때 드린 말씀 모두 기억하고 계시리라 믿습니다. 그때 제가 회사 대표를 만나, 난방 시설을 새로 해 주기로 하고 그 공탁금조로 2억을 걸어라, 그러면 준공 검사를 조속히 받도록 협조하겠다 해서 그렇게 합의가 되었노라고 했습니다. 그런데 최근 회사의 재정이 극도로 악화되어 부도가 나기 직전이라고 합디다. 만약에 부도가 나는 날엔 공탁금은커녕 우리의 재산권마저 어떻게 될지 아무도 보장할 수 없습니다. 그러니까 이제부터는 미온적인 태도로 일의 실마리를 풀려 해서는 안 되겠습니다. 주민 모두가 똘똘 뭉쳐, 회사든지 어디든지 자꾸 찾아가서 아우성치고 성화를 부려 귀찮게 해야겠습니다. 빠르면 빠를수록, 지금 당장이면 더욱 좋겠지요."

저마다 옆 사람을 돌아보며 웅성거린다. 서로들 회사에 부도가 나면 어떻게 되느냐고 묻는다. 큰일 났다. 그렇더라도 집이야 어디 날아가겠느냐, 최악의 경우엔 연탄난로라도 놓고 사는 수밖에 없지 않겠느냐, 그러려면 뭣 하러 여기에 오누, 뜨시고 편하게 살자고 한 짓인데, 하고 입마다 쑤군거린다.

남자 회장과 여자 회장이 한쪽으로 비켜서서 무언가 상의하더니 여자 회장이 앞으로 나섰다.

"자, 그렇다고 회사가 당장 부도를 낸 게 아니니까 너무들 염려하지 마세요. 아까 남자 자치회 회장님께서 말씀하셨듯이, 이제는 방법이라곤 자꾸 회사로 찾아가서 아우성치는 길밖에 없을 것 같습니다. 모이신 김에 지금 곧장 몰려가면 어떻겠어요?"

"좋소. 그렇게 합시다."

"그렇지만 시위를 해도 질서는 지켜야 되니까, 각 동에 다섯 분정도 말씀 잘하시는 분들을 뽑아 주세요."

근심과 걱정이 서린 채 술렁거리는 어른들의 발치에 계집아이 하나가 쪼그리고 앉아 모래성을 짓고 있다. 양 갈래로 묶은 계집아이의 머리털이 바람에 살랑거린다. 아이는 한쪽 손을 모래 속에 묻고 다른 한 손으로 모래를 움켜 와 손등에 대고 두드린다. 모래 지붕이 얼마큼 다져졌다는 생각이 들어 아이는 모래 속의 손을 살며시 잡아당긴다. 모래 지붕은 일부 무너지기도 하고 또 일부 남아, 아이의 지붕만큼 작은 방이 만들어진다. 아이는 신발을 벗어 그 방 앞에다 길을 만든다. 길은 어른들의 다리 사이를 빠져, 햇빛에 노랗게 물들어 있는 인적 없는 장소까지 이어진다. 햇빛 속에 아이의 머리칼은 금빛 갈기 같다. 한참 후 길을 따라 집으로 돌아온 아이는 모래성이 간 곳 없이 사라진 것을 발견하고 아무나 손에 잡히는 다리를 잡아 할퀸다.

"얘가 누구야. 아프다. 그러지 마라."

여인이 바짓가랑이를 휙 잡아채며 아이를 꾸짖는다.

어른들은 싸우러 갈 전사들을 다 뽑아 가는 눈치다. 나는 슬며시 그녀들의 뒷전을 돌아 집으로 들어간다. 계단 밑에서 계량기를 살펴본다. 집집마다 계량기가 윙윙 빠르게 돌아간다. 우리 집만 거북이 걸음처럼 천천히 돌아간다. 기온이 갑자기 내려간 탓으로 전기 난방 기구들을 꺼내 놓고 쓰는지도 모르겠다.

작년 겨울 우리는 전기장판 두 장으로 겨울을 났다. 난방 시설을 개선해 줄 때까지 회사에서 가스 값의 반부담을 하니까 쓸 만큼 쓰라고 옆집 여자가 귀띔해 줬지만 반부담이더라도 우리 살림엔 힘겨웠다. 현관으로 들어서기 전에 나는 가스 회사에서 양쪽집 문기둥에 붙여 놓은 가스 검침 카드를 비교해 본다. 한겨울에 옆집에서 347입방을 썼을 때 우리는 57입방을 썼다.

3

밥이 다 되고, 찌개가 끓기 시작해도 남편은 일어나지 않는다. 하는 수 없이 밥을 퍼서 보온밥통에 담아 플러그를 끼워 놓고, 찌개는 나중에 다시 끓일 생각으로 가스를 잠근다.

나는 방으로 가서 창틀 위에 올라앉는다. 방바닥에서 냉기가 올라오기 때문에 창틀 위에 앉는 것이 훨씬 따뜻하게 느껴질 뿐만 아니라, 거기에 앉아 있으면 바깥 풍경이 눈을 심심찮게 해 주기 때문이다. 하늘, 나무, 정구장. 그 정구장에서는 하얀 운동복을 입은 남자 둘이 정구를 치고 있다. 공을 쫓는 남자들의 넓적다리 근육이 푸들푸들 떤다.

언덕길 위에서 와그리한* 소음이 들려온다. 동 대표들이 모여서 회사로 몰려가고 있다. 그녀들의 기세로 보면 금방 무엇이 결판날 것만 같다. 나는 갑자기 창틀 위에서 내려온다. 회사 측과 전격적으로 타협이 이루어지면 집값 끝전을 내놓아야 한다 생각하니 마음이 다급해진다.

나는 이불장을 열고 잔금을 꺼낸다. 그것은 보자기에 싸여 이불 사이에 찔러 넣어져 있다. 최근에는 전기 요금, 전화 요금, 하다못해 신문대까지도 거기서 빼내 쓰고 있다. 돈을 덜어 낼 때마다 비는 금액을 단단히 마음속에 새겨 두지만, 혹시나 잘못 헤아려 생각보다 돈이 더 많이 비는 건 아닐까 걱정스러워져, 10분도 못 돼 보자기를 도로 꺼내 돈을 헤아려 보곤 했다. 지금으로선 비는 금액이나마 정확하게 알고 있는 것이, 그래도 무언지 위안이 된다.

남편이 방에서 나오는 기척에 나는 얼른 보자기와 돈을 한군데 둘둘 말아 이불 사이에 감춘다.

머리에 커다란 새둥주리를 지은 남편의 모습이 큰방 문 앞에 나타난다. 그의 얼굴은 얼어 터진 두부처럼 푸석푸석하고 눈빛은 아

* 와그리한 : 와글와글한.

88

직도 게슴츠레하다.

"물 좀 덥혀 줘."

"당신 어제도 목욕하셨잖아요."

"땀을 너무 많이 흘렸더니 몸이 끈적거려."

"땀을 흘려요? 왜요?"

"디스코를 췄거든."

"네?"

디스코. 곤두박질치는 조명, 폭음과 같은 음악, 이따금 텔레비전 쇼에서 가수들이 전신을 흔들어 대며 보여 주던 그 야릇한 춤 말인가? 그의 모든 것을 그 속으로 침몰시킨다는 심연은 어디에 두고, 어느새 그것의 다른 쪽 극(極)으로 건너가 있는 걸까?

"그럼 당신 요새 디스코 추느라고 밤늦게까지 다닌 거예요?"

"아니, 그렇지는 않아. 디스코는 어쩌다 한두 번 춰 봤는데, 춤이라는 게 의외로 좋더군. 정말 몰입하면 춤을 통해서도 어떤 길이 열릴 듯 싶더군."

"디스코를 안 출 때는, 그때는 뭘……?"

내 말은 전화벨 소리 때문에 중단된다. 남편이 큰방으로 가서 전화를 받는다.

"여보세요. 그래 인마. 지금 목욕 좀 하고 먹으려던 참이었어. 왜? 무슨 일로? 굿? 바로 그 여자가 삼각산에서 나라 굿을 한다고? 언제? 오늘 저녁 5시? 그래 알았어. 어디서 만날까? 그래 알

왔어. 이따 만나."

전화의 내용은 그를 무척 흥분시키는 것이었던 모양이다. 그는 얼굴 가득히 웃음을 머금고, 설렘을 감추지 못해 공연히 손을 비비고 팔을 비틀고 머리를 긁적거린다.

"보일러에 불 켰어?"

"아뇨, 아직."

"응 그래, 그럼 그만둬. 갔다 와서 하지. 밥 차려 놨어? 아니, 참이부터 닦아야지."

아침 식탁은 남편과 내가 차분히 마주 앉을 수 있는 유일한 자리이다. 전화 내용에 대해서 남편에게 묻고 싶은 궁금증 때문에 나는 서둘러 식탁을 차려 놓는다.

"아까 그 전화는 뭐예요?"

"응. 최근에 미국에서 나온 여자가 있어. 그 여자가 오늘 저녁 삼각산에서 나라 굿을 한대."

"미국에도 한국 무당이 있어요?"

"아니. 이 여자는 직업적인 무당이 아니야. 어떻게 하다가 신이 내린 거야. 그 얘기가 상당히 재미있더군. 한국에서 S대학까지 나온 지식인인데 미국으로 이민을 갔어. 거기서 미국 남자를 만나 결혼해서 몇 년 동안 잘 지냈대. 그런데 3년 전부터 까닭 없이 몸이 아파서 병원이란 병원은 다 찾아다니며 물어봐도 아무 병도 없다고 하더래. 하지만 본인은 계속 몸이 아픈 거야. 그러던 어느 날

90

어떤 모임에 나갔더니, 거기 사회 보는 남자가, '지금까지 살아오는 동안 가장 인상에 남는 일 한 가지씩만 말해 보라'고 하더래. 그 여자 차례가 되었는데, 자기는 지금까지 한 번도 생각해 본 일이 없는 어렸을 때의 어떤 일 한 가지가 아주 인상 깊은 양 선명하게 떠오르더래. 그게 뭔가 하면, 그 여자가 일곱 살 때 작은아버지 집 마당에서 굿하는 것을 구경했는데 그때의 광경과 그 무당 얘기였대. 얘기하는 동안 그 여자는 자기도 모르는 어떤 영매(靈媒)*에 이끌려 까맣게 잊어버린 그 추억의 구석구석까지도 선연하게 떠오르며 말이 술술 나오더래. 말을 다 하고 나니 자기를 이끈 이상한 힘도 다한 기분이더래. 그 일이 있은 후, 그 여자는 무당이니, 굿이니, 신비주의니 하는 것에 조금씩 관심을 기울이기 시작했는데, 그 이전엔 물론 전혀 생각해 본 일조차 없었지. 그러는 동안에도 계속 몸이 아프고 정신이 멍해 있다가, 어느 날 잠깐 머리가 맑아졌다 싶어 곰곰이 생각해 보니, 아무래도 신이 내린 것 같더래. 그 사실을 인정하는 순간, 너무 싫고 무서워 온몸에 소름이 쫙 끼치더래. 무언지 알 수 없는 사명이 자기의 육신 속에 이입(移入)되고, 대신 이제까지 그녀가 쌓아 올린 삶의 토대가 한꺼번에 와해되는 것 같더래. 아름다운 꽃무늬 침대 커버, 레이스 커튼, 크리스털 스탠드, 창틀에 놓인 올망졸망한 화분들, 그녀가 매일 진공

* 영매(靈媒) : 신령이나 죽은 사람의 영혼과 의사가 통하여, 혼령과 인간을 매개하는 사람.

소제기*로 깨끗이 먼지를 털어 내곤 했던 아라비아산 양탄자 따위들이 알 수 없는 돌풍에 휘말려 날아가고 팽개쳐지고 깨지는 환상이 눈을 어지럽히더래. 그리고 전혀 미지의 삶이 거대한 동굴처럼 입을 딱 벌리고 있는 것 같더래. 그녀는 할 수 있는 모든 것을 다 지불해서라도 자기에게 썬 신기(神氣)를 벗겨 내고 싶더래. 차라리 죽을까, 그런 생각도 몇 차례나 했대. 그러다가 마침내 결심했대. 받아들여 보자, 그게 무엇이든지 나를 활짝 열어젖히고 받아들여 보자. 그렇게 결심하고 남편에게 말하고 나서 산으로 들어가 석 달을 혼자 지냈대. 그리고 산에서 나오니 몸이 날아갈 것처럼 가볍고 정신이 씻은 듯이 맑더래. 자기의 정신이 마치 우주에 씌워진 등피인 양 보이지 않는 곳에서 일어나는 하찮은 일까지도 눈에 보이는 듯, 귀에 들리는 듯싶더래. 바로 그 여자가 얼마 전에 고국을 찾아온 거야. 고국에 와서 옛날 S대 적 은사를 만나 지난 얘기를 들려줬더니, 그 은사가 자기 아는 무당에게 그 여자를 소개해 줬대. 그 무당은 이문동에 사는 이름 난 무당인데 점도 꽤 보나 봐. 이 여자가 아무 소리 안 하고 점괘 좀 짚어 봐 달라고 하니, '당신은 점 보러 올 사람이 아니라, 점 봐야 될 사람'이라고 하더래. 그 자리에서 두 사람은 신어머니, 신딸의 인연을 맺고 내림굿을 갖기로 했대. 아까 전화한 친구놈은 시를 쓰는데, 그 교수와 아는 사이여서 우연히 그 여자의 내림굿하는 자리에 같이 가게 되었

*소제기 : 청소기.

대. 넋두리가 끝나고 작두를 타는데 이건 꼭 이 산봉우리에서 저 산봉우리로 한걸음에 휙휙 건너뛰듯이 그렇게 가볍게 날며 칼날 위에서 춤을 추더래. 그것을 보고 있노라니 자기 속에 응어리져 있던 바위 같은 것이 탁 터지며 불길이 활활 솟아오르는 것 같고 마치 하늘로 오르는 것 같아 황홀하더래. 막판에는 모인 사람 모두가 한데 얼싸안고 엉엉 울었대. 그냥 그렇게 마구 울음이 터져 나오더래. 정말 그럴 수 있을까 싶더군. 아니 그럴 수 있어. 그 여자가 다시 굿을 하게 되면 나한테도 알려 달라고 신신당부했더니, 녀석이 전화를 해준 거야. 오늘 삼각산에서 나라 굿을 한대."

우리는 양쪽 다 밥숟가락을 놓고 있었다. 나는 내 맘에서 풀잎처럼 쑥쑥 자라는 어떤 의구심을 물리치려 애쓴다. 까닭 없이 몸이 아프다, 병원에 가 봐도 병은 없다고 한다. 그런데도 본인은 자꾸 아프다…….

"당신은 별로 흥미가 없어 보이는군."

"아녜요. 그냥 현기증이 좀 나서 그래요."

"쇠간을 좀 사다 먹지 그래."

"괜찮아요. 오늘 꼭 거기 가야만 해요?"

"물론 가야지. 그전엔 내 밖에서 일어나는 일이나, 내 밖의 사물에 대해서 나는 머리로 이해하려고 했어. 머리로 이해되지 않는 것은 알 필요가 없다고 생각했어. 무당이니, 굿이니, 심령 과학이니 다 그런 유에 속했지. 그러나 머리로 이해한다는 것이 얼마나 우스꽝스럽고, 그 머리로 이해한 세상의 폭이란 게 얼마나 좁고 갑갑한가를 조금씩 깨닫고 있어. 당신, 그 여자가 칼날 위에서 어떻게 한 길씩 뛰어오를 수 있는지, 그걸 머리로, 지식으로 이해할 수 있어? 지식은 오히려 그런 신비의 문을 여는 데 장애가 돼. 그러나 가슴으로 다가가니 그전에는 보지 못하고 알지 못했던 다른 세계가 보이고, 들리고, 잡히는 것 같아."

"그렇게 정신이 맑을 때 글을 써 보지 그래요."

"그런데 이상해. 정신은 잔잔한 물속처럼 한없이 깊고 투명한데, 글을 쓰려고 책상 앞으로 다가가면 마음보다 몸이 우선 거부 반응을 일으키는 거야."

"너무 오래 책상 앞에서 떠나 있어 그래요. 일단 일감을 놓았다가 다시 잡으려면 누구나 다 그런 거부감을 느껴요. 그렇지만 그런 것을 다 이기고……."

"당신 이제 보니 내가 글을 안 써서 몹시 초조한가 보지? 돈 때문에 그래?"

"그런 점도 있지만……."

"집값 남은 거 있잖아. 염려 말고 그걸 써."

"그러다가 갑자기 돈 달라고 하면 어쩌게요."

"그때 가선 그때대로 무슨 방도가 있겠지. 정 뭣하면 집을 팔지 뭐."

나는 소스라치게 놀라 남편을 바라보았다. 나는 그의 심중을 다

94

시 한번 두드려 본다.

"집을 도로 팔자구요?"

"그러지 뭐. 집값 잔금을 다 써 버려 집을 지닐 수 없게 되면, 집을 팔아 전세로 가는 것이고, 전세도 살 수 없게 되면 사글세로, 그러다 거리로 나앉게 되면 거리로……."

쏘는 듯한 나의 시선에 남편은 말끝을 뚝 잘라먹는다.

자신의 깊은 마음을 드러내 보인 것을 후회하는 듯, 그는 손등으로 입술을 문지른다.

"바람 좀 쐬고 올게."

그는 훌쩍 일어난다. 겉옷을 걸치고 나올 만한 시간이 훨씬 지나도록 그는 방에서 나오지 않는다. 내가 식탁을 마주하고 꼼짝 않듯이, 그도 책상을 마주한 채 꼼짝 않고 있는지도 모른다.

그렇다. 그 메모는 무인도화(無人島化)해 가는 그 자신의 영혼을 의미하는지도 모른다. 우리는 서로에 대해서 섬이다.

택시들이 줄지어 어린이 놀이터 옆 포도*에 와서 멎는다. 여자들이 내린다. 회사로 몰려갔던 동 대표들이다. 나는 바람 부는 삭막한 겨울 들판에 홀로 서 있는 기분이다. 불현듯 얼음이 녹아 내리 듯 등이 시리다.

이윽고 남편이 방에서 나온다. 나는 그를 불러 세운다.

"여보, 잠깐."

* 포도 : 포장도로.

그의 희미한 체취가 귀 곁으로 스친다.

"내가 짐스럽게 느껴지세요?"

아니, 이 말은 내가 진정으로 하고 싶은 말이 아니다. 말이 헛나왔다.

"당신 자기 자신이 이상해지고 있다는 거 아세요?"

"응."

"그럼 얘기 좀 해 보세요. 난 이해할 수 없어요. 그런 당신을."

"나도 잘 모르겠어. 어딘지 먼 곳에 홀로 와 있는 것 같아. 이곳이 어딘지는 모르겠어. 그냥 어디로 가는 길목 같아. 황량하고 적막해. 사방을 아무리 둘러보아도 낯익은 것이라곤 아무것도 없어. 이곳에 대해서 말하기 위해서는 지금까지 내가 알던 모든 말들을 버리고, 새로운 낱말들을 새로이 갈고 꿈꾸어야겠어."

"당신이 어딘지 먼 곳에 홀로 와 있다는 건 환상이에요. 당신은 너무 오래 사회로부터 잊혀져 있었을 뿐예요. 지금 생각해 보면, 친구들을 물어뜯어 멀리 쫓아 보낸 거라든가, 갑자기 집을 옮긴 것도 주소 불명·연락 불가 상태를 원한 당신의 고의였어요. 그 결과가 뭐죠? 하루 종일 창밖을 내다보고 있는 건가요?"

"그래, 나는 내가 가진 마지막 한 푼과, 가장 밑바닥에 고인 정열까지도 다 퍼서 써 버린 끝에 여기에 이르렀지. 한 장의 투명한 유리창 바로 밑까지. 나는 삐걱거리는 의자에 사지를 맥없이 늘어뜨리고 앉아 하릴없이 창밖을 내다보지. 어느 땐 하루 종일 그렇

96

게 앉아 있을 때도 있지. 창밖엔 아무도 그것을 깨뜨릴 사람 없는 침묵뿐이고. 한동안 그 창밖의 풍경은 나에게 위안이 되었지. 그러나 오래잖아 그것들은 내게 더 이상의 위안을 주지 못했어. 나는 그것들의 닫힌 문밖에 서 있는 것 같아. 푸른 녹색이 되는 법을 몰라, 한 줌의 흙이 되는 법을 몰라, 코끝에 맴도는 차가운 공기가 되는 법을 몰라 안타깝게 서 있어. 어떤 대가를 치러서라도 나는 어딘가에 이르고 싶어. 치르는 대가가 혹독하면 할수록 그 일이 더 빨리 이루어질 것도 같아."

"당신이 그 어딘가로 이르기 위해 아내나 가정이 방해가 된다면 어떡할 거예요?"

남편은 물끄러미, 그리고 오래도록 나를 건너다본다. 그는 대답을 삼킨 채 그대로 돌아서려 한다. 나 역시 대답을 듣기가 두렵다. 그러면서도 나는 조금씩 피를 말리는 것보다 차라리 두려운 쪽에 자신을 건다.

"대답해 주세요."

"꼭 듣고 싶어?"

마치 자기 자신에게 확인시키듯 나는 턱이 덜거덕거릴 만큼 고개를 크게 끄덕인다.

"그럼 솔직히 말하지. 당신에 대한 연민마저 내 마음에서 비워 내면, 나로선 치를 수 있는 고통은 다 치르는 것이야."

"그래서요? 그것마저 치를 거냐구요?"

"아까, 내가 그랬잖아. 치르는 대가가 혹독하면 할수록……."

나는 숨을 깊이 들이마신다. 슬픔과 울음이 괴어오른다. 신혼 초에도 이런 위기가 있었다. 그때 나는 그를 너무도 깊이 사랑하는 내 마음을 어쩌지 못하긴 했어도, 만약의 경우 혼자서도 삶을 헤쳐 나갈 수 있는 자신감이 있었다. 때문에 나는 그의 바짓가랑이를 붙잡고 울면서도 스스로 부끄럽지 않았다. 그러나 지금 나는 다시 시작하기가 두렵다. 이 집을 떠나 또 다른 삶을 꿈꾼다는 건 상상조차 할 수 없다. 그래서 나는 그의 바짓가랑이를 붙잡고 울 수가 없다. 나 자신이 너무도 처참해질 것 같아서다.

지금 나로선, 그런 나를 그에게 들키지 않도록 두터운 가면 뒤로 숨는 일뿐이다. 나는 애써 목소리를 가라앉힌다.

"이따 나갈 때 돈 필요하거든 이불 사이에 있으니 꺼내 가세요……. 친정에 며칠 가 있다 오겠어요."

친정에 가겠다는 말은 말끝에 예기치 않게 묻어 나온 것이다. 나는 그 말을 도로 거두어들이고 싶은 맘으로 조마조마하게 남편의 반응을 기다린다.

"좋도록 해."

남편의 어조는 담담하다. 그는 그 한마디를 남겨 놓고 밖으로 나간다. 밖에서 천천히, 우울한 걸음걸이로 그가 계단을 하나하나 내려가는 소리가 들려온다. 그렇게 내려간 뒤엔 어딘지 영원히 돌아올 수 없는 곳으로 가뭇없이 사라져 버릴 것만 같다! 나는 손바닥으로 얼굴을 감싼다. 너무 두려워 울 수조차 없다.

갑자기 남편을 뒤쫓아 갈 생각에 나는 마음이 다급해진다. 입던 옷에 바바리만 간신히 걸치고 구르듯 계단을 내려간다. 남편은 이미 정문을 빠져나간 모양이다. 나는 종종걸음으로 뜰을 가로지른다.

어느새 남편은 저만큼 앞서서 큰길을 건너고 있다. 그를 내 시야 속으로 잡아들인 것만으로도 한결 마음이 놓인다. 미행당하고 있는 것을 그가 알게 되면 우리 사이는 더욱 어색해지리라. 이제는 두려움보다 어떤 쓰라림이 망설임을 넘어뜨리고 앞으로 내닫는다.

해가 드높은 하늘 가운데 와 있다. 간밤에 내린 비로 맑게 씻긴 수목들이 아직도 금빛 촛농 같은 빗방울을 흘리고 있다. 물의 흔적마다 금빛 광채가 어린다. 온 누리*가 금빛으로 휘황하면 할수록 내 마음속엔 더욱 짙은 그늘이 드리워진다.

길 건너는 빈 들이다. 인근 주민들이 일군 작물이 여름 내내 푸르렀지만 이제는 그루터기와 돌멩이들뿐이다.

그는 땅바닥을 내려다보며 천천히 걸음을 옮긴다. 그 걸음은 마치 무엇을 음미하는 듯하다. 그는 들 가운데서 걸음을 멈춘다. 그리고 하늘을 쳐다본다. 그의 고개가 어찌나 뒤로 꺾어졌는지 자빠져 엉덩방아를 찧을 것만 같다. 그는 하늘을 한참 동안 쳐다보다

*누리 : '세상'을 예스럽게 이르는 말.

아이들처럼 선 자리에서 맴맴 돌기 시작한다. 곡예사가 이마로 접시를 돌리듯, 그렇게 이마로 하늘을 천천히 돌린다. 저런, 어지러운지 땅바닥에 풀썩 주저앉는다.

버스에서 방금 내린 아주머니는 등에 업은 아기를 추스르다 그를 보고 이상한 생각이 드는지, 가다 보고, 또 가다가 뒤돌아본다.

그는 엉덩이를 툭툭 털고 나서 다시 걸음을 옮긴다. 들 한쪽 편으론 누가 언제 실어다 놓았는지, 커다란 정원석들이 쌓여 있다. 그는 평평한 길을 놔두고 그 돌무더기 위로 올라간다. 몸이 뒤뚱거린다. 양팔을 날개처럼 벌린다. 나중엔 어깨가 들썩하도록 큰 숨을 쉬고 땅바닥으로 뛰어내린다.

거기서부터 활처럼 굽은, 미끈한 포장길이 시작된다. 그 길은 언덕 위에 드문드문 흩어져 있는 호화 주택 사이로 빠져 다른 큰 길과 합류한다.

이 길은 너무 호젓해서 그에게 들키기 십상이다. 이쯤에서 미행을 포기할 수밖에 없다. 하지만 어쩐지 마음은 미행하기 이전보다 더욱 쓸쓸하다. 사람은 결국 각자의 고독한 방 속에 영원히 유적(流謫)되어 있는 게 아닐까.

나는 홀로 되돌아선다.

4

차는 간판의 숲 사이를 지나고 있다. 거리에는 띄엄띄엄 미군들의 모습이 눈에 띈다. 아귀아귀 껌을 씹어 대는 거구의 백인 병사, 카키색 점퍼 호주머니에 양손을 찌른 채 촐싹대며 걸어가는 안경잡이 상사, 맹인용 색안경에 일부러인 듯 단추를 채우지 않아 앞가슴의 더부룩한 털과 요란한 문신이 노출된 흑인, 궁둥이가 비어지는 청바지 차림의 흑인 남녀가 번쩍거리는 유기 가게 안을 기웃거리고 있다.

나는 버스에서 내린다. 곰삭은 듯 날깃날깃한 청바지와 점퍼를 입은 청소년 무리가 길을 가득 메우고 지나가면서 내 어깨를 툭 스친다. 옷걸이에 꿰어 상점 문밖에 진열해 놓은 바지니 치마니 가운 같은 것들이 바람을 잔뜩 머금어 어디론지 떠나려는 배가 돛을 올리고 있는 것 같다. 울긋불긋한 공단 가운 뒤 등판엔 암수 용이 수 놓여 있다.

거리의 흥청거림 속으로 점점 깊숙이 빨려 들어가면 갈수록 보이지 않는 주걱으로 속을 긁어내는 것처럼 어둡고 뻥 뚫린 공허감이 고개를 쳐든다. 먼 유적지에서 돌아온 듯, 보이는 것마다 외로움에 지친 내 마음을 아프게 찌른다. 차라리 혼자였을 땐 외로움도 외로움인 줄 몰랐나 보다.

공예품 집이 가까워져 온다. 손님이 없을 때를 고르기 위해 나는 밖에서 잠시 망을 보다 가게로 들어선다. "어서 오세요" 하다가 주인 여자는 한풀 꺾인 목소리로 "응, 아줌마구나" 한다. 늘 그렇듯이, 나는 훔친 물건을 장물아비에게 넘기기라도 하는 양 조마조마한 맘으로 진열대 위에다 보자기를 풀어 헤친다.

주인 여자가 눈을 가느스름하게 하고 이리저리 내 솜씨를 훑어 보고 있는 동안이 내게는 무척 길게 느껴진다. 벽에는 빤한 틈도 없이 매듭 걸이들이 걸려 있다. 그중에는 내 솜씨가 아닌 것도 있다. 또 다른 벽에는 민속 풍경을 담은 바가지와 탈들이 가득 걸려 있다.

"이번 솜씨는 좀 거친 것 같다, 그렇지 아줌마?"

"그래요?"

나는 희미하게 미소 짓는다. 값을 낮게 깎아내릴 때는 언제나 그런 식이었다. 한 쌍의 남녀가 가게로 들어선다.

"어서 오세요."

주인 여자는 만지던 걸 얼른 내려놓고 그네들을 맞는다. 남자는 백인이고, 여자는 한국 사람이다. 여자의 배는 만삭이다. 화장이 먹지 않아 그녀의 얼굴은 호랑이 가죽처럼 얼룩덜룩하다. 몸 가누 기가 몹시 힘든지 씨근덕거리며 의자로 가서 앉는다. 그녀는 나를 무심히 힐끗 쳐다본다. 남자가 진열대 안을 들여다보며 목걸이, 귀고리, 팔찌 따위를 손가락으로 가리키면서 값을 물어본다. 여자 는 그사이 백에서 담배를 꺼내 피운다.

휴, 하고 한숨처럼 연기를 내뱉던 여자의 눈길이 매듭 걸이가 걸려 있는 벽에 가서 머문다.

"허니, 댓 이즈 소 프리티, 응?"

여자의 손끝이 내가 만든 매듭 걸이를 가리켜 보인다. 그 무심한 낯선 손끝이 칼처럼 나를 유린하려는 것 같다. 나는 얼른 고개를 돌린다.

"야, 두 유 원트?"

두 사람이 몇 가지 물건을 사 가지고 나간 뒤에 나는 도로 진열대 앞으로 다가간다. 값을 깎이더라도 빨리 흥정을 끝내고 싶다.

주인 여자는 길가 쪽 진열대 유리창을 통해 두 사람이 사라져 가는 것을 지켜보다 말고 느닷없이 빈정거린다.

"여자들은 정말 어리석지요? 아이를 낳으면 사내를 영원히 붙잡아 둘 것처럼 저 고생을 마다하고⋯⋯."

그녀가 딸 하나를 낳고 남편과 이혼했다던 말이 부질없이 떠오른다.

"하나, 둘, 셋, 넷. 모두 네 쌍. 이거 다 받아도 될까 모르겠네, 매듭도 이젠 한물 가는 눈친데⋯⋯. 오늘은 8천 원씩밖에 못 주겠어. 어떡할래요. 그렇게라도 두고 갈 테야? 뭘 생각해, 여기 좀 보라니까."

공예품 가게를 어떻게 나왔는지 모르게 나는 이미 거리를 걷고 있다. 두 정거장 이상 걸은 폭인데, 아직 산부인과 간판만은 눈에 띄지 않는다. 갑자기 내 인생 전체가 임신이냐 아니냐, 그 하나의 사실에 따라 죽을 수도 살 수도 있는 것처럼 생각된다.

얼마쯤 더 걸어가려니 큰길에서 갈라진 골목 안에 찾고 있던 간판 하나가 눈에 띈다. 병원은 가정집들로 둘러싸여 있다. 병원 못 미처 구멍가게 앞엔 군고구마 화덕이 놓여 있다. 달짝지근하면서 도 노릇노릇 놓은 고구마 냄새가 벼락 치듯 식욕을 일으킨다. 공 복감은 전혀 없는데 입에서 당기는 식욕 같다. 그래 분명해. 유산 된 아이가 들어섰을 때도, 남들은 신 게 먹고 싶다는데 나는 이상 스럽게도 군고구마만 입에 당겼다.

어쩌면 병원에 가서 진찰받아 볼 필요가 전혀 없는, 확실한 증 거를 나는 이미 확보하고 있는 게 아닐까. 괜히 없는 돈을 진찰비 로 축낼 필요가 없을 듯싶다. 진찰할 돈으로 먹고 싶은 것을 사 먹 는 게(만약 임신이 확실하다 치면) 훨씬 실리적일지도 모르겠다. 이리 갈까 저리 갈까 망설이던 발길을 구멍가게 쪽으로 내딛는다.

군고구마가 따끈하다. 따스한 것을 오래 잊고 있었던 듯하다. 나는 봉지를 가슴에 폭 감싸 안는다. 문득 눈을 들어 바라보니 이 끼 낀 기와지붕 너머로 설핏 해가 기울고, 서쪽 하늘은 흐드러진 노을을 예감하는 듯 아련한 분홍빛이다. 내 속에서, 또는 밖에서, 무언가가 내 생의 발치를 내려다보게 한다. 이제까지 본 적이 없 는 허허로운 음영이 드리워져 있다. 아, 짧은 신음이 나도 모르게 흘러나온다.

택시 한 대가 골목 안으로 들어와 병원 앞에서 사람을 내려놓는 다. 마음이 아릴 때면 위안받을 유일한 방법인 것처럼, 나는 택시 를 타고 시내 중심지로 화려한 나들이를 가곤 했다. 거리의 흥청

104

거림과 상가의 호화로운 불빛이 끝내는 마음을 더욱 허전하게 할
지라도.

택시에서 내린 나는 사람의 물결에 떠밀리어 M백화점 입구로
들어간다. 앞에서 뒤에서 옆에서 타인이 내 몸을 툭툭 치는 감각
이 싫지 않다. 부나비가 불을 보고 허겁지겁하듯 나는 보석상의
휘황한 진열장 앞으로 다가간다. 진주 목걸이, 다이아 반지, 칠보
잠, 산호 노리개, 금 브로치 등등, 모두 정찰 가격이 표시되어 있
다. 뒤에서부터 짚어 본다. 단, 십, 백, 천, 만, 십만, 백만. 이런 것들
을 소유하는 사람들은 어떤 사람일까. 너무 가까이 진열장을 들여
다보니까 주인이 눈치를 주는 것 같다.

보석상 앞을 떠나 그 옆의 시계점으로 옮겨 간다. 시계점에서도
정찰표에 표시된 가격을 일일이 짚어 본다. 그중 아이들의 만화
시계는 내 호주머니의 돈과 엇비슷이 맞아떨어진다. 만화 시계뿐
만 아니라, 둘러보면 내가 지닌 돈으로도 살 만한 것들이 더러 있
을 것이다. 물론 나는 그것을 사지는 않을 것이다. 그러나 주머니
에 한 푼도 없는 것보다 얼마간 지닌 것이 큰 위안이 된다.

시계점에서 다시 액세서리 코너로, 액세서리 코너에서 그 옆의
가죽 제품 코너로……. 맛있는 것일수록 더욱 아껴서 먹는 아이
들처럼 나는 가능한 한 천천히 걸음을 옮긴다.

2층은 여성용 의류 매장이다. 그리고 3층은 가전제품 매장, 4층
은 가구 전시장, 5층은 남성용 의류와 아동복 매장이다. 에스컬레

이터는 여기서 끝이다. 내 걸음은 더욱 느려진다. 5층만 해도 아직 돌아볼 것이 많이 있음에도 내 마음 한구석은 비어 들어온다.

나는 이제 남성용 잠옷 가게 앞까지 와 있다. 남편은 잠옷을 입지 않는다. 필요한 것도 못 사는 것이 수두룩한데, 필요하지 않은 것을 살 만한 여유는 더더욱 없었다. 그래서 나는 이제까지 남자의 잠옷을 한 번도 사 보지 못했다. 잠옷을 보니 처량한 향수 같은 게 느껴진다. 숱한 보석들을 보았지만 그런 향수는 없었다.

마네킹이 입고 있는 견본에 매달린 가격표를 본다. 내가 지닌 돈으로도 하나 살 만하다.

"이거 좀 보여 주세요."

그가 입는다면 너무 화사할지도 모르겠다. 그러나 어차피 입을 건 아니니까. 내가 보여 달라는 것은 분홍색에 가까운 살색이다. 은회색과 미색도 좋아 보인다. 색깔이 다른 세 개의 잠옷을 진열대 위에 펴 놓고 이리 뒤적 저리 뒤적거리고 있을 때, 일행으로 보이는 여인 셋이 판매원을 자기들 쪽으로 불러 간다. 판매원은 여인들의 수선에 정신이 없는 눈치다. 호젓한 내 머릿속으로 느닷없이 충동이 스쳐 간다. 그 충동은 무언지 모르게 내 마음의 동공을 그득 채워 줄 것만 같다. 순식간에 나는 잠옷 하나를 바바리 속으로 감추었다. 판매원은 아직도 여인들의 수선에 경황이 없는 눈치다.

나는 머리가 띵하다. 너무 독한 모르핀을 맞은 것처럼 머릿속에 뿌연 안개가 서린 듯도 하다. 정신없이, 휘청휘청거리며 층계를 내려오면서도 금방 누가 뒤에서 뒷덜미를 낚아챌 것 같아 조마조마하다. 뒤를 돌아다보고 싶지만 오줌을 지릴 만큼 오금이 저리다.

층계참이다. 낮고 은근한 목소리가 등 뒤에서 들려온다.

"아주머니, 아주머니."

환청일까, 진짜일까. 그러나 진짜였다. 낯선 입김이 귓가를 스친다. 나는 폭삭 주저앉을 것만 같다. 백화점 유니폼을 입은 남자가 내 앞을 가로막고 우뚝 서 있다.

나는 얼른 바바리 속에 감추었던 잠옷을 그에게로 내밀며 중얼거린다.

"물건이 탐나서 그런 건 아녜요. 정말이에요."

층계를 굴러서라도 빨리 이 순간을 모면하고 싶다. 다행히 그는 물건만 받아 가지고 돌아선다. 그가 씹어 뱉는 소리가 들려온다.

"물건이 탐나지 않으면, 뭣 때문에 그런 짓을 해, 어이 참."

무엇엔가 힘껏 문질리어 온몸의 허물이 벗겨진 듯 전신이 아리다.

밖은 완전히 어두워졌고, 불빛은 더욱 휘황했다. 바람이 쓰라림을 식혀 준다. 나는 꿈을 꾼 것일까? 소생하지 못할 만큼 수치스러운 어떤 꿈을.

"웨─ㄴ 고구마느 자뜨 사 드고 오느냐."

문을 열어 주자마자 어머니는 욕실로 되돌아간다. 나는 욕실 문 앞까지 어머니를 따라간다. 흰 타일의 욕실 전체가 불빛을 반사하여 눈을 시리게 한다. 세면대 위에 놓인 어머니의 분홍색 틀니가 징그러운 파충류 같다. 속이 울렁거린다.

어머니는 칫솔로 틀니를 씻으며 내게 묻는다.

"지ーㅂ 아에 별이ーㄹ 어니? 유ーㄴ 서바은 여저히 그ーㄹ 쓰느라 바쁘구?"

"네. 언니랑 혜경인 어디 갔수?"

어머니는 나팔꽃처럼 오므라든 입을 아 벌리고 빈 잇몸 위에 틀니를 꿰어 맞춘다. 나는 세면대 앞 거울 속으로 그 모양을 도전하듯 바라본다. 속으로 울렁거리는 느낌이 진짜인지 아닌지 겨눠 보면서.

"언닌 곗날이라구 나가고 혜경인 학교에서 아직 안 왔어."

"근데, 웬 약 달이는 냄새유?"

후텁지근한 수증기 입자와 희미한 한약 냄새가 온 집 안에 가득 떠돌고 있다.

"언니 약이야, 이번엔 아들을 낳으라고 형부가 엊그제 지어 왔어. 한 재에 30만 원씩 두 재를 지어 왔더라."

"몇 달째 됐대요?"

"넉 달째라더라. 아이, 얘가 강아지 모양 왜 이리 졸졸 따라다녀 치마꼬리 밟겠다."

우리 모녀는 거실로 가서 마주 앉는다. 뜨거운 설움이 자꾸 치밀어 오른다. 어쩌면 울렁거림, 그것은 입덧 때문이 아니라 설움 때문이란 생각도 든다. 당기지도 않으면서 나는 군고구마를 꾸역 꾸역 입속으로 밀어 넣는다.

"너 속이 비었구나. 이리 와, 상 차려 주마."

"먹었어요. 먹었는데 괜히 입이 궁굼해서 그러는 거예요."

"그럼 물이라도 좀 마셔 가며 먹어라. 체할라."

어머니가 냉장고에서 주스를 꺼내 오는 동안, 나는 질척해진 눈 가를 얼른 손등으로 닦는다.

"엄마, 남자들이 정말 아이를 원하우?"

"그럼, 제 새끼 귀여워하지 않는 사내가 있겠냐. 천하 없는 인간 말자라도 제 새끼 앞에선 양처럼 순해진다지 않니. 그나저나 넌 여태 아무 소식 없니?"

"이제 있겠죠, 뭐."

"느들은 누구를 닮아 자궁이 그렇게 약하냐? 너나 언니나, 그저 떡두꺼비 같은 아들을 하나씩 쑥쑥 놓아 놔야 내가 눈을 감아도 편안히 감지."

"우리 그인 요새 도인 수업하는 사람 같아요, 엄마."

"도인이라니? 애 가만있거라. 이러다 비싼 약 태울라."

어머니는 부엌으로 쫓아 들어간다. 거실의 피아노를 손가락 끝 으로 눌러 보다 나도 부엌으로 간다.

"조금만 늦었으면 큰일 날 뻔했지 뭐야."

어머니는 사기그릇에 베수건을 받쳐 놓고 달인 약을 쏟아 붓는다. 뿌연 김이랑 독한 약 냄새가 가득 서린다.

"그 약이 정말 임산부에 좋은 거유?"

"그러길래 비싸겠지."

시커먼 황토 빛깔의 액체가 그릇에 고여 오른다. 베수건이 미어질 것 같다. 어머니는 약 찌꺼기를 도로 약탕관 속에 쏟아 붓고 물을 쳐서 다시 가스 불 위에 얹는다. 거실에서 전화벨이 울린다.

"전화 받으러 갈 테니 뚜껑 좀 덮어라."

약에서는 아직도 김이 모락모락 피어오른다. 나는 얼른 그릇을 집어 들어 꿀꺽꿀꺽 두어 모금 삼킨다. 그때이다. 마치 바다가 해일로 울렁거리듯, 속이 울렁거리더니 목구멍 가득 차게 무언가 넘어 오른다. 어머니의 비명 소리가 아스라이 멀어진다.

5

삐리― 삐리삐리.

여전히 안에서는 아무 기척도 없다. 지니고 다니던 열쇠를 찾아 구멍에 꽂는다. 문을 열고 안으로 들어간다. 무언지 많이 변한 것 같다. 그러나 하나하나를 둘러보면 아무것도 변한 것이 없다. 신발장도 장식장도, 또 그 위에 놓인 자금자금한* 물건들도 본래 놓였던 대로 먼지만 뿌옇게 뒤집어쓰고 있다.

그럼에도 이 낯선 향기는 뭘까? 1주일간의 외출에서 오는 내

*자금자금한 : 자그마한.

110

속에서의 낯설음일까? 눈밭에서 길을 잃은 사냥꾼마냥 나는 가만히 서서 단절된 저 너머의 것, 익숙한 분위기의 끄나풀을 잡으려 애쓴다.

신발을 벗고 마루로 올라선다. 방마다 문이 꼭꼭 닫혀 있다. 썰렁한 냉기가 감돈다. 마치 빈집처럼. 식탁 위의 조미료 병들조차 놓아 둔 그대로이다. 시클라멘은 목마름에 지친 듯 긴 혓바닥 같은 잎사귀들을 화분 밖으로 늘어뜨리고 있다.

나는 살며시 남편의 방문을 열어 본다. 방 안은 발 디딜 틈도 없이 어질러져 있다. 잠자리는 며칠 그대로 깔고 뒹군 듯하고, 머리맡엔 한 무더기나 되는 책들이 어지럽게 널려 있다. 그런데 재떨이만은 예상외로 깨끗하다. 두 개비는 다 태우고, 한 개비는 반쯤 태우다 만 채 버려져 있다. 잠자리에 손을 넣어 보니 아직도 체온이 남아 있다. 그는 나간 지 오래지 않은 모양이다.

머리맡에 널려 있는 책들을 가지런히 할 겸 제목을 훑어본다.

『침묵』

『성 프란치스코의 잔 꽃송이』

『사막의 예언자』

『지혜의 일곱 개 기둥』

『베다성전』

『마하무드라의 노래』

제목들이 이상해서 나는 책장을 펄럭펄럭 넘겨 본다. 책마다 밑줄이 새까맣게 그어져 있다. 밑줄 그어진 부분들을 군데군데 골라서 읽어 본다.

—인간은 우주의 신들과 그것을 지배하는 갖가지 힘을 결합시키는 접점(接點)이다.

—신은 인간의 가장 내적인 정신이다.

—객관적인 세계가 자기와 갈라져 있어 자기의 것이 아니라고 느끼는 동안에는 인간은 불행으로 생각한다. 그러나 그것을 자기 속에 받아들이면 자기 외에는 이미 획득해야 할 아무것도 없기 때문에 자기완성을 알고 행복하다.

—인간의 일생은 내면에 있는 것을 각지(覺知)하기 위해 있는 것이다.

—인간은 물질에 속박되고 조잡한 육체로 변한 영혼이다. 순수한 상태에 있으면 영혼은 속박되지 않고 전지(全知)이며 무한하지는 않으나 거의 무한과 같다. 업(業)이 이 영혼에 들어가서 속박을 주고 하나의 유한한 형태로 만들어 버린다. 업의 이 유입(流入)은 영혼의 무지(無知)에 의한 것이다.

—알은 새가 태어나기 이전의 혼돈이다.

햇볕이 내리쬐는 마당에서 애꾸눈의 사나이가 살육을 당했을

112

때도, 거적을 두른 몸뚱이가 끝없이 퍼져 있는 바다 속으로 떨어져간 그때도, 하느님은 그저 묵묵히 침묵만 지키고 있었다.

광인이 광인인 이유는 그가 지금 어떠한 형식에도 고착되지 않았기 때문이다. 그는 떨어져 나가 버린 것이다. 그는 이 사회로부터 완전히 분리되어 버렸다. 깨달은 사람 또한 광인과는 다른 차원에서 이 사회로부터 떨어져 나가 버렸다. 그는 결코 미치지는 않았다. 그는 순수하고 완전한 것의 가능성이다.

보여지는 것이 목표가 아니라 보여지는 것의 너머를 보려고 했다. 그러므로 보여지는 것은 그들의 시선이 지나가는 통로에 불과했다.

'나'란 교차하는 에너지의 선에 지나지 않는다. 이 교차하는 점은 사라진다. 수레를 이루고 있는 부분의 결합에 지나지 않는다.

그대는 이제 그 무엇을 들을 수 있다. 말과 말 사이에서 그대는 이제 그 무엇을 읽을 수 있다. 행과 행 사이의 빈 공간 속에서. 여기 말은 변명에 지나지 않게 된다. 진실은 언어 속에서가 아니라 언어의 옆, 그 빈 공간 속에 있다. 진실을 찾고자 하는 마음조차 없어졌을 때, 그때 미묘한 음영이 말을 따른다. 포착할 수 없이 미묘한 음영이. 그대 가슴은 그 미묘한 진실의 음영을 느낀다. 포착하기 어려운 의식의 파문을……. 그때 영적인 교섭은 가능하다.

저 무한한 공간을 보라. 하늘을 보라. 그 속에 무엇이 있는가. 찾지 말고 다만 보기만 하라. 빈 진공의 눈으로 보기만 하라.

발라암이여, 그대는 앞길에 서 있는 신을 보지 않았던가? 그때 그대의 나귀는 옆으로 비켰다.

나는 이 세상에서 단 하나뿐인 이상한 사원(寺院)의 어둠침침한 내부를 들여다보고 있는 것 같다. 그 속엔 제단도, 의식(儀式)을 행하는 사제도, 모시는 신의 형상도 없다. 다만 어둑스레한 박명* 속에 어려 있는 성스러움, 무엇인가 태어나는 것을 기다리고 지켜보는 공기의 고요함, 아니면 이미 태어난 것이 성소(聖所)에서 부스스 눈을 뜨고 눈부신 세상을 향해 걸어 나간 뒤의 고요함 같은 것이 어려 있다.

문밖에서 기웃이 들여다보다가 두려운 맘으로 뒷걸음질하는 낯선 여행자처럼 나는 책장을 덮고 남편의 방에서 나온다.

불을 켜고 욕실로 들어가서 손을 씻는데 섬뜩한 것이 눈에 띈다. 휴지통을 들어 올려 보니 뭉텅뭉텅 잘라 낸 머리카락이다. 머릿결이나 빛깔이나 길이로 봐서 남편의 것이 분명하다. 그래도 나는 못 미더워 손으로 만져 보려고 머리칼을 집어 들다가 놀라 소리를 지르며 휴지통째 떨어뜨렸다.

그러자 나를 놀라게 했던 그 수많은 바퀴 벌레 떼들은 엎어진 휴지통에서 기어 나와 욕조, 욕실 바닥, 천장, 벽 할 것 없이 산지사방으로 흩어져 달아난다. 욕실은 검은 콜타르로 뒤덮인 듯하다

*박명 : 해가 뜨기 전이나 해가 진 후 얼마 동안 주위가 희미하게 밝은 상태.

114

가, 이내 거짓말처럼 도로 흰빛을 드러낸다.

그렇잖아도 엊그제 신문에는 서울 변두리 지역에서 진성 콜레라 환자가 나타났다는 보도와 함께, 집 안을 청결히 해서 전염병균을 옮기는 벌레들이 근접하지 못하도록 하라는 기사가 있었다. 전염병도 전염병이지만 기어 다니는 곤충들에 대해서 나는 천생적인 공포증이 있다. 지금은 어디론가 자취를 감추었지만, 보이지 않는 틈바구니마다 그것들이 오글거리고 있으리라고 생각하니 온몸에 소름이 돋는다.

당장 무슨 수를 내야지. 나는 밖으로 나가 옆집 벨을 누른다.

"누구세요?"

"네 옆집이에요."

찰칵찰칵, 뒤이어 204호 여자가 내다본다.

"댁에는 바퀴 벌레가 없어요?"

"아뇨. 왜요? 그 댁에 바퀴가 나타났어요?"

"네. 친정에 가서 며칠 있다가 와 보니 바퀴가 나타났지 뭐예요. 그것도 한두 마리가 아니라, 수십 마리 되는 것 같아요."

"어머나, 저를 어째. 머지않아 우리 집으로 옮겨 오겠네."

"난 또 그 댁에서 우리 집으로 건너 왔는지 알았죠. 하여간에 약을 뿌리든지 어떻게 해야죠. 전염병은 둘째치고 사람이 놀라서 살수 없잖아요."

"그러세요. 약을 뿌릴 때 우리도 같이 뿌리게 해 주세요. 아니,

우리 두 집만 뿌려서도 안 될 거예요. 그러니 경비 아저씨한테 말하세요. 그 아저씨가 주선해 줄 거예요."

"그럭합시다."

옆집 여자와 헤어진 뒤 나는 계단을 한달음에 쫓아 내려가 경비실로 간다. 경비는 내가 다가가자 왜 그런지 히죽이 웃기부터 한다. 나는 그에게도 대뜸 바퀴 얘기부터 꺼낸다.

"……그러니, 아저씨가 알아보시고 우리 동 전체가 약을 뿌리게 주선 좀 해 주세요."

농사짓기가 싫어서 제일 편한 듯싶은 이 직업을 택했다는 자기 말대로, 그는 게으름이 온몸에 배어 있다. 수염이 까슬까슬한 턱을 어루만지며 마지못해 대답한다.

"여름도 다 갔는데 바퀴라니, 알 수 없군. 주민이 원한다면 약을 치긴 쳐야죠."

"아저씨, 한시라도 빠르면 빠를수록 좋아요. 바퀴는 번식력이 강해서 하룻밤 사이에 온 집 안을 뒤덮는대요."

그는 이미 내 얘기를 귀담아 듣고 있지 않았다. 그의 입가에 다시 비죽이 웃음이 흘러나와 있다. 그제야 나는 그 웃음 끝에 무엇인가 가물거리고 있음을 눈치 챘다.

"왜 그러세요 아저씨? 왜 아까부터 실실 웃고 그러세요?"

"쥔 양반 지금 집에 있어요?"

"아뇨. 어디 산책 나갔나 봐요. 왜 그러세요?"

"산책이라?"

그는 다시 손바닥으로 자기의 턱을 문지르며 고개를 갸우뚱한다.

"내가 없는 사이에 무슨 일이 있었어요?"

"일이랄 거까지는 없는데 이상하다 하면 이상한 일이지요. 엊그제였어요. 댁의 쥔 양반이 저어기 3동에 사는 다섯 살짜리 꼬마의 손을 잡고 이 앞을 지나 밖으로 나갑디다. 비가, 먼지 같은 비가 약간씩 뿌렸지요. 그래도 그러려니 했죠. 쥔 양반은 아이의 손을 잡고 과수밭 쪽으로 갔어요. 아마 서너 시간 족히 지났을 거요. 오줌을 누려고 과수밭에 있는 뒷간으로 갔더니, 쥔 양반하고 꼬마가 여적*까지 그 과수밭에 있지 뭡니까. 뭐 그런가 보다 하면서, 나는 뒷간 거적 너머로 두 사람을 무심히 지켜보았지요. 열매가 있는 것도 아니고, 꽃이 있는 것도 아니고, 뭐 볼 게 있다고 저러나 싶더군요. 아주머니도 아다시피, 잡초만 한 길씩 자라고, 마른 잎이나 부시럭대지, 거기에 뭐 볼 게 있습니까? 한데 쥔 양반은 나무들 사이에 꼼짝도 않고 서 있습디다. 꼬마는 꼬마대로 땅을 파는지, 벌레를 쫓는지 이만큼 떨어져서 혼자 있다가 싫증이 났나 봐요. 쥔 양반한테로 가서 옷자락을 흔들며 '아저씨 집에 가' 그럽디다. 그런데 쥔 양반이 돌처럼 꼼짝도 안 하니까 꼬마가 고개를 쳐들어 이러구 살펴봅디다. 역시 이상한가 봐요. '아저씨, 왜 그래. 왜 그래, 아저씨.' 그래도 쥔 양반은 나무 꼭대기를 쳐다보는지, 아니면

*여적 : '여태'의 방언.

하늘을 쳐다보는지, 눈도 까딱 안 해요. 그러자 먼지 같은 빗방울이 팥알만큼씩 커지더니 후둑후둑 제법 내릴 기세예요. 이어서 비는 순식간에 주룩주룩 내리기 시작했어요. 그래도 쥔 양반은 비석처럼 서 있었어요. 무언지 너무 이상하면 더럭 겁이 나잖아요. 꼬마는 흑 하고 숨을 들이켜더니 울음을 터뜨리며 허겁지겁 과수밭에서 달려 나오더군요. 아이의 얼굴은, 어찌나 놀랐는지 백지장처럼 질리고 턱이 덜덜 떨리고 있더군요. 그때서야 쥔 양반은 부스스 꿈에서 깨어난 듯 사방을 두리번거리더니 과수밭에서 나오더군요. 물에 빠진 듯 흠뻑 젖어서. 무심하게 넘기면 무심하게 넘길 수도 있겠고, 또 이상하게 생각하면 한없이 이상한 일이 아니요? 왜 그러는지 부인인 아주머니만은……."

"아뇨. 이상할 거 없어요. 아저씨 바퀴 약 뿌리는 거나 잘 부탁해요."

경비의 호기심을 야멸치게 주질러 놓고 돌아서긴 했지만, 나는 내심 너무 박절하게 자른 게 후회된다. 왜냐하면 그가 맘이 상한 나머지 자기가 본 바를 이상하게 왜곡해서 말을 낼 우려가 없지 않기 때문이다.

벌써 두 시간 이상이나 지났는데 남편은 아직도 돌아오지 않는다.

그는 어디서 또다시 비석처럼 서 있는 것일까?

집 안 곳곳에 산더미 같은 일거리를 그냥 두고 나 역시 넋 나간 듯 앉아 있다. 이윽고 계단 쪽에서 그의 발걸음 소리가 들려온다. 나는 후닥닥 일어나 눈에 띄는 대로 그릇을 설거지통에 집어넣고 철버덕거리는 체한다. 나 자신도 알 수가 없다. 왜 그런지 그를 정면으로 바로 쳐다보기가 두렵다. 열쇠를 짤랑대는 소리. 그는 문이 열려 있다는 것을 눈치 챈 모양이다. 문이 열린다. 신을 벗는다. 나는 옆에서 날아오는 그의 시선을 느낀다.

"당신 언제 왔어?"

"방금요."

멈칫멈칫 고개를 들어 그를 바라보는 순간, 나는 못 볼 것을 본 양 얼른 외면한다. 그리고 잠시 후에 다시 바라본다. 못 보던 털모자를 뒤집어쓰고 있는 남편의 얼굴은 가죽과 뼈만 남은 듯싶다. 눈자위는 움푹 패어 검츠레한 안경을 쓴 것 같고, 불거져 나온 광대뼈는 빤질빤질하다. 외관은 참혹한데도 그의 얼굴엔 내가 아직까지 보지 못한 어떤 평온함이 깃들어 있고, 눈빛이 그윽하면서도 맑은 광채를 띠고 있다. 그러나 또 한편으론, 거대한 야성 또는 꺼질 줄 모르는 화염과 사투(死鬪)를 벌인 끝에, 온몸에 보이지 않는 병과 깊숙한 상처를 입은 것 같은 흔적도 역력하다.

"무슨 일이 있었어요? 당신 얼굴이 왜 그래요?"

"아무 일도 아냐."

빙긋이 웃으며 그는 그대로 돌아서려 한다.

"여보!"

잘못 부른 듯 생경스러워 나는 화들짝 놀란다. 왜 그런지 모르겠다. 그가 아주 먼 타인 같다. 그는 하는 수 없다는 듯 내게로 되돌아선다.

"당신이 없는 사이에 단식을 하고 있었어. 그뿐이야."

"그뿐이 아니죠. 모자도 좀 벗어 보세요."

"할 수 없지, 아무 때고 볼 테니까."

남편은 천천히 머리에서 털모자를 벗겨 낸다. 물론 그의 머리는 초동*의 서투른 낫질이 지나간 봉분 같다.

"이제 뭐죠. 집을 나가는 일만 남은 건가요."

"글쎄."

애매하게 웃으며 그는 그냥 자기 방으로 들어간다. 그러한 그를 돌려 세워, "나 애기가 생겼나 봐요" 한들 무슨 소용이랴 싶다. 그러기엔 그가 너무 깊숙이, 또 멀리 가 있다. 여기선, 내가 선 강 이쪽에선 이제 그를 붙잡아 세울 만한 것은 아무것도 없을까.

이제야말로 내게 남은 것은 집안일뿐인 듯이, 차디찬 맘으로 찬장 문이란 문은 다 열어젖히고 이사 온 이래 한 번도 씻어 본 일이 없는 그릇들까지도 모조리 꺼내어 설거지통에 담근다.

저녁 무렵에는 더욱 이상한 광경이 눈에 띄었다. 뒤 베란다에서 빨래를 하고 있던 중 무심히 눈을 들어 보니 가스 계량기 뒤에서

*초동 : 맨 처음에 하는 행동.

커다란 그리마*가 기어 나와 집 안으로 사라졌다. 그런가 하자 또 한 마리가 나타나 앞서 간 놈이 사라진 방향으로 쏜살같이 뒤쫓아 간다. 어머니는 아직도 그 벌레가 집 안으로 들어오면 돈이 생긴다고 믿고 있었다. 나는 다시 빨래를 계속했다. 한참 뒤에 눈을 들어 보니 이번엔 그런 벌레들이 줄을 이어 우리 집 안으로 기어 들어오고 있었다. 마치 경사 난 집에 축하하러 오는 하객들의 행렬 같다. 나는 일어나서 그 행렬이 이어져 오는 줄 끝을 찾아보았다. 그랬더니 유리창이 조금 열린 틈으로 벌레들이 꼬리에 꼬리를 물고 기어 들어오는 중이었다. 그 줄은 바깥 외벽을 타고 땅바닥까지 이어져 있었다.

하도 이상스러워 나는 남편을 소리쳐 불렀다. 그도 영문을 모르겠다는 듯 신기하게 그림자들의 행렬을 바라볼 뿐이었다.

"이놈들만이 아녜요. 바퀴들도 득실거려요. 다른 집들은 눈 씻고 봐도 없다는데 왜 우리 집만 이렇게 꼬여 드는지 모르겠어요."

"……."

"경비한테 약을 쳐 달라고 부탁했어요."

"그것들도 다 생명을 타고난 건데 함부로 죽이지 말어. 그냥 같이 살지."

"같이 살아요?"

그때였다. 전화벨이 울렸다. 나는 전화를 받으러 갔다. 어머니

*그리마 : 지네와 비슷한 절지동물.

였다.

"나다. 윤 서방 좋아하지?"

"아뇨. 아직 애기 못 했어요."

"애기를 못하다니, 그것보다 더 중한 일도 있니?"

어머니가 눈치 채지 않게 나는 어깨로 한숨을 삭였다.

"그럴 일이 좀 있었어요. 집에 와 보니 벌레가……."

"벌레라니?"

"그렇게 많은 바퀴 떼는 처음 봤어요. 뿐만 아니라 그리마들이
줄지어 우리 집으로 들어왔어요."

"애, 가만있거라. 뭔지 심상치 않다. 자고로 땅바닥을 배로 기어
다니는 것들은 미물일지라도 신이(神異)한 육감이 있다더라. 너
희 집에 상서로운 일이 있을 징조이다."

그런데 더욱 이상한 일은 그렇게 줄줄이 이어서 집 안으로 들어
온 벌레들이 어디에 들어박혔는지, 몇 며칠이 지나도록 한 마리도
보이지 않는다.

6

날이 밝고 있다. 아직도 내 몸엔 신열이 끓고 있다.

어제 낮이었다. 남편이 부탁한 대로 배낭을 챙기다 말고 나는
또다시 극심한 구토의 엄습을 받았다. 올리다 올리다 못해 똥물까
지 토하고 나니 눈앞이 핑핑 돌았다. 간신히 방으로 기어 들어가

누워 있으려니, 열이 나고 으슬으슬 춥기 시작했다. 점심 후에 슬 그머니 나간 남편은 저녁 9시가 넘어 들어왔다. 문만 열어 주고 돌 아섰다. 남편은 그냥 자기 방으로 들어갔다.

그가 등산을 가겠다고 했을 때, 나는 왜 그런지 오래전부터 그의 입에서 그 말이 나올 것을 예감하고 있었던 것 같은 기분이었다. 말이 등산이지, 어쩌면 그는 나가서 돌아오지 않을지도 모르겠다. 며칠 전 나는 우연히 그의 책 가운데서 이런 구절을 보았다. 그 구절이 눈에 띈 것은 물론 밑줄이 그어져 있었기 때문이다.

알렉시 성인은 사교계 생활을 하고 심지어 결혼까지 한 뒤에 그 가 맺은 모든 인연을 끊고 20년 동안이나 자기 조국에서 멀리 떨어 진 곳에 가서 살았다. 가정으로 다시 돌아왔을 때 아무도 그를 알 아보지 못했고, 그 역시 알려지기를 원하지도 않았으므로 그는 마 침내 그 집 층계 밑 어둠침침한 곳에서 여생을 마쳤다. 그 층계 밑 에서 모든 것을 보고 들었다.

위인들이 어두운 숲 속으로 깊숙이 파묻히고, 그 숲은 영원히 닫 혀진 세계로 변하여 그 위인들이 지나간 자취마저도 감추어 버린 다. 엠페도클레스는 신고 있던 샌들만을 벗어 둔 채 일부러 화산 속으로 뛰어들어 사라져 버렸다.

그 남자들의 부인은 어떻게 남편을 떠나 보냈을까. 더욱이 떠나서 다시는 가정으로 돌아오지 않을지도 모른다는 것을 미리 알고 있었다면. 그리고 머잖아 태어날 아기를 잉태하고 있었다면.

대부분의 여자들이나 마찬가지로, 나는 아기를 빙자해서라도 그의 길을 막아 보려 했다. 그러나 나의 유일한 자부심은 아무 내색도 하지 않고 그의 길을 선선히 비켜 주는 거라고 생각된다.

그는 지금 욕실에서 세수를 하고 있다. 나는 내가 쓴 종이쪽을 한 번 더 읽어 본다.

당신이 언제 어디에서 이 쪽지를 읽어 보게 될지 모르겠군요. 그냥 알고만 있으라고 말하는 거예요. 당신이 떠날 때 나는 임신 중이었어요.

나는 쪽지를 접어 그의 배낭 주머니 한 귀퉁이에 넣어 준다. 그는 짐을 어떤 맘으로 풀어 볼지 모르지만 양말 한 짝, 내의 한 벌, 수건 한 장까지도 내 손을 거쳐 그 배낭으로 들어가는 것은 무엇이든지 마지막이라는 기분으로 챙겨 넣었다.

떠날 채비를 한 그가 문을 열고 들여다본다. 남편은 나를 바로 쳐다보지 않는다.

"준비 다 됐어?"

"여기 있어요."

"나오지 마."

"버스 타는 데까지만 따라갈게요."

"나오려면 두꺼운 걸 걸쳐. 바깥이 꽤 쌀쌀해."

그래야겠다고 생각하면서도, 그가 배낭을 짊어지자 마음이 바빠진 나는 겉옷은커녕 양말도 못 신고 따라나선다. 우리는 말없이 계단을 내려간다. 바람이 서릿발처럼 맵다. 남편은 나를 돌아다본다.

나의 맨발은 치렁치렁한 치맛자락에 가려 보이지 않는다. 신발 바닥이 차디차다.

우리는 경비실 앞을 지나 언덕으로 내려간다. 먼 산 산기슭으로 파르스름한 이내의 강이 흐르고, 동쪽 하늘은 발그레하게 젖어 있다. 그의 무거운 등산화는 걸을 때마다 둔탁하게 지표를 울리고 다시 내 마음에 와서 부딪친다.

목구멍이 매캐하고 따갑다. 망설이던 말을 간신히 밀어낸다.

"어디로 가요?"

"그냥 가는 거지 뭐."

언제 올 거냐고 한마디 더 물어보고 싶지만 나는 끝내 참기로 한다. 큰길 건너 빈 들에는 서리가 하얗게 앉아 있다. 오는 차도 가는 차도 없이, 넓은 신작로 끝과 끝이 그냥 아득하기만 하다. 남편은 배낭을 추스르고 나서 비로소 나를 바라본다. 무슨 말인지 할 듯하다가 그만둔다.

뿌연 신작로 끝에서 빨간 불을 켠 버스가 달려오고 있다. 나는 온몸으로 진저리를 친다. 남편은 멀거니 하늘을 쳐다보고 있다. 그의 이마에도 서리가 앉은 듯 유난히 희고 반짝인다.

차가 정류장에 와서 멎는다. 남편은 나를 조용히 돌아다봤을 뿐, 끝내 아무 말도 남기지 않고 그대로 차에 오른다. 그를 태우자마자 차는 이내 길을 내닫는다.

눈물이 고여 오르는 순간, 어떤 생각이 구원처럼 스친다. 나는 집으로 뛰어간다. 필시 어디에고 남편은 나에게 주는 말을 남겨 두었을 성싶다.

방 안은 말끔하게 정돈되어 있다. 나는 곧장 책상 앞으로 다가간다. 책상은 얼핏 보기에 전혀 그의 손을 탄 것 같지 않다. 그가 내게 무언가를 써서 남겼다면 눈에 잘 띄는 곳에 두었을 것이다. 허나, 책상 위는 물론 서랍, 책갈피 속까지 뒤져 보았지만 아무것도 눈에 띄지 않는다.

푸른 노트 하나가 원고지 뭉치와 포개어져 있다. 그 노트는 이전에는 거기 있지 않았다. 나는 노트를 꺼내 펼쳐 본다. 메모 같기도 하고 일기 같기도 하다.

○월 ○일

밤마다 거센 파도에 씻기어 투명해지는 나의 정신이여.

어떤 불꽃을 둘러싸기 위한 등피인가.

밤이 깊을수록
밤은 더욱 어둡고
밤이 어두워질수록
더욱 밝아지는 불꽃, 광채.

○월 ○일
아침마다 샘으로 간다.
샘물을 마시고 새처럼 가벼워진다.
아침마다 줄넘기를 한다.
나는 연습을 한다.

잠자던 중에 이불자락을 휙 젖히는 손길이 있어서 깜짝 놀라 잠이 깨었다. 한밤중이었다. 그리고 그 손길이 내 속에서 꿈꾸던 어떤 언어가 아니었나 생각된다.

○월 ○일
나는 어떤 높은 벼랑 위에 서 있다.
내 속에서 또 다른 내가 물었다.
"너는 무엇 때문에 아무도 없는 이곳에 와 있니?"
내가 대답했다.
"햇빛에 더 가까워지기 위해서, 바람에 더 가까워지기 위해서."

○월 ○일

수심(愁心) 속에 담근 발이 너무 시려 밤새도록 이쪽저쪽 바꾸어 가며 서 있었다.

○월 ○일

앞창이 새벽의 이슬에 젖어들 즈음 산책을 하러 나갔다. 집 뒤의 배 밭이 서리를 맞아 하얗다. 멀리 금빛 갈기를 펄럭이며 해가 떠오르고 있었다. 한 무리의 새들이 달고 시원한 하늘로 날아올랐다. 나는 철조망을 내리고 배 밭으로 들어갔다. 소금 맛 같은 새벽 공기는 과원(果園)의 여러 향기를 더욱 짙게 했다. 마른 풀 냄새! 마른 풀숲에서 뒹구는 낙과들이 아직도 달콤한 과육 냄새를 물씬 풍겼다. 어지러웠다.

단풍 든 배 잎사귀들이 여기저기서 맑은 풍경 소리를 냈다. 나는 한자리에 가만히 서 있었다. 배나무 사이의 또 한 그루의 나무인 것처럼. 내 영혼의 깃털은 과원 속의 모든 것이 그러한 것처럼. 아침의 싸한 공기와 살랑거리는 바람과 떠오르는 해와 새소리에 깊이깊이 감응했다. 한 그루의 나무로 존재한다 하더라도 나는 아무 여한이 없을 것 같았다.

○월 ○일

나무는 꽃과 잎을 피움으로써 자기의 딱딱한 목피(木皮) 속에

차 있는 정령(精靈)을 형상화하듯이, 작가는 언어를 통해 자기의 내면에 가득 차 있는 넋 무리를 형상화한다.

작가의 언어는 나무에게 있어 꽃과 잎이 그러한 것처럼 혼신의 힘이 깃들어 있어야 한다. 오직 형상화하는 기쁨 그것 자체가 목적인 양.

아침의 태양이 만물을 어루만지는 기쁨은 어떤 것일까.

밤마다 새로워진 어둠이

천지의 만물을 감싸는 기쁨은 어떤 것일까.

○월 ○일

새벽빛이 창문에 젖어드는 것을 보고 밖으로 나갔다. 촉촉하게 젖은 공기, 새소리, 나무들, 그리고 고요함. 과수밭을 우두커니 바라보다가 빈터 쪽으로 갔다. 버려진 듯한, 그러나 가만히 보면 무언가 가득 차 있는 그 빈터가 좋았다. 비탈 아래로 내려가다 보니 노란 달맞이꽃이 한군데 소복하게 피어 있다. 철은 가는데, 자갈과 잡초 사이에서도 막무가내로 꽃을 피우고야 마는 그 꽃이야말로 '달맞이'란 이름이 가장 어울릴 듯싶다.

문득 하늘을 쳐다보니 분홍도 보라도 아닌, 그저 여린 빛깔이라고밖에 할 수 없는 빛이 동편 하늘 가장자리를 적시고 있었다. 예감이란 언어를 빛으로 표현한다면 화가는 필히 그 색을 이해해야

할 것 같다. 난데없이 기러기 떼들이 하늘을 가로질러 남으로 날고
있었다. 그들이 날아가고 난 빈 하늘을 마냥 쳐다보는 내 이마에
문득 싸늘한 날갯짓의 촉감이 느껴진다.

발길을 집으로 돌렸다. 아무 일도 없었던 것 같은데, 돌연 내 마
음은 왜 이다지 살고 싶을까.

○월 ○일

아내가 물었다. 어딘가로 이르기 위해 가정이 방해가 된다면 어
떡할 거냐고. 내 대답은 그녀를 비탄과 절망에 빠뜨렸을 것이다. 그
래도 하는 수 없었다. 나의 비정함 따윈 아무것도 아니다. 신적(神
的)인 모든 것은 인간의 바람에 대해 철두철미 침묵을 지킨다. 왜
그럴까? 이제야 겨우 나는 그 이유를 조금씩 깨닫고 있다.

아내가 울 것처럼 보였기 때문에 나는 얼른 집에서 나왔다. 산책
은 육체의 명상이다. 마음에서 연민의 녹이 벗겨지는 데는 그다지
오랜 시간이 걸리지 않았다.

나는 달렸다. 박하처럼 차디찬 공기, 씁쓰름한 풀 향기가 이마와
코에 달라붙었다. 마른 풀에 뒤덮인 언덕이 점점 빠른 속도로 다가
왔다. 그 마른 풀 밑에다 나는 나만이 아는 길을 감춰 놓았다. 여름
내내 다져서, 마치도 사막에 사는 이리의 빨간 혓바닥처럼 선연해
진 길.

남들이 글을 쓰고 있는 시간에, 아무것도 하지 않고 가만히 있어

도 저절로 회한과 고뇌와 비통함이 끓어올라 신음을 삼키며 베갯 잇을 깨물어야 했던 밤들. 수천수만 파도의 혀에 밤새도록 살과 피를 씻기운 뒤, 희뿌연 새벽이면 어찔어찔한 이마를 무명 띠로 졸라매고 부질없이 기어오르곤 했던 그 길. 이 길도 언젠가는 이리의 혓바닥처럼 빨간 홍보석 같은 빛으로만 남을 수 있을까, 하고 나는 얼마나 자주 자기 자신에게 자문해 왔는가.

침묵으로 굳어지다 못해 빨갛고 단단한 돌이 되었다가, 더 지나면 홍옥 같은 붉은빛으로만 남는다는 사막의 이리의 그 혀.

나는 천천히, 형언할 수 없이 은밀한 기쁨을 맛보며 그 혀 위에 나의 영혼을 포개었다.

언덕 위는 공지였다. 공지 끝은 다른 언덕이었다. 집터를 닦아 놓은 뒤 그대로 몇 년이고 방치해 두는 동안, 산 본래의 모습이 불도저 흔적을 지우고 조금씩 되살아나고 있었다. 상수리나무와 억새풀과 도깨비바늘이 허리에 감겼다. 풀벌레들이 그악스럽게 울어 댔고 흙빛은 기름졌다. 대지의 말랑말랑한 살. 공기와 풀 향기는 태곳적부터 있어 온 영원한 산이 어디메 있는지 알기나 하는 듯이, 더욱 시렸고, 더욱 짙어졌다.

돌멩이들을 툭툭 걷어차며 또 다른 언덕 앞으로 다가가던 나는 우뚝 제자리에 멈춰 섰다. 그리고 홀린 듯이 앞을 바라보았다. 바람에 하느작대는 노란 잡초, 한없이 맑고 푸른 하늘, 거무튀튀한 바위, 황색 점토, 가파르게 흘러내린 비탈의 곡선. 나를 사로잡은 것은 빛깔도, 소리도, 사물의 외형도 아니었다…….

나는 내 눈에 나사와 같은 홈이 패어, 사물들의 속 깊은 내밀성(內密性) 속으로, 속으로 파고드는 게 아닐까 하는 생각마저 들었다. 아니, 홈이 팬 건 마음인지도 몰랐다. 노랗게 아른거리는 잡초와 잡초 사이, 잡초와 바위, 바위와 흙, 흙과 하늘, 그런 것들 사이에 어려 있는 파랗기도 하고, 노랗기도 하고, 거무튀튀하기도 한 빛깔, 냄새, 어쩌면 그 모든 것들이 한데 어우러져 서로 감응하는 혼령들의 울림이 마음에 보이는 듯했다.

나는 느끼며 생각하며 붙박인 듯이 그 자리에 서서 바라보고 또 바라봤다. 그러다 마치 그 울림을 손아귀에 움켜쥘 수도 있을 듯한 기분에, 한 발 앞으로 내딛는 순간, 그 이상한 울림은 산산이 깨지고, 그저 늘 보던 잡초, 바위, 흙, 하늘의 모습뿐이었다.

나는 몸을 움직인 게 안타까웠다. 혹시나 해서 다시 그 자리에 되돌아가서 봐도 그런 느낌은 되살려지지 않았다.

나는 언덕을 올라갔다. 그곳은 아주 넓은 공지였다. 아침에는 인근 주민들이 그곳에 나와서 조깅을 했다. 새로 지은 2층 양옥집이 보였다. 그 집의 지대는 공지보다 한 길 정도 낮았다. 집 안이 우물 속처럼 들여다보였다.

손질이 잘된 잔디, 동그랗고 파란 솜사탕 같은 정원수들, 낮고 하얀 목책에 둘러싸인 화단, 괴석과 석탑, 아기자기한 숱한 비밀을 걸어 잠근 현관문, 뜰에 면한 거실의 가무스름한 유리창, 나비 모양으로 드리워져 있는 커튼, 하얀 화분대 위에 놓인 선인장 화분들…….

아내의 얼굴이 절로 떠올랐다. 마지막 같은 말을 그녀에게 던졌을 때, 그 가련한 여자를 벼랑 아래로 밀어 던졌을 때, 나는 괴로웠다. 그녀가 아파하는 아픔이, 절망이 나의 살을 저미는 것 같았다.

내 마음은 마치 집 떠난 지 오래된 방랑자처럼 울타리 안의 그 안정이 그리웠다. 내 그리움은 소유를 껴안고 싶은 열망이라기보다는 단지 어루만지는 것만으로도 충족되는 사랑이었다. 떠난 새도 없이 내 마음은 소유를 껴안기 위한 모든 울타리 밖에 와 있었다.

아름다운 집을 뒤로 하고, 나는 다시 걷기 시작했다. 공지를 가로질렀다. 샛길을 빠져나왔다. 다시 포장도로로 나왔다. 책가방을 맨 계집아이가 신주머니를 홰홰 내두르며 내 앞에서 나풀나풀 뛰어가고 있었다. 내 속에서 깨어난 한 소년도 계집아이 뒤를 따라 나풀나풀 뛰었다.

동구 밖 과수원 길
아카시아 꽃이 활짝 폈네
하아얀 꽃 이파리
눈송이처럼 날리네

계집아이와 함께 소년도 입속으로 노래를 흥얼거렸다. 아무 생각 없이 나비를 뒤쫓는 또 다른 나비와 같이, 소년은 계속 계집아이를 뒤쫓아 갔다. 길 위에 쏟아지는 햇빛과 한없이 맑은 공기와 노래와 유희와 춤추며 뛰어가는 계집아이와 그 모든 것이 어우러져 한없이 친근한 것이 되어 가고 있었다.

계집아이가 어떤 집 파란 대문 안으로 사라져 버렸다. 혼자 남은 소년은 사방을 휘휘 둘러보았다. 낯선 동네였다. 내가 왜 여기 와 있을까?

나는 길을 되짚어 나왔다. 연탄을 가득 실은 트럭 한 대가 동네 어귀에 세워져 있었다. 트럭 위에서 한 여인이 연탄을 두 장씩 포개어, 밑에 있는 소년에게 던져 주고 있었다. 순식간에 그 광경도 나에게 매우 중요한 의미를 지니게 되었다. 그 광경을 이루는 아주 하찮은 부분부분들까지도.

여인의 헝클어진 머리카락, 연탄 가루로 시커멓게 얼룩진 얼굴, 탄가루에 찌들어 가죽처럼 번쩍거리는 고무장갑, 펑퍼짐한 몸뻬, 보라색 플라스틱 슬리퍼, 쉼 없이 거의 율동적으로 연탄을 집어 던져 주고 있는 골똘한 표정, 몸뻬가 흘러내려 허연 속살이 드러난 허리……. 그 부분들은 부분 이상의 무엇을 가리켜 보이는 것 같았다. 바람이 불 때 나뭇잎들이 나무 이상의 무엇을 암시하듯이.

이상한 날이로군! 나는 날아갈 것처럼 걸음이 가벼웠다. 넓은 전원이 내 앞에 펼쳐졌다. 밭도 논도 가을걷이가 끝나 벌거숭이 나신(裸身)이었다. 나는 논두렁 길로 접어들었다. 왼쪽은 둔덕, 오른

쪽은 낫 자국이 선연한 논바닥이었다. 흙빛으로 여문 여치, 송장메뚜기들이 마른 풀숲에서 푸드덕 날아올랐다. 나는 손가락으로 훑은 마른 풀줄기를 잇새에 끼우고 잘근잘근 씹어 보았다. 쿡 쏘는 풀 향기가 아편처럼 전신을 혼곤하게 했다.

높고 새된 어린아이들의 목소리가 맑은 공기 저쪽에서 아른아른 스미어 왔다. "잡아라, 나쁜 놈이다." "나쁜 놈이다. 잡아라." 둔덕 위에 일렬로 서서 아이들은 나쁜 놈을 잡기 위해 흙을 집어 던졌다.

나는 걸음을 멈추고 아이들이 집어 던지는 흙이 날아가는 방향을 노려봤다. 내 눈엔 아무것도 보이지 않았다. 말갛게 비치는 허공뿐이었다.

아이들은 내가 다가가기 전에 둔덕 너머로 사라졌다. 나는 아이들이 뿌려 댄 흙이 떨어져 있는 지점으로 가 봤다. 그 지점에서 나는 허공을 향해 다시 귀를 기울여 봤다. 무엇인지, 들릴 듯 보일 듯 하다가 말았다. 안타까웠다. 나는 동서남북 네 방향을 돌아가며 깊이 더욱 깊이 기울여 봤다. 그때였다. 나는 멀리서, 이쪽을 뚫어질 듯이 쏘아보는 아내를 발견했다.

나는 노트를 덮고 본래대로 해 놓는다. 사람의 인연이란 이토록 허망한 걸까. 방 안을 둘러본다. 잘 개켜진 이불을 보자 왈칵 뜨거운 눈물이 솟는다. 갑자기 그의 몸이 너무 그리워 나는 온몸이 아프고 저리다. 이불이 그인 양 나는 저린 몸을 던진다. 의식이 가물가물 멀어진다.

다시 눈을 떠 보니 이상한 꿈을 꾼 뒤다. 잠을 잔 것 같지는 않은데 꿈만은 너무도 생생하다.

누가 밖에서 벨을 누르고 있었다. 나는 걸림 쇠를 따고 문을 열었다. 삿갓을 쓰고 긴 법장*을 짚은 중이 문간에 서 있었다. 그의 얼굴은 삿갓에 가려 보이지 않았다. 가사* 차림이 유난히 말끔하고 절도 있어 보였다. 출가하여 처음 시주를 받으러 나온 동냥 승일까 생각하며, 나는 쌀을 좀 퍼 오려고 돌아섰다. 그때 중이 나를 만류하며 "이것 받으라" 하고 잘 개켜진 옷가지를 내밀었다. 받고 보니 그것은 남편이 나갈 때 입고 간 옷이었다. 나는 중을 붙잡고 "우리 그이는, 그이는 어떻게 됐어요" 하고 애타게 물었다. 그러나 중은 아무 말도 안 하고 그냥 돌아섰다. 나는 계단을 뛰어 내려갔으나 그의 모습은 어디에도 없었다. "스님! 스님!" 부르다가 눈을 떴다.

* 법장 : 지팡이.
* 가사 : 중이 장삼 위에, 왼쪽 어깨에서 오른쪽 겨드랑이 밑으로 걸쳐 입는 법의.

7

사랑하는 아내에게

집을 나설 때 내게는 방향도 예정도 없었어. 그냥 발길 닿는 대로 어디든지 가 보리라는 맘뿐이었어.

고속버스 터미널에 이르러 버스에서 내렸더니 바로 앞에 영동선 대합실이 있었어. 이른 아침인데도 대합실엔 많은 사람들이 북적거리고 있더군. 나는 막막한 기분으로 잠시 서 있었지. 그때 한 스님이 출입구로 들어오고 있는 것이 보였어. 그가 가는 대로 내 방향을 맡겨 보자는 생각이 문득 스쳤어.

스님은 원주행 매표구 앞으로 갔어. 바로 그의 뒤에 서 있다가 나도 원주행 차표를 끊었어. 우리는 나란히 앉게 되었어.

버스가 서울을 벗어나 교외로 달리고 있을 때였지. 그가 나더러 치악산에 가느냐고 묻더군. 나는 무작정 그렇다고 대답했지.

"힘들더라도 시루봉에는 꼭 한번 올라가 보시지요."

그의 권유에 특별한 뜻이 담겨 있는 것을 감지했어. 그러나 나는 모른 척 물었어.

"볼 만한 게 있습니까?"

"사람에 따라서는 볼 만하지요."

"그게 뭡니까?"

"가 보시면 아시리다."

그러곤 창밖으로 눈길을 옮겨 간 스님은 원주에 닿을 때까지 더 이상 아무 말도 하지 않았어.

헤어질 때 내가 목례를 드리자 본 체 만 체 장삼 자락을 날개처럼 펄럭이며 순식간에 눈앞에서 사라졌어.

그날은 산 밑까지 가서 민박을 했지. 그리고 다음 날 일찍 해발 1,288미터나 된다는 시루봉에 오르기 위해 길을 떠났어. 많지는 않으나 다른 등반객도 있었는데, 그들은 금세 나를 앞질러 갔어. 나의 산행(山行)은 고독한 수행(修行)처럼 적막했어. 산에는 단풍이 모두 졌지만, 아른거리는 나뭇가지 사이로 바람과 햇빛이 맑은 물처럼 흘러내렸어.

오를수록 산은 더욱 가팔라졌지. 하지만 나는 부풀어 오르는 기대감에 힘든 줄 몰랐어. 알 수 없는 힘이 솟아 발걸음이 마냥 가벼웠어. 설사 무거운 바위를 짊어졌다 하더라도 나는 듯이 산을 탈 것 같았어.

어느 순간 맑은 바람이 땀을 식혀 주더군. 쳐다보니 정상이 멀지 않더군. 나는 한 걸음 숨죽이고 다가갔어. 새들조차도 숨을 죽이고 있는 것 같았어. 눈에 띄는 모든 것이 그 빛깔이나 형체를 넘어서 스미는 혼령으로 다가오는 것 같았어. 흙도, 바위도, 나무도, 바람도, 햇빛도, 하늘도 다 혼령이 스미어 아른거리는 것 같았어. 그리고 심연 같은 고요함뿐이었어.

그때 내 앞에 하늘을 향해 우뚝 솟은 탑이 나타났어. 탑은 3개였고, 자연석 그대로를 쌓아 올린 것이었어. 그것은 어떤 마음이 하늘로 승천한 자리에 그 허물처럼 남은, 고요히 합장한 손과도 같았어. 승천한 마음은 이제 맑고 시린 빛이 되어, 눈부신 흰 새 모양, 그 허물의 끝에 그윽이 머물고 있었어.

아, 바로 이것이었군! 나는 그것을 통해, 아직도 얼마나 더 가야 할지 모르는 방황과 고뇌의 노정(路程)이 단숨에 이루어진 것같이 느껴졌어. 누군지는 모르지만, '그' 덕분에 고개도 넘지 않고 대번에 선경(仙境) 속으로 들어온 것만 같았어. '그'가 길게 엎드리면 한 세계에서 다른 세계로 넘어가는 다리가 되고, '그'가 일어서면 한 세계 속에 우뚝 솟아오른 비경(秘境) 그 자체, 산이야.

나는 탑을 향해 내 온몸을 땅에 대고 엎드렸어. 엎드린 채 흙 한 줌을 집어 먹었어.

산에서 내려오자 나는 동네 어귀에 있는 술집으로 갔어. 주인에게 그 탑을 쌓은 사람에 대해서 물어보았지.

"글쎄요, 말만 들었는데 뻥튀기를 팔러 다니던 장사꾼이었다나 봐요. 시상에 미쳤지, 장사도 집어치우고 전국 방방곡곡에서 3년 동안 돌만 그러모았다고 하니, 그 여편넨들 오죽 복장이 터졌으까."

모두가 도시락을 싸 들고 일터로 가는 월급쟁이들 틈에, 커다란 돌을 소중한 보물인 양 끼고 앉아 있는 남자의 뒷모습을 상상해 봐. 그의 돌이 영원을 향해 놓아지는 기도의 한 섬돌이라는 것을, 그들은 지금까지도 까맣게 모르고 있는 거야.

그래, 이제 나는 세상에 그런 탑이, 또 그런 탑을 쌓는 사람이 살고 있다는 그 사실 하나만으로도 무한한 기쁨과 은총을 느끼며 살아갈 수 있어. 나는 무엇을 하든지, 흙을 파든, 커피를 마시든, 하늘을 바라보든, 내가 하는 모든 일이 참으로 기쁨이며 축복이란 것을 알았어. 나는 이제 무엇이든지 다 될 수 있을 것 같아.

아내여, 사랑하는 아내여. 나의 열락(悅樂)을 당신의 생 속에도 옮겨 심어 주고 싶다. 어서 날이 밝아 집으로 돌아가고 싶다.

안녕. 당신의 영원한 반려자.

남편이 산에서 돌아온 지도 스무 날이 넘었다. 남편의 성화에 못 이겨 나는 아침나절에 산부인과로 가서 진찰을 받았다. 임신이 아니라고 했다. 의사에게 화를 냈더니 다른 병원으로 가서 재진찰을 받아 보라고 했다. 역시 결과는 같았다. 나는 부끄러워 가방마저 내던지고 병원에서 뛰쳐나왔다.

집에 오니 그는 외출 중이었다. 그는 요즘 일자리를 알아보러 다니는 중이었다. 나는 심란한 맘을 달래려고 빨래를 시작했다.

삐리-삐리삐리. 종달새가 운다. 그가 돌아온 모양이다. 산에서 돌아온 이래로 그는 초록색 수액이 가득 넘쳐 오르는 나무처럼 싱싱하다.

진찰 결과를 물어볼까 봐 얼른 빨래터로 돌아가려니 그가 부른다.

"여보, 나 취직했어."

"어디에요?"

"맞춰 봐."

"당신 나가던 그 출판사에 다시 들어간 거예요?"

"아니, 맘속으로부터 진정으로 지나온 곳은 다시 돌아갈 수 없지. 자기 맘에다 묻고 또 묻고 그래서 버린 것이니까."

"그럼 어디예요?"

"더 생각해 봐."

"형님이 다니는 회사."

"더 멀어지는군."

"아이, 빨리 말해 보세요."

"요기, 우리 집 앞 체육관에 낼부터 출근하기로 했어."

"체육관에요? 뭐로요?"

"잡역부로. 당신도 봤지? 거 왜 제복 입은 남자들이 잔디도 깎고 나무도 매만지고 정구장에 소금도 뿌리고 그러잖아."

남편은 싱글싱글 뜻 없이 웃고 있다. 그 웃음은 꼭 짐승의 그것처럼 무구해 보였다. 그렇다. 그는 예전의 그가 아니다. 지순(至純)한 어떤 짐승이 그의 허물 속에 들어앉아 있다. 짐승이 웃고 있다.

"글은 어떻게 하구요?"

고개를 떨어뜨린 채 팔소매를 무작정 잡아당기며 내가 물었다.

"이젠 재미없어서 못 쓰겠어."

어떻게 해서 그가 그런 결정을 내리게 된 것인지, 그 궤적을 나는 알 수가 없다. 아니 알 수가 없다기보다 나로선 도저히 이해가 되지 않는다. 다만 내가 알고 있는 것은 그가 잡역부로 일하기 위해 내일부터 체육관으로 나가리란 사실이다.

나는 공연히 부엌에서 정신없이 어정거리다가, 큰방으로 가서 빨 때도 되지 않은 옷들을 걷어 물통에 처넣는다. 빨랫감에 비누칠을 하고 있노라니 눈물이 걷잡을 수 없이 쏟아진다. 다른 것은 다 흐르는 물처럼 손가락 사이로 빠져 달아나도 좋다. 그러나 소설가의 아내란 자부심만은 놓칠 수 없다. 배고프고 헐벗는 것을 각오하면서까지 소설가에게 시집올 땐, 처녀 때 내가 이루지 못한 꿈을 남편이 이루어 줬으면 하는 그 한 가지 바람 때문이었다.

나는 이제부터 아무것도 아닌 한 남자의 아내가 되어야 한다. 내 자존심을 그렇게까지 뒤로 물릴 수는 없다.

나는 속으로 비통하게 절규하며 빨래를 쥐어짠다. 온몸의 맥이 풀리며 끝도 한도 없는 절망 속으로 추락하는 것 같다.

그 어느 순간이다. 나는 부르르 진저리를 쳤다. 바로 이런 절망이었구나. 남편이 말하던 그 죽음 같은 심연이.

사다리가 놓인 창

— 삶이 두려워질 때

언제나 한낮이 되도록 낮잠을 자는 오빠가 그날 아침 새벽같이 일어난 것은, 다섯 번이나 고배를 마신 미군 부대 피엑스 관리자 모집 시험에 재응시하러 가기 위해서였다. 어머니가 밥을 짓고 있는 동안, 그는 두 여동생의 머리맡에서, 앉은뱅이책상 위에 거울을 세워 놓고 애프터 셰이브 로션으로 얼굴에 화장을 했다.

알전등의 쏘는 듯한 불빛에 눈이 부신 것도 무릅쓰고 자는 체하고 있었으므로, 나는 그의 거동 하나하나를 감은 눈 위로도 충분히 느낄 수 있었다. 나는 그가 손에 로션을 덜어 얼굴에 바른 뒤, 그것이 피부에 잘 스며들게 하기 위해 손바닥으로 살갗을 토닥거리는 소리를 들을 수 있었고, 상큼한 바닷바람을 연상케 하는 로션의 향기도 맡을 수 있었다. 우윳빛 사기 용기에 푸른 범선이 그려져 있는 그 로션의 향기는, 그야말로 범선이 순풍을 타고 넓은 바다를 거침없이 항해하는 그 상표에 꼭 어울리는 듯싶었다. 오랫동안 직장을 얻지 못한 오빠가 어째서 그 로션을 그토록 아끼고 애용하는지 알 것 같았다.

그는 평소에 그 로션을 몹시 아껴서 그것을 병에서 덜어 쓸 때는 참기름 장수만큼이나 신중했다. 어느 날 내가 그것을 훔쳐 발라 보다가 그에게 들킨 뒤론 병을 서랍 속에 감춰 버리기까지 했다. 그런데 그날 아침엔 스스로 자기의 장도*를 격려하기 위함인지, 또는 이제 취직이 되면 그깟 로션쯤이 문제랴 싶었는지, 하여튼 적지 않은 양의 로션을 질퍽하도록 얼굴에 바른 것이 틀림없었다. 왜냐하면 향기롭고 가벼운 어떤 물기가 그의 얼굴에서 내 얼굴에까지 튕겨 날아왔기 때문이다.

그가 내 쪽에 등을 보이고 있었으므로 들킬 염려가 없다는 것을 확인한 뒤, 나는 맘 놓고 그를 훔쳐보았다. 그는 잠자기 전에 머리를 잘 빗고, 그 위에 검정 그물망을 뒤집어썼는데, 면도를 하고 얼굴에 화장을 하는 그때까지도 망을 벗지 않고 있었다. 그래서 그의 길지 않은 머리카락은 그 망으로 해서 지나치게 잠을 잔 나머지 두부(頭部)에 검은 에나멜 칠을 한 것같이 보였다.

가끔씩 그는 얼굴을 바짝 거울에 들이대고 뭔가를 꼼꼼히 살펴보는 시늉을 하다가, 다시금 손바닥으로 얼굴을 두드려 댔다. 그

*장도 : 중대한 사명이나 장한 뜻을 품고 떠나는 길.

는 흡사 얼굴을 두드려 대는 나르시스 같아 보였다. 얼굴만 두드리는 것이 아니라, 손바닥과 손등도 그렇게 두드려 댔다.

우리 가족은 아버지가 돌아가신 뒤로 오빠에게 가장의 지위를 떠맡겨야 했다. 그러나 그는 그런 짐을 지기에는 역부족이었다, 아직까지는.

왜냐하면 그는 삶을 헤쳐 나가는 데 보습이 될 만한 어떤 것도 가지고 있지 못했다. 이렇다 할 기술이나 어엿한 대학의 졸업장도 없었을 뿐만 아니라, 고생을 각오하고 험한 노동판에 뛰어들 용기나 뚝심조차도 없었다. 어떤 연유로 그가 피엑스 관리자 모집 시험에 자기의 장래를 온통 다 걸게 되었는지 모르지만 그의 손닿는 데 있는 유일한 문마저도 그에겐 쉽사리 열리려 하지 않았다.

그는 시험에 다섯 차례나 응시했지만 다섯 번 다 떨어졌다. 첫 번째와 두 번째는 필기시험에 떨어졌고, 필기시험에 합격했을 땐 신체검사에서 폐의 동공이 발견되고 말았다. 그것이 세 번째 고배였다. 자신이 폐결핵 환자였다는 사실이 놀라워 그는 시험에 떨어져 낙망할 겨를조차 없었다. 그러나 필기시험 성적만은 1년 동안 유효했기 때문에 그는 그 기간 동안 신체검사에 통과하려고 무진 애를 썼으나 실패했다. 이듬해 다시 필기시험에 재응시하여 합격했으나, 신체검사에서 아직도 폐에 뚫린 구멍이 메워지지 않은 사실이 드러났다. 그는 폐결핵에 약이 된다는 보신탕을 먹고 틈만 나면 잠을 잤다. 면접 및 신체검사를 다시 받으러 오라는 통지서를 받고 나서부터는 하루도 빠지지 않고 보신탕을 먹었다.

그는 외아들인 동시에 삼대독자이기도 했다. 아버지가 살아 계시고, 집안에 재산이 넉넉했을 동안엔 그가 아무리 말썽을 피우고 돌아다녀도 부모의 헌신과 금력이 그 뒷감당을 충분히 해낼 수 있었다. 고등학교를 졸업하기까지 그는 한 번의 낙제와 두 번의 정학을 맞았다. 낙제도 정학도 따지고 보면 그에게 꼬여 드는 여자들로 인해서였다. 그에게 날아드는 연서(戀書) 중엔 그를 '몽티'라고 부른 것도 있었다. 그가 그녀들에게 자기 자신을 「젊은이의 양지」나 「애정이 꽃피는 나무」에서의 몽고메리 클리프트처럼 연출해 보였는지, 또는 나이가 들어도 마냥 겁먹은 아이처럼 휘둥그런 눈, 그러면서도 눈매에 우수가 어려 있는 그의 용모가 단지 '몽티'를 닮아 보였는지 그건 모를 일이었다. 어쨌든 어떤 불미스런 흔적도 그의 학적부를 더럽히진 않았다. 그가 간신히 대학에 들어갔을 즈음엔 우리 집의 재산은 반으로 줄어들었다.

대학에 들어가서도 그는 공부에 열중하는 기미가 전혀 없었다. 열흘이 멀다 하고 돈을 부쳐 달라는 편지가 집으로 날아들었다.

치즈가 떨어졌어요(하숙집 반찬만으론 영양이 부족하므로 이것만은 꼭 먹어야 합니다). 며칠 전 노상에서 순경한테 윗도리와 구두를 몽땅 뺏겼어요. 윗도리는 미팔군에서 흘러나온 신품이었답니다.

제 친구들은 순경들 눈가림하느라고 염색을 해 입지만, 저는 염색을 하지 않고도 그들의 눈을 피해 잘 다녔습니다. 그날은 재수가 없었던 거죠. 남대문 도깨비 시장의 제가 아는 상인에게 부탁했더니, 요즘은 물건 구하기가 하늘의 별 따기보다 어려우나 저한테만은 흠 없는 신품으로 구해 주겠다고 약속했습니다.

그는 숨 가쁘게 편지를 써 보냈다.

부모는 등록금과 하숙비 외에도 별도로 120온스짜리 깡통에 든 치즈 값과 언제 또 압수당할지 모르는 미 육군의 군복과 워커 값까지도 꼬박꼬박 서울로 송금했다. 치즈야 얼마를 먹든, 옷과 구두를 얼마나 빼앗기든, 졸업만 해다오 하는 심정이었던 것이다. 그런데 3학년 1학기가 되어 그는 학교를 그만두겠다고 선언했다. 장래를 생각해서 졸업장만은 따놓아야 한다는 부모의 애원과 설득에, 그는 나이 한 살이라도 어릴 때 빨리 사회에 나가는 놈이 유리하다고 맞섰다. 맞서는 정도가 아니라, 걸상을 뜰에 메다꽂으며 대학 얘기를 두 번 다시 자기에게 꺼내면 집을 나가 버리겠다고 부모를 위협했다.

그리하여 그는 남보다 2년이나 빨리 사회에 발을 들여놓았다. 발만 들여놓았지, 그는 사회를 어떻게 헤쳐 나가야 하는지 전혀 몰랐다. 세파*에 발만 담근 채, 그가 어쩔 줄 모르고 서 있는 동안

* 세파 : 모질고 거센 세상의 어려움.

우리에게 남은 재산은 물에 풀리는 비누처럼 닳아, 고향의 마지막 부동산을 정리하여 서울 청량리 밖 어느 대학 근처에 간신히 마련한 방 네 칸짜리 후생 주택이 전부였다.

"휴, 이제 좀 안심이 된다."

어머니는 우리의 재산이 더 이상 비누 거품처럼 풀리지 못하게 요지부동의 쐐기를 박은 것으로 확신하는 듯했다.

하지만 겨울이 지나 봄을 맞고 보니 비축해 둔 쌀과 연탄과 김장이 다 떨어졌다. 어머니의 얼굴엔 다시 수심이 몰려들었다. 집을 새로 사고도 난방 때문에 비워 둘 수밖에 없던 방 하나를 전세 주었다. 그러고도 또 몇 달이 속절없이 지나갔다. 나의 휴학으로도 궁지에 몰린 우리의 가계는 조금도 나아질 기미가 없었다. 이번엔 우리 네 식구가 모두 한방을 쓰고 방 두 칸을 더 비워 하숙생에게 내주었다. 3명의 하숙생이 내는 밥값이 우리의 가계를 버팅겨 주고는 있었으나, 그것조차도 위태로웠다. 그중 한 명이 지독히 가난하여 석 달째나 공밥을 먹고 있었던 것이다.

나는 더 이상 자는 체하고 있을 수가 없었다. 오빠의 밥상을 들여온 어머니가 나를 깨웠기 때문이다. 수험날 아침, 아들의 밥상 머리에 두 딸이 다리를 뻗고 자는 것이 뭔지 꺼림칙했는지 모른다. 오빠가 시험 보러 갈 때마다 동생과 나는 잠자다 말고 일어나 억지로 밥상 머리맡을 지키고 앉아 있어야 했다. 어머니가 그 금기를 고스란히 지켜 오고 있음에도 오빠는 번번이 시험에 떨어지니 이상했다.

"여기 있다. 다 쓰지 말고 남겨 가지고 와야 한다."

무조건 너그러워진 어머니는 여비를 후하게 준 것이 금방 후회되는 듯 단서를 붙였다. 하지만 오빠는 한 번도 여비를 남겨 가지고 온 일이 없었다. 속이 상한 나머지 오는 길에 술을 마셔 버렸다고 했다.

마지못해 상머리를 지키고 있기는 하나, 나는 차츰 혼자만의 걱정에 사로잡혔다. 어머니가 오빠의 시중을 들라 하면 어쩌나, 하는 것이 내 근심이었다.

지난번 그가 시험 보러 가는 날이었다. 그가 신발을 신으려는데 어머니가 그의 소매를 잡았다.

"가만있거라, 구두 좀 닦아야겠다."

오빠의 구두를 닦아 주라는 소리에 나는 울 것처럼 얼굴이 달아올랐다. 마른걸레를 가져와서도 여전히 머뭇거리는 나에게 어머니가 재촉했다.

나는, 신발을 닦기를 바라고 서 있는 오빠 발 아래로 허리를 굽혔다. 어머니는 내가 울고 있는 것을 눈치 챘다. 오빠를 대문 밖까지 배웅하고 돌아온 어머니는 속이 상한 나머지 화를 벌컥 냈다.

"아니, 네 오빠 구두 좀 닦아 준 것이 그렇게 원통하단 말이냐."

하지만 어머니는 이미 딸의 어린 시절부터 수줍고 자존심이 강한 성격 때문에 수없이 골탕을 먹었던 것이다. 딸은 손님들이 왔을 때 심부름만 시켜도 얼굴이 자줏빛으로 붉어져 울먹거렸다.

이윽고 밥상을 물린 오빠는 어머니가 건네주는 약병에서 원기소를 한 줌 꺼내어 물 없이 씹어 먹었다. 오빠는 약병을 창틀 위에 올려놓았다가 도로 집어 어머니에게 건네주었다. 어머니는 그것을 도로 같은 자리에 놓으면서 꾸중하듯 "어미를 알뜰히도 부려 먹는다"고 했지만, 사실은 조금도 싫어하는 기색이 아니었다.

그는 옷을 갈아입었다. 투박하긴 해도 방한이 훨씬 잘되는 오버를 놔두고 푸른 체크무늬 반코트를 걸쳤다. 그런 뒤, 깃을 세워 봤다가 도로 내리고, 그 위에 고동색 모직 머플러를 두르고, 그 한쪽 가닥은 어깨 뒤로 넘겼다. 거울을 들여다보고 그는 자기의 모습이 만족스러운지 싱긋 웃었다.

아주 훗날에 가서야 나는 왜 그가 번번이 시험에 낙방했는지 그 이유를 알게 되었다. 피엑스 관리자라고는 하지만 일종의 노무자를 뽑으려는 그들로서는, 짙은 셰이브 로션 냄새를 풍기고 얼굴이 '몽티'를 닮았다 스스로 착각하고, 머플러로 목을 멋지게 휘감은 남자의 그와 같은 멋스러움은 오히려 첫눈에 눈 밖에 났을 것이다.

오빠는 준비를 다 마쳤다. 그가 이제 자기의 신상 명세 카드가 들어 있는 노란 사각봉투를 들고 현관으로 나갈 참이었으므로, 나는 마음이 다급해졌다. 어머니가 지난번처럼 나에게 오빠의 구두를 닦아 주라고 할까 봐서였다. 나는 오빠보다 먼저 방에서 나와 화장실에 숨었다. 그리고 그가 떠난 뒤에야 배가 아픈 시늉을 하며 밖으로 나왔다.

저녁상에 올릴 콩나물을 다듬기엔 아직 이른 시각이었다. 겨울의 짧은 해라고는 해도 3시 남짓밖에 되지 않았던 것이다. 어머니가 오늘따라 서녁 준비를 서두르는 깃은 오빠의 귀가를 기다리는 초조함을 달래 보려는 의도였을 것이다.

어머니가 신문지 위에 콩나물 양재기를 올려놓자, 나는 말없이 찌그러진 그릇 앞으로 다가앉았다. 값이 싸면서도 반찬 가짓수를 늘리는 데는 콩나물만큼 십상인 것이 없었다. 하숙생들로부터 '도레미탕', '도레미 무침'으로 놀림받으면서도 다행히 접시가 번번이 비어 나오는 까닭에 우리는 종종 콩나물 반찬을 상에 올렸다.

노란 콩나물 대가리에서 껍질을 발라내고 실뿌리를 다듬는 일은 번거롭긴 해도 손에 익을 대로 익어, 머릿속으로는 얼마든지 딴생각에 젖어들 수 있었다.

나의 상념이 곧장 날아가 나래를 접는 곳은, 영화 「파계(破戒)」에서 오드리 헵번이 약혼자에게서 받은 가느다란 금반지를 빼어 놓고 육중한 문 안으로 사라졌던 수녀원이었다. 친구 여숙과 함께 나는 그 영화를 보았었다. 우리는 그날 여숙의 유일한 혈친이었던 외할머니를 청운동에 있는 양로원에 입양시켜 놓고, 여숙이 차고 있던 부로바 손목시계를 팔아서 중앙 극장으로 갔다.

빈곤과 저속에 항거하여 고개를 빳빳이 세우기에 지쳐 있던 나는 그토록 우아하게 세상과의 연을 끊을 수 있는 방법이 있음에 흥분을 금할 수 없었다. 마리아 수녀가 된 헵번은 아름다운 금발을 절단당하고 사랑을 손가락에서 빼내 버렸음에도 헐벗고 초라해 보이기는커녕, 한층 지순한 매력이 넘쳤다. 무신론자였던 나는 그 지순한 아름다움을 빚어내는 검은 수녀복이, 혹독한 자기 부정과 선에 대한 절대적인 헌신을 약속하는 의미임을 잘 알지 못했다. 마리아 수녀가 왜 번번이 "메아 쿨파, 메아 막시마 쿨파"라고 입속으로 뇌며 끊임없이 주먹으로 자기 가슴을 두드려 대는지 그 이유를 잘 알지 못했다.

갑자기 옆 자리의 여숙이 훌쩍훌쩍 울기 시작했다.

"왜 그러니?"

나는 여숙의 무릎을 살짝 꼬집었다.

"우리 할머니가 불쌍해. 난 갈 테야."

벌떡 일어서는 여숙을 주저앉힌 뒤 나는 영화가 끝날 때까지 내내 여숙의 치맛자락을 움켜쥐고 있었다. 막상 영화가 끝났을 때는 여숙이 날 놓아주지 않았다.

"자장면 먹으러 가자."

나는 마지못한 듯이 따라가서, 자장면이 나오기도 전에 금계랍*처럼 샛노란 단무지를 맨입으로 씹어 먹으며 제의했다.

---

*금계랍: 키니네 성분의 말라리아 치료제. 맛이 써 당시 가정에서 아이들 젖을 떼는 데 사용함.

"우리 수녀가 되자."

또다시 눈물로 흐려진 안경을 벗으며 여숙이 발칵 화를 냈다.

"얘는, 남 속상해 죽겠는데 무슨 뚱딴지같은 소릴 하니."

여숙의 호응을 얻지는 못했지만 나는 확신했다. 수녀가 되면 우리를 굴욕스럽게 하는 삶이 더 이상 우리를 넘보지 못하리란 것을.

"정신을 어디다 빼놓고 있니."

어머니의 핀잔을 듣고, 한없이 마리아 수녀를 뒤쫓고 있던 나의 상념은 찌그러진 콩나물 양재기 앞으로 되돌아왔다. 신문지에 버려야 할 실뿌리는 양재기에, 양재기에 담겨 있어야 할 다듬은 콩나물이 신문지에 수북이 버려져 있었다. 뒤늦게야 그것을 깨달은 어머니도 정신을 다른 데 쏟고 있었음이 분명했다.

"아무래도 내가 밖에 좀 나가 봐야겠다. 이렇게 늦어지는 걸 보니……."

어머니는 한숨을 쉬며 일손을 놓았다. 하지만 어머니의 한숨은 너무 성급한 게 아닐까 하고 나는 여전히 희망을 버리지 않았다.

나로서는 오빠가 이번에도 낙방한다면, 그 뒤 우리 가족에게 닥칠 어려움이 어떠할 것인지 도무지 상상할 수조차 없었다. 희망은 내가 지닌 유일한 방패였다.

"다 다듬거든 씻어서 헹구어 놓고, 밥쌀 좀 안쳐라. 보리쌀을 많이 섞어야 한다."

오빠를 마중하러 나가면서 어머니가 나에게 당부했다. 그런데 어머니의 그 말 속에는 우리가 맞이해야 할 잔인한 미래가 이미 예견되어 있었다.

오빠가 취직 시험에 또다시 낙방하자, 우리 식구는 오빠에게 걸었던 기대를 나한테로 옮겨 보려고 애썼다.

나는 초등학교 2급 정교사 자격증을 가지고 있었다. 집안의 형편이 내리막길로 접어들면서 나는 가족들로부터 항시 그 자격증을 써먹도록 은근한 압력을 받아 왔다.

어둠침침한 알전구 밑에서 하숙생들이 남긴 찌꺼기 반찬으로 식사를 하고 있노라면, 무언의 서글픔이 뾰족한 창처럼 내 가슴을 겨냥하고 있는 듯했다. 어머니가 밥상 밑에서 막숟가락으로 밥 냄비에 눌어붙은 보리밥 누룽지를 다각다각 긁는 소리를 낼 때마다 나는 고문을 받는 것 같았다.

지금이라도 와이셔츠 상자 밑바닥에 넣어 둔 자격증을 꺼내어 어느 섬이나 두메산골 초등학교의 선생님이 된다면, 우리 집 살림 형편은 조금쯤 나아질 게 확실했다. 하지만 나는 그 자격증이 가져다줄 직한 보잘것없는 안정을, 내 의사에 반해서 억지로 사범학교로 보내질 때부터 비웃어 왔다.

그 당시 강원도에는 춘천과 강릉 두 곳에 사범학교가 있었다.

학비가 면제되고 졸업 후에는 취직이 보장되므로, 가난한 우등생들이 도내 각지에서 몰려들었다. 자기 삶을 끌어올리려는 의지를 일찍이 포기한 급우들의 조숙한 얼굴에서 나는 어렴풋이 내가 왜 그토록 사범학교로 진학하는 것을 싫어했는지 알아챌 수 있었다.

나는 교직의 필수 과목인 풍금 연습과 유희 연습을 거의 하지 않았다. 그것만으로도 나는 급우들이 가는 길에서 멀리 벗어나 있었다. 내 속에서 고개를 쳐드는 진학의 꿈은 나를 한층 더 반사범인으로 만들어 갔다.

하지만 그 꿈은, 2세의 국민 교육을 짊어지게 될 사명감으로 불타는 급우들의 뜨거운 면학열 속에 섞이어 있어, 감쪽같이 위장이 될 수 있었다. 책상 위에 V자 모양으로 펼쳐 놓은 영어 교과서 뒤에서 나의 꿈이 2세의 국민 교육이 아니라 그보다 훨씬 높은 곳을 겨누고 있음을 알아보기는 결코 쉽지 않았을 것이다. 그 V자의 삼각 꼭지가 훤히 바라다보이는 교탁 위에서조차도.

그러나 나의 부모님의 경우는 조금 달랐다. 딸이 학기말마다 가져오는 통지표를 유심히 관찰한 끝에 그들은 그 속에서 기이한 현상을 눈치 챌 수 있었다. 2학년 2학기 성적표를 받아 보고 어머니가 나를 추궁했다.

"음악하고 체육 점수가 밑바닥이니 이래 가지구 자격증을 따겠니."

그 말은 국어·영어·수학 점수가 아무리 좋은들 초등학교 선생님이 될 사람에게 무슨 소용이 있느냐는 뜻일 뿐만 아니라, 우리 집 형편으로는 아들 하나 대학에 보내는 것으로 족하니, 너는 딴 생각 품지 말라는 암시이기도 했다.

그 무렵 내 결심을 뒤집어 놓을 뻔한 사건이 생겼다. 시민관에서 전교생이 단체로 관람한 영화 「검사와 여선생」 때문이었다. 여교사로 분장한 윤인자는 사랑으로 제자를 돌보는 어머니 같은 선생님이었다. 그녀의 담임 반에는 머리가 총명하고 성품이 온순하고 부지런한 학생이 있었는데 집이 극도로 가난하여 끼니를 굶는 형편이었다. 점심시간만 되면 그 아이는 슬그머니 교실을 빠져나와 동무들이 도시락을 다 먹을 때까지 혼자 운동장을 배회하곤 한다. 이 사실을 알게 된 여선생은 아이들이 눈치 채지 않게 자기의 도시락을 그 제자의 책상 서랍 속에 넣어 두기를 1년을 하루같이 계속하는 한편, 병석에 누워 있는 소년의 모친을 도와주기 위해 박봉에서 적지 않은 약값을 떼어 내기도 한다. 이렇게 여교사의 헌신적인 보살핌을 받은 그 아이는 공부를 열심히 하여 훌륭한 사람이 되는 것만이 스승의 은혜에 보답하는 길이라고 굳게 맘먹는다. 세월이 흘러, 소년은 사랑의 채찍 덕분에 어엿한 검사가 되었으나, 여선생은 건달이고 노름꾼인 남편을 만나, 맞고 채며 신음하는 나날을 보내는 처지였다. 남편의 학대를 견디다 못한 여선생은 우발적인 실수로 남편을 살해하여 법정에 서게 된다. 옛날의 어린 제자와 여교사는 검사와 수인의 입장으로 운명적인 해후를 하게 된다. 말끔하고 단정한 양복 차림의 검사가 푸른 수의의 초췌한 중년 여인을 보고, "선생님, 이게 어찌 된 일입니까?" 하고 수갑 찬 손목을 움켜쥐자, 퀴퀴한 곰팡내 나는 장내의 이 구석 저 구석에서 훌쩍이는 울음소리가 들리기 시작했다. 그러나 검사는 곤경에 빠져 있는 스승을 위해 자신이 입은 은혜를 갚을 수 있는 유일한 기회를 맞고서도 도움은커녕 그가 지은 죄를 논고하기 위해 목소리를 가다듬지 않을 수 없었다. 검사의 서릿발 같은 논고가 도도히 진행되는 동안, 어두컴컴한 시민관을 가득 메운 예비 교사들은 기구한 운명의 희생양이 된 여교사에 대한 미어지는 동정심으로 울음바다를 이루었다.

그리하여 나는 이제까지 내가 한사코 기어오르고자 했으면서도, 그것이 구체적으로 무엇인지 알지 못했던 것을 그 울음바다 한복판에서 두 뺨을 적시는 눈물과 함께 갑자기 깨달은 듯싶었다.

그날 밤 나는 식구들이 잠들기를 초조하게 기다렸다. 마침내 소등을 하고 식구들이 잠자리에 들자, 나는 식구들 몰래 진학의 꿈을 불사르는 데만 사용해 온 촛불로 책상머리를 밝히고, '존경하는 윤인자 선생님'으로 시작되는 긴 편지를 썼다. 나는 그 편지에다 소월의 '예전엔 미처 몰랐어요'라는 시구를 슬쩍 인용해 가며, 나의 가난한 급우들이 자기 삶을 끌어올리려는 의지를 포기해서가 아니라, 한층 더 높이려는 의도에서 고난의 가시밭길인 사도(師道)를 선택했음을 뒤늦게야 깨달았노라고 고백했다.

그로부터 두 달 뒤 급우인 효순의 일만 없었더라면, 나는 지금쯤 동해의 넘실거리는 푸른 파도가 교정의 탱자 울타리를 적실 듯한 바닷가 어느 초등학교에서 미래에 판검사가 될지도 모르는 불우한 소년 소녀를 위해 도시락을 2개씩 싸고 있을지도 몰랐다.

열흘 동안 무단결석을 해온 효순이 자기 아버지에게 끌려서 우리 집에 나타났을 때 나는 뒷문으로 모습을 감추었다. 그녀의 아버지와 나의 어머니는 먼 친척뻘이었으나, 나는 내심 부젓가락*으로 앞머리를 지지고 성적이 꼴찌에서 다섯 째쯤 되는 효순을 무척 깔보고 있어, 교우 관계를 기피하고 있었다. 나는 뒷문 밖 댓돌 위에 걸터앉아 F까지 암기를 끝낸 영어 사전을 펴 들었다. 차가운 댓돌에다 체온을 빼앗겨 궁둥이가 시려 올 무렵 나는 사전을 덮고 자리에서 일어났다. 기분이 흐뭇했다. 마치 농부가 밭에서 거둔 곡식을 헛간에 쌓아 놓듯이, 사전에 심어져 있는 단어들을 머릿속 창고로 옮겨 차곡차곡 갈무리하는 그 일은 나를 우쭐하게 만들었다.

방에서는 아직도 어른들의 말씀이 계속되고 있었다.

"너무 심려하지 마세요, 오빠. 이미 엎질러진 물인데 이제 와서 아이를 후드려 팬다고 해서 될 일이에요?"

"서울에 가면 쥐도 새도 모르게 중절을 시켜 주는 병원이 있다던데……."

*부젓가락 : 화로에 꽂아 두고 불덩이를 집거나 불을 헤치는 데 쓰는 쇠 젓가락.

"너무 늦었어요. 철없는 것이. 진작 얘기만 했어도 일이 이렇게까지 커지지는 않았을 텐데."

"다, 내 불찰이지. 하숙집 어멈만 믿어라 하고 감시를 소홀히 한 탓이었어. 남부끄러워서 어떻게 얼굴을 들고 산담."

"소문이 안 나게 해 봐야지요. 몸 풀 때까지 내가 옆에 붙어 있을 테니 낳거든 얼른 데리고 서울로 가세요."

이렇게 해서 얼굴이 퍼렇게 멍이 든 효순은 학교에다 가짜로 만든 진단서를 내고, 포플린* 천으로 가리개를 해서 둘로 나눈 내 방의 다른 한쪽에서 숨어 지내게 되었다.

나는 효순의 열등한 성적이나, 부젓가락으로 지져 마치 커튼을 열다 만 듯이 보이는 기묘한 앞머리며, 하복을 입을 때면 겨드랑 밑이 노랗게 젖는 그 왕성한 분비물이며, 아양을 떠는 듯한 기묘한 걸음걸이에 대해 심한 혐오감과 경멸감을 지녔음에도, 포플린 가리개 뒤의 일이 궁금하여 견딜 수 없었다. 무엇보다 나는 효순의 몸이 조금도 아기를 가진 사람 같지 않아 보이는 것이 이상스러웠다. 요컨대 아버지에게 얻어맞아 눈 밑이 푸르뎅뎅해진 멍 자국이나 더 이상 부젓가락의 흔적을 볼 수 없는 부스스한 머리 모양을 제외하면 그녀의 외모엔 그다지 큰 변화가 있지는 않았다. 그럼에도 효순은 내가 알던 이전의 그녀가 아니었다.

효순은 음울하고도 신경질적인 침묵으로 자기를 신비스럽게

* 포플린 : 무명.

감싼 채 나의 달아오른 호기심을 묵살했다.

어느 날 밤 나는 가리개 너머에서 들려오는 신음 소리에 퍼뜩 잠이 깼다. 전등을 켜고 살그머니 가래기를 들춰 본 나는 소스라치게 놀랐다. 효순의 머리맡에 놓인, 허옇고 긴 무명천 때문이었다. 나는 얼핏 이복동생의 무고로 대들보에 목을 매달아 장화를 죽게 했던 그 섬뜩한 긴 천을 떠올렸다.

하지만 신음을 멈추고 한층 놀라 깨어난 것은 효순이었다. 효순은 얼른 이불자락으로 자기 몸을 가렸다. 그럼에도 분명한 것은 효순이 스스로 몸을 상해한 흔적이 전혀 없는 점이었다.

"꿈을 꿨어. 무서운 악몽이야."

몸에서 쉰내를 풍기며 효순이 혼잣말처럼 중얼거렸다.

"무서운 꿈?"

나는 재빨리 그녀의 말꼬리를 낚아챘다.

"눈이 무지무지하게 쏟아지는데 내가 기차를 타고 시베리아로 유형을 간다고 했어. 나는 네플류도프 공작을 한 번만 만나게 해 달라고 나를 감시하는 검은 제복의 남자에게 애원했어. '카추샤, 네플류도프 공작은 오지 않는다구. 넌 헛물을 켠 거야'라고 그 남자가 비웃는 바람에 나는 격분해서 달려들어 물어뜯었지. 그 남자의 손가락 하나가 떨어져 눈 위에 꽂히며 하얀 눈이 금세 피로 물들었어. 그러자 그 남자가 비명을 지르며 피로 물든 눈 위에 쓰러졌는데, 보니까 네플류도프 공작이었어."

"카추샤는 뭐고, 네플류도프 공작은 뭐니?"

나는 의아해서 효순의 말을 가로챘다.

"넌 그럼 이 책도 아직 안 봤니?"

효순은 몸의 이상을 감추기 위해 배를 졸라맸던 무명천 밑에서 『부활』을 꺼내어 보여 주었다.

효순에 대한 나의 터무니없는 우월감은 『부활』로 해서 일시에 무색해지고 말았다. 며칠 동안 밤새워 『부활』을 읽고 난 나는 그 감동을 고스란히 효순에게로 옮겨, 내 방의 반을 카추샤에게 나누어 주고 있는 듯한 짜릿한 흥분으로 들뜨고 말았다.

나를 자기 편으로 만든 효순은 '어려운 부탁'이라 전제하고, 나의 용기와 모험심을 북돋워 주면서 심부름을 시켰다. 나는 어머니 몰래 효순의 편지를 책갈피에 감춰 가지고, 네플류도프 공작이 근무하는 학교로 찾아갔다. 붉은 딸기코에 어깨가 꾸부정한 근시인 효순의 네플류도프 공작을 만나자 나의 실망은 이만저만이 아니었다. 효순으로 하여금 밤마다 신음하게 하는 남자가 젊지 않다는 점도 놀라우려니와, 그가 위엄을 지닌 교감 선생님이란 사실에 나는 큰 충격을 받았다.

그는 효순의 편지를 건네주는 나를 훈육 주임이 금지된 장소에서 적발된 학생을 야단치듯 훈계했다. 나는 얼떨결에 그대로 돌아오고 말았다. 효순의 편지는 오는 길에 찢어서 시궁창에 버렸다. 나는 효순에게 편지를 잘 전해 주었으며, 곧 회신이 올 거라고 거짓말을 했다. 효순은 매일매일 애타게 편지를 기다렸다. 나는 네 플류도프 공작이 쓴 것처럼 해서 효순에게 편지를 쓸까 하는 생각 도 해 봤다.

어느 날 학교에서 돌아오니 어머니가 나에게 당분간 다른 방을 쓰라고 말했다. 그런 지 며칠 뒤에 효순이 낳은 아기는 죽었다. 세 상에 나서 한번 울어 보지도 못한 채 조용히 잠자듯이 생명이 태 어난 곳으로 되돌아간 그 아기의 이마엔 예수의 이마에 흐르는 것 과 같은 수난의 핏자국이 어려 있었다.

그런 지 또 며칠 뒤엔 헝클어진 이부자리를 그대로 펴둔 채 효 순이 행방불명이 되었다. 어머니는 효순이 깔고 덮었던 낡은 이부 자리 홑청*과 소문으로부터 효순을 막아 주었던 포플린 가리개를 걷어서 빨고, 나머지 소지품들을 챙겨 보자기에 쌌다. 나는 어머 니를 거들었다. 내 방의 반쪽을 차지했던 효순의 흔적은 간 곳 없 이 사라진 듯했다. 내 목전에서 일어났던 카추샤의 비극은 그렇게 해서 잊혀지는 듯했다. 그런데 그게 아니었다. 빨래 보자기에 싸 인 풀 먹인 홑청과 포플린 가리개를 꼭꼭 밟고 있는 동안, 갑자기 효순의 편지를 찢어서 시궁창에 버린 일이 떠오르자 나는 무릎을 꿇고 털썩 주저앉았다.

사도(師道)에 대한 나의 열망은 아기의 죽음과 효순의 행방불 명으로 급속히 식어 버렸다.

*홑청 : 요나 이불 따위의 겉에 씌우는 홑겹의 껍데기.

162

새벽녘에 어머니와 오빠가 두런거리는 소리에 나는 잠이 깼다.

"하숙생을? 더 들일 방이 어디 있니?"

"안방이 있잖아요."

"우리 식구는?"

"어머니와 저는 골방의 짐을 치우고 거기서 자고, 정애와 정민이는 다락이 넓으니까……."

"그건 안 된다. 한창 부끄럼이 많은 나이들인데."

"어머니는, 집안 형편이 그런 걸 하는 수 없잖아요."

"우리가 요 모양 요 꼴이 된 줄 고향 사람들이 알면 망신스러워서 어찌할까."

어머니의 말끝에 긴 한숨과 울음이 묻어 나왔다. 뒤늦게 오빠의 심중을 헤아린 어머니는 목소리에 묻어난 울음을 지우려는 듯, 일부러 심한 기침을 터뜨렸다. 그러나 이미 설움을 탄 오빠는 왈칵 이불을 걷어차고 일어나 앉았다.

"다 집어치우세요. 전들 그런 궁리를 하고 싶어서 합니까."

어머니는 또다시 심하게 기침을 했다. 그렇게 해서 어머니는 북받치는 울음을 수습할 시간을 버는 것 같았다.

"형편이 그런 걸 누가 모르냐. 하지만 정애가 말을 들어줄는지……. 그래, 걔들이 다락을 쓰게 되면 사람이 방에 있는데 어디로 들락거리니?"

"……."

아들의 눈치를 보고 나서 어머니는 대답을 기다렸다. 오빠가 볼 멘소리로 대꾸했다.

"밖에다 사다리를 놔야죠."

나는 심하게 가슴이 두근거리고 몸에 열이 올랐다. 더 이상 피할 수 없는 것이 나를 향해 정면으로 다가오고 있었다. 이제까지 나는 우리 집 하숙생들에게 나를 전혀 노출시키지 않은 채 용케 버티어 왔다. 하지만 다락문 한 겹 밖에까지 빌려 들어올 그들을 무슨 수로 피할 수 있으랴. 그것만 해도 참담한데, 사다리를 타고 개구멍 같은 다락창으로 드나들어야 된다니.

아침이 되어도 내 몸의 열은 전혀 내리지 않았다. 그것은 심한 독감 증세와 똑같았다. 어머니는 내 이마를 짚어 보고 고개를 갸우뚱했다.

"어젯밤까지 멀쩡했는데, 쌍화탕 먹고 땀을 푹 내야겠다."

내가 아랫목에 이불을 뒤집어쓴 채 앓고 있는 동안 우리 집 대문 앞엔 '하숙생 구함'이란 종이 딱지가 내다 붙여졌고, 그로부터 얼마 후엔 하숙을 구하는 학생들이 찾아와서 내가 누워 있는 방의 방문을 열어 보고 갔다.

그 이튿날 아침, 오빠는 뚝딱거리며 사다리를 만들기 시작했다. 그것은 안뜰에서 부엌으로 드나드는 문 앞에 세워져, 앞으로 나와 내 동생이 오르내리게 될 물건이었다.

사다리가 거의 완성되었을 즈음 동생이 학교에서 돌아왔다. 오빠는 동생을 뜰로 불러내었다. 이미 자기 스스로 사다리를 충분히 시험해 보았음에도. 아파서 누워 있지 않다면 오빠는 그 시험을 내게 시켰을 테고, 나는 한사코 그의 청을 거절하여, 우리는 끝내 얼굴을 붉히며 목소리를 높였을 것이다.

동생은 순순히 오빠가 시키는 대로 했다.

"발을 굴러 봐."

"됐어. 튼튼해."

"끝까지 올라가 보라니까."

"아야!"

동생은 다락으로 들어가려다 창틀에 머리를 부딪친 모양이었다.

동생의 외마디 소리가 어찌나 큰지 건넌방에 있는 하숙생들이 무슨 일인가 해서 내다볼까 봐 나는 가슴이 조마조마했다.

입술을 깨물며 나는 머리 꼭대기까지 이불을 뒤집어썼다. 등에 차디찬 진땀이 흘렀다.

얼마 전 어머니는 골방을 비우기 위해 그곳에 있던 짐들을 마루로 끌어내었다. 그 짐은 우리 집에서 하숙을 하다가 행방불명이 된 학생의 것이었다. 7개월이나 밥값이 밀렸던 그는 어느 날 학교에 간다고 나간 뒤로 소식이 없었다. 같은 방 친구의 말로는 학교에도 나오지 않는다고 했다. 우리는 그의 이불 보따리와 책들을 꾸려서 골방에다 보관해 왔는데 2년이 넘도록 여전히 소식이 없었다.

전공이 축산학이었음에도 그의 책들은 육법전서를 위시해서 대부분이 법률관계 서적이었다. 그는 남몰래 고시를 준비하고 있었던 것이다.

광으로 짐을 나르기 전에 나는 이불 보따리 밑에 깔려 있는 책 한 권을 빼내어 책장을 넘겨 보았다. 붉은 색연필로 거의 매페이지에 밑줄이 그어져 있었다. 『칼젠의 법 이론』, 그것이 이불 보따리 밑에 깔려 있던 책 이름이었다. 어느 법학도의 좌절된 꿈을 손에 펼쳐 들고 있노라니, 사는 데 대해 오싹한 두려움이 나를 사로잡았다. 도대체 삶이란 어떤 것이기에 이토록 집요한 집념도 잔인하게 묻어 버린단 말인가.

다른 짐들과 함께 그 책은 광에서 시커먼 연탄 가루를 뒤집어쓰며 점점 까맣게 잊혀져 갔다. 가끔씩 나는 길을 가다가 이름 모를 사람의 지친 어깨 주위에서 빨갛게 밑줄이 그어진 책 하나가 나비처럼 책장을 접었다 폈다 하는 환영을 보곤 했다.

하숙생이 입주할 날이 하루하루 가까워지고 있었다. 사다리는 동생이 시험해 본 이후로 그대로 있었다.

그동안 두세 차례 비가 왔기 때문에 나무가 젖어 못 자국 주위엔 검붉은 녹이 피고 있었다.

가운뎃방의 하숙생 둘이 세수를 하러 안뜰로 와서 사다리를 발견하자 주고받는 말.

166

"나는 사다리만 보면 올라가고 싶어진다."

그는 국문과 3학년에 재학 중이었다.

"놀라지 마."

다른 국문과 3학년이 대꾸했다.

"놀라다니? 이건 순수한 시라구."

"나도 시야. 나는 고소 공포증이 있거든."

방 안에서 두 국문과 학생의 시를 엿들으며, 나는 그들이 보는 앞에서 다락 창문을 통해 기어 나와서 사다리를 내려오는 나를 상상해 보았다. 아니, 그것은 며칠 뒤엔 결코 상상이 아니라 현실이 될 것임이 분명했다.

지금이라도 마음을 바꾸어, 두메산골이나 도서 지방 초등학교 선생님이 된다면, 저 사다리는 내 앞에서 치워질 것이다. 그리고 그것은 다른 모든 사다리가 그렇듯이 벽돌을 쌓을 때나 지붕을 고칠 때나 높은 곳에 못을 박을 때 이외엔 그다지 소용이 닿지 않을 것이다. 그것은 일상에서 보조적 용도로 쓰이면 그만이다.

나는 식구들 몰래 다락에 올라가서 살그머니 문을 닫았다. 거기엔 나의 교사 자격증이 들어 있는 헌 와이셔츠 상자를 포함해서, 허드레 물건들이 쌓여 있었다. 나는 상자를 열고 홍두깨*처럼 말려 있는 자격증을 꺼냈다.

교육공무원자격증본적강원도성명한정애자격초등학교2급정교

* 홍두깨 : 다듬이질할 때 쓰는 단단한 나무로 만든 도구.

사우는교육공무원법소정의자격기준에의거하여두서의자격이있음을인정하고이증서를수여함단기4294년5월18일문교부장관.

이것은 국가에서 나에게 발부해 준 초등학교 2급 정교사 자격증의 내용이었다. 풍금과 유희를 전혀 배우지 않았음에도 국가는 나에게 자격증을 주었다. 다만 보류한 것은 임용이었다.

자격증은 내 결심을 흔들어 생각을 바꾸게 하는 데 아무런 도움도 주지 못했다. 두 번, 세 번 내용을 거듭 읽어 보아도 내 마음은 말뚝에 묶인 양 한 치도 움직이지 않았다. 내가 억지로 내 마음을 움직여 보려고 애쓰는 이유가 바로 내 마음을 움직이지 못하게 하는 이유이기도 했다. 요컨대 나는 나를 다락으로 밀어 올리려는 궁핍 때문에 교사가 되어야 했음에도, 그 궁핍 때문에는 결코 교사가 되고 싶지 않았다. 추워서 얼어 죽는 게 낫지 가야금을 부수어 장작으로 쓸 수는 없다는 게 나의 비극적인 고집이었다.

나는 왜 생계의 수단이 될 수 있는 것을 굳이 거부하고, 그것을 가야금으로 고스란히 있게 하려는 것일까. 빈곤의 위협은 창턱까지 다가와 있는데.

다락의 창문은 어찌나 작은지 뱀처럼 몸 전체로 기지 않고서는 결코 그리로 빠져나갈 수 있을 것 같지 않았다.

그날은 유난히 바람이 심했다. 교사 임용 실기 시험이 있는 날이었다. 한 해 전만 해도 사범학교 출신은 졸업과 동시에 도내 각

168

지로 발령을 받았다. 그런데 내가 졸업하던 해부터 임용 자격을 강화하기 위해 임용 고시 합격자에게만 발령을 내기로 방침이 바뀌었다.

졸업 직전에 이러한 방침이 전해졌을 때, 나는 대학 입시 쪽을 택하고 임용 시험 쪽을 버리기로 마음을 굳혔다. 나에게 배달되어 온 대학 입학 원서를 보고 부모님도 웬일인지 심하게 말리지 않았다. 시간이 흐름과 동시에, 나는 부모님의 의중을 간파할 수 있었다. 부모님은 나에게 두 시험을 다 치르게 해서, 어느 쪽이든지 합격이 되는 쪽으로 진로를 결정 짓자는 생각이셨다.

그런데 대학 입시는 임용 시험보다 두 달이나 앞서 치러졌는데, 약 20여 일 뒤에 나에게 합격 통지서가 날아왔다. 그래서 나는 그것으로 나의 진로는 판가름 난 것이라 여겼다. 그럴 즈음 우리 집엔 난처한 사건이 생겼다. 민주당 부녀 부장이던 나의 어머니의 열성적인 선거 운동이 당국의 미움을 사서 시청 직원이었던 나의 아버지가 권고사직을 당하고 말았다. 어머니는 풀이 죽어 나를 불러 타일렀다. "대학에 가더라도 임용 시험을 봐 둬서 나쁠 게 무어냐"는 것이었다. 나는 어머니의 제의를 순순히 받아들였다.

수험장은 시내 ㅂ초등학교의 3개 교실을 빌려서 마련되었다. 나에겐 그곳이 낯설지 않았다. 효순의 네플류도프 공작에게 편지를 전하러 온 일이 있었기 때문이다.

수험생들은 수험장 밖의 통로에 모여 차례가 호명되기를 기다리고 있었다. 타지에서 온 수험생 그러니까 춘천 사범 졸업생과 교직을 떠났다가 나이 들어 다시 교단에 서려는 옛 졸업생들도 상당수 섞여 있어, 대기 장소엔 낯익은 얼굴들보다 낯선 얼굴들이 훨씬 더 많았다.

봄 방학을 맞아 텅 빈 교정엔 연신 흙먼지 바람이 불어 대고, 교실 창문이 덜컹거리는 소리가 수험생들의 마음을 을씨년스럽게 파고들었다. 생존을 위한 치열한 다툼을 깊숙이 감춘 채, 수험생들은 어깨를 비비적대며 선험자들이 흘린 정보를 교환하기도 했다.

특히 나이 들어 주름살 진 얼굴에 궁색한 티가 나는 중년의 수험생들은 초조한 낯빛으로 나이 어린 후배들 속에 섞이어 말없이 귀를 기울이곤 했다. 벽 하나 사이의 수험장에서는 유희 능력을 시험해 보는 풍금 소리가 곡명을 바꿔 가며 규칙적으로 들려왔다.

그 풍금 소리는 내가 애써 외면하려는 그 무엇을 차츰 선명하게 인식시켜 주는 듯했다. 나는 대학에 갈 수 없을지 모른다. 아니다, 지금 우리 집 형편으론 등록금 마련이 거의 불가능하다. 그러므로 동요에 맞춰 유희를 해야 하는 풍금 소리는 이곳에 모인 사람들 모두가 직면한 현실이자, 나의 현실이다.

그때 누군가 나무 발판을 쿵쿵 굴렀다. 모두의 시선이 소리 난 쪽으로 쏠렸다. 검정색 스커트에 앞 터진 낡은 초록색 스웨터 차림의 나이 지긋한 중년 여인이 벽 너머 수험장에서 들려오는 희미한 풍금 소리에 맞춰 깡충깡충 뛰고 있었다. 그녀의 후배이자, 나

170

의 급우 하나가 장작처럼 뻣뻣한 그녀의 팔을 치켜 가며 즉석에서 유희를 가르치고 있었다. 모두의 시선이 일제히 자기에게 쏠려 있는 것도 아랑곳하지 않고 그 여인은 유희 동작을 좀 더 잘해 보려고 애쓰다 불쑥 탄식조로 뇌까렸다.

"몸이 굳어져서 파이라."

모두가 큰 소리로 웃어 댔다.

나는 얼른 고개를 돌렸다. 그냥 바라보고 있기에는 무언가 너무 아픈 광경이었다. 고개를 돌린 내 망막에는 아직도 단이 뜯어져 늘어진 여인의 스커트 자락이 가물거렸다.

드디어, 내 이름이 호명되었다. 나와 한 조가 될 사람도 호명되었다. '박금순.' 그것이 초록색 스웨터를 입은 중년 여인의 이름이었다. 출입문을 열고 들어가기 직전 그녀가 나에게 속삭였다.

"나 좀 봐줘. 남편이 죽고, 아이들이 셋이야."

수험장의 유리창은 밖에서 들여다보이지 않도록 팔절지를 붙여 놓았고, 책상과 걸상을 모두 한쪽으로 치워, 가운데를 비워 놓았다. 교단 위에는 세 사람의 시험관이 책상을 앞에 하고 칠판을 등진 채로 나란히 앉아 있었다. 그리고 교정 쪽 창가에는 시험관의 주문에 따라 노래를 반주해 줄 사람이 창을 등지고 앉아 있었다. 팔절지를 붙이지 않은 유리창 꼭대기 쪽으로 심한 바람에 부대끼는 나뭇가지들이 파도치듯 출렁거리고 있었다. 실내엔 으스스한 냉기가 감돌았다. 계절적으로 바깥 온도보다 실내 온도가 낮을 때였다.

시험관에게 절을 하고 얼굴을 쳐드는 순간 나는 가슴이 철렁 내려앉았다. 세 사람의 시험관 중 오른쪽 사람이 효순의 네플류도프 공작이었기 때문이다. 그는 나를 못 알아보는 눈치였다.

가운데 사람의 눈짓에 따라 풍금 반주자가 건반을 짚기 시작했다. 우리에게 주어진 노래 곡명은 「나비」였다. 전주곡이 계속되는 동안 내 몸은 점점 돌처럼 굳어졌다. 이어서 본 노래가 시작되었음에도 나는 두 손을 앞으로 맞잡고 꼼짝도 하지 않았다. 나는 나에게 무릎을 굽히고 광대처럼 팔을 흔들도록 강요하는 어떤 힘에 굴복하지 않으려고 안간힘을 썼다.

나비야 나비야 이리 날아오너라

호랑나비 흰나비 춤을 추며 오너라

봄나리 떼 뼁뼁뼁 방긋방긋 웃는다

참새도 쩍쩍쩍 춤을 추며 오너라

고개를 깊이 수그리고 있었으나, 내게는 그 장소의 온갖 것이 눈에 보이는 것 이상으로 환히 느껴졌다. 세 아이의 엄마인 나의 선배는 너무나 열심히 시험관들에게 유희를 해 보였다. 그녀의 날개는 정도 이상으로 나풀거려 그때까지 교실 마룻바닥이 쿵쿵 울렸다.

그 울림은 뻣뻣이 서 있는 내게 고문보다 더 고통스럽게 들렸다. 내가 무릎 꿇기를 기절하는 것은 단순히 위선과 허위에 가득 찬 시험관들에 대한 반발 때문만은 아니었다. 나는 가난하고 불우한 우리 모두의 무릎을 꿇리려는 보이지 않는 힘, 그것과 싸우고 있었다.

시험관들의 표정에는 당혹감이 스쳐 갔다. 풍금 반주자는 실격 위기에 처한 나를 위해 또 한 차례 반주를 되풀이했다. 나는 여전히 손끝 하나 까딱하지 않고 뻣뻣이 서 있었고, 박금순 여인이, 이미 보여 준 연기만으로도 충분히 높은 점수를 받았을 게 틀림없는 나의 가련한 선배가, 다시 반주에 맞춰 춤을 추기 시작했다. 어느 순간 그녀의 날개는 너무 높이 날아오른 나머지 마룻바닥에 쿵 떨어지며 발이 삐끗하여 엉덩방아를 찧었다. 반사적으로 시험관들과 풍금 반주자의 시선이 엉덩방아를 찧을 때 벌렁 젖혀진 '나비'의 넓적다리 속으로 쏠렸다.

나는 까닭 모를 분노에 사로잡혀 벗겨진 그녀의 헌 검정 구두를 집어서 그녀 앞에 팽개쳤다. 그녀는 눈물이 글썽거리는 나와 눈이 마주치자, 어리둥절한 표정을 지었다. 나는 그해의 임용 고시에 탈락된 유일한 졸업생이 되고 말았다.

하숙생이 입주하는 날이었다.

내 동생과 나는 필요한 소지품을 챙겨 다락으로 옮기고, 그곳의

짐들을 정돈하여 누울 자리를 넓혔다. 자격증이 들어 있는 와이셔
츠 상자는 다른 짐에 묻히어 맨 밑에 깔리고 말았다. 내 마음의 동
요에 따라 내 인생의 전면으로 나올 뻔한 그것은 이제 다시 한번
내 선택 밖으로 밀쳐져 버리고 말았다. 나는 그것이 가져다줌 직
한 조그만 안정과 임지의 어느 학부형 집에 마련될지도 모르는,
창 너머로 잠자리가 날아다니는 코스모스 밭이 내다보이는 호젓
한 나만의 방을 버린 것이다. 그리고 그 결과 제 키대로 설 수조차
없는 이 누추한 작은 밀실이, 생이 내게 보내는 조소와 야유처럼
주어졌다.

그날 실기 시험 중에 나의 가련한 선배를 뒤로 벌렁 넘어뜨린,
정체 모를 힘, 그것은 지금 이 순간에도 사람들을 공략하여 그의
존엄성을 짓밟고 희롱할 것이다. 하지만 지금 나의 상황, 그것이
뒤로 벌렁 넘어진 내 선배의 상황보다 나을 게 무엇인가.

다락 창에 낀 먼지를 걸레로 훔치던 내 동생이 혼잣말처럼 중얼
거렸다.

"언니야, 우리 집이 더 가난해졌나 봐."

나는 대답 대신 봉함 편지 하나를 동생에게 주었다. 그 속엔 어
느 회사의 전화 교환수 모집 시험에 응시할 원서와 이력서가 들어
있었다.

"학교 가는 길에 이것 좀 부쳐 줘."

"번번이 떨어지면서 이력서만 자꾸 보내면 뭘 해."

174

동생이 투덜거렸다. 사실 나는 그동안 교사가 아닌 다른 직업이라면 무엇이든지 좋다, 타자수든, 경리 사원이든, 공장의 여공이든 무엇이든 좋다는 절박한 심정으로 신문의 구직 광고를 보고 닥치는 대로 이력서를 보냈었다. 그리고 반관 반민인 ㅂ회사의 경우에는 치열한 경쟁을 물리치고 필기시험에 합격하기도 했다. 그런데 면접에서 떨어졌다. 그 면접관은 내가 자기를 속이기라도 한 것처럼 노골적으로 불쾌한 표정을 지으며, "당신은 교사가 되어야 할 사람이 아니냐"고 핀잔을 주었다. 나는 나 자신의 모순에 얼굴이 붉어졌다.

다락문 한 겹 너머에서 왁자지껄한 소리가 들려온 것은 저녁답*이었다. 이불 보따리와 책걸상을 실은 손수레가 대문 밖에 와 있다는 말을 듣고, 나와 내 동생은 내일 아침 전으로는 '아래층'으로 내려가는 일이 없도록 볼일을 모두 보고, 재빨리 다락으로 모습을 감추었다. 그것은 우리가 사다리를 통하지 않고 '2층'으로 올라가는 마지막 기회이기도 했다.

어머니가 짐을 나르는 하숙생에게 "다락에는 물건을 놓지 말라"고 귀띔을 했음에도 동생과 나는 조마조마한 기분으로 숨을 죽이고 있었다. 그러는 사이에 날은 어두워져 다락 안은 캄캄해졌다. 문틈으로 실낱같은 빛이 스며들어 누워 있는 내 동생의 배 위에 꽂혔다.

*답 : '무렵'의 방언.

마침내 짐 정리를 대강 끝내자, 하숙생과 그의 친구, 후배들은 저녁상을 놓고 입주 파티를 벌였다. 그들은 자기들의 방에 딸린 다락 속에 말만 한 처녀 하나와 여고생 하나가 들어앉아 있다는 것을 알지 못했다.

방에서 주연*이 무르익는 동안, 우리도 긴장을 다소 풀고 간혹 귓속말을 주고받았다.

"초는 있는데 성냥이 있어야 불을 켜지."

"좀 참아."

"내일 시험인데 어떡해?"

"커닝 좀 하렴."

하지만 내 동생은 칠흑처럼 캄캄한 다락의 어둠 속에 편안히 몸을 맡긴 채 이내 씩씩 코를 골기 시작했다.

나는 적에게 사방이 노출되어 있는 망루*에서 혼자 파수*를 보는 기분이었다. 입주 파티가 끝나고 객들이 모두 돌아간 뒤, 안방에서 코고는 소리가 들려오기 전까지 나는 결코 누울 수도, 졸 수도 없을 것이다.

새로 입주한 우리 집 하숙생은 복학생이며, 경남 하동이 고향이고, 시골집에는 농사를 짓는 부모님과 두 여동생이 있고, 머잖아

---

*주연 : 술잔치.
*망루 : 적이나 주위의 동정을 살피기 위해 높이 지은 다락집.
*파수 : 경계하여 지킴.

총학생회장에 출마할 예정이며, 정치에 관심이 많은 것 같았다. 물론 나는 저녁 내내 그들의 소주잔을 돌리며 설왕설래하는 대화를 엿듣는 동안 그런 사실을 절로 알게 된 것이다.

한일 협정 문제에 대한 얘기가 한참 오가고 있을 때였다. 잠결에 내 동생이 벽을 걸어차는 바람에 쿵 하는 소리가 나서 나를 난처하게 만들었다. 그러나 더욱 난처한 것은 그다음 일이었다.

"다락에서 무슨 소리가 났어."

누군가 방에서 말했다. 그와 동시에 또 다른 목소리가, "이 속에 뭐가 있노?" 하면서 왈칵 문을 열어젖혔다. 놀란 것은 오히려 방 안에 있는 그들이었다. 방 안의 불빛과 그보다 더 따가운 여럿의 시선이 일시에 내 옆얼굴 위로 쏟아졌다.

"야, 빨리 닫어."

소리 친 것은 우리 집 하숙생의 목소리였다.

다락문은 도로 닫히고 나는 어둠의 품에 도로 안겼다. 내 가슴은 심하게 두근거렸다. 임용 실기 시험 때 나의 가련한 선배가 뒤로 벌렁 넘어졌을 때도 이러한 느낌이었으리라. 나는 골을 허용한 골키퍼만큼이나 무참했다. 방 안에서도 잠시 숙연한 침묵이 흘렀다.

우리의 망루(내 동생은 종탑이 더 좋겠다고 우겼다)는 드나들기가 좀 고약해서 그렇지, 일단 들어서면 제법 아늑하고 호젓했다.

골을 허용한 이튿날 아침이었다. 내 기분은 뜻밖에도 아주 차분

하고 상쾌했다. 내게 일어난 변화에도 불구하고, 그리고 간밤의 그 무참한 기억에도 불구하고, 숙면을 취할 수 있었다는 것이 믿어지지 않았다. 그렇다면 이 변화의 가장 깊숙한 밑바닥엔 내가 미처 감지하지 못한, 결코 나쁘지 않은 어떤 것이 감춰져 있는 게 아닐까, 라고 나는 생각했다.

시간이 감에 따라 그것은 차츰 저절로 모습을 드러냈다. 아래의 망루엔 통풍구이자, 사다리를 타고 오르내리는 손수건만 한 창이 있었다. 캄캄한 어둠 속에서는 아주 작은 불빛도 어둠을 밝히는 힘이 되듯이, 그 창이 희망 없는 막연한 기다림 속에서 나날을 견디는 나에게 바로 그러했다.

그 창문 방향에는 우리 집 안뜰과 옆집의 앞뜰, 앞집의 뒷담이 옹기종기 경계를 맞대고 있었으며, 더 멀리는 지붕들의 파도 너머로 자동차 길이 펼쳐져 있었다. 다락 밑의 부엌에서, 연탄가스와 수증기가 뿌옇게 서려 있는 작은 부엌에서, 반백의 어머니가 얼굴이 빨갛게 익은 채 땀을 흘리며 하숙생의 점심을 짓고 있는 동안, 나는 바닥에 엎드려(창이 낮아서 엎드리지 않으면 밖이 내다보이지 않았다) 반쯤 울음에 젖어 그 작은 창문을 통해 햇빛 밝은 풍경을 하염없이 내다보았다. 그러다 보면 나는 낮은 곳으로, 낮은 곳으로 스며드는 물처럼 내가 바라보고 있는 풍경—이를 테면 채송화와 분꽃과 봉숭아와 달리아가 피어 있는 조그마한 화단의 한 귀퉁이나, 우물 속에 두레박을 드리우고 물을 긷고 있는 이웃집 아주머니의 꾸부정한 뒷모습, 나팔꽃 덩굴로 덮여 있는 앞집의 뒷담 벼락, 연탄과 하숙생의 책 보따리가 차곡차곡 쌓여 있는 광의 한 구석—속으로 빠져 들었다.

그리하여 차라리 아름답도록 무심한 이 세계의 현존(現存), 아무도 거기까지 이르지 못할 신비스러운 고요에 가 닿아 있는 것 같았다. 나는 절망하려야 할 수가 없었다. 그 고요가 사뿐히 나를 떠받치고 있으므로.

나의 막다른 처지는 나로 하여금 비로소 내면으로 열린 하나의 창(窓)을 갖게 해 주었다.

12년이나 연상인, 그리고 정반대되는 성격의 남편을 가진 나의 어머니는 자신이 이뤄 놓은 가정에서 갈망을 다 채우지 못했다. 남편과 아이들을 직장과 학교로 보내고 나면, 그녀는 오라는 데는 없어도 갈 데는 많아 마음이 바빠졌다. 회갑집의 떡시루 안치는 일에서부터 부인회 일에 이르기까지 그녀의 관심을 끌지 않는 것이 없었다. 처녀 적엔 이웃 남자 고등학교 운동회를 보러 갔다가, 달리기 경주를 하는 남학생이 여학생 교복을 애타게 찾는 것을 보고, 친구들에게 치마로 자기를 가려 달라고 하여 저고리를 벗어 빌려 주기도 했다. 6·25 사변 직후엔 부산에서 열리는 전국 애국 부인회 총회에 강릉 지역 부인회장을 대신하여 회의에 참석하러 가던 중, 군 트럭이 전복되어 목숨을 잃을 뻔도 하였다. 그 당시의 기념 사진 가운데는 콧잔등과 입술에 하얀 반창고를 주먹만 하게 붙인 어머니의 얼굴이 여성계의 거물급 인사인 박순천, 김활란, 황신덕, 임영신 등과 나란히 찍혀 있었다.

그 후 어머니는 부인회장과 의형제를 맺고, 부인회 일로써만이 아니라, 부인회장의 개인적인 일 때문으로도 집을 비우는 일이 잦았다. 대지주 집 외며느리로서 20대 때 남편과 사별하고, 하나뿐인 자식은 외국에 유학 중이어서, 오랜 세월 동안 커다란 빈집을 지키는 데 진력이 난 부인회장은 어머니를 밤늦도록까지 곁에 잡아 두려 하였다.

아버지의 심부름으로 내가 어머니를 찾아 나섰다. 솟을대문*을 지나, 중문*을 지나, 안채의 높직한 대청 앞에 이르러 겁먹은 얼굴로 서 있는 나에게, 고운 한복에 쪽을 진 단아한 모습의 부인이 일하는 사람을 시켜 곶감이니 유과 따위를 한 보자기 싸 주게 했다.

"너희 엄마, 금방 갈 테니 먼저 가라"고 말해, 곶감 먹을 생각에 나는 무서운 줄도 모르고 밤길을 되짚어 돌아왔다. 하지만 어머니는 우리가 잠들 때까지도 돌아오지 않았다.

한밤중에 나는 부모님이 싸우는 소리에 잠이 깼다. 희미한 불빛 아래 어머니가 속치마 바람으로 앉아, 버선을 뽑는 참이었다. 야심도 출세욕도 없이 현상 유지에 안주하는 평범한 가장과 1남 2녀의 구질구질한 뒷바라지뿐인 의무의 세계로 다시 끌려오지 않으

*솟을대문 : 행랑채의 지붕보다 높이 솟게 지은 대문.
*중문 : 가운데 뜰로 들어가는 문.

면 안 되는 자기 자신에게 화가 치밀어 견딜 수 없다는 듯, 어머니는 버선 신은 발을 어깨까지 높이 쳐들어 거세게 잡아 뽑았다. 버선이 쑥 뽑히며 발이 방바닥 위로 철썩 떨어졌고, 다른 한쪽도 그렇게 하자 또다시 철썩 소리가 났다.

부인회장이 무소속 후보로 국회의원에 출마하고 어머니가 운동원의 한 사람이 되어, 시내의 골목골목과 벽촌의 논두렁을 누비기 시작하면서, 버선에 대한 어머니의 화풀이는 자취를 감추었다. 아마도 이 무렵부터 어머니의 옷차림은 양장으로 바뀌었을 것이다.

하학 길에 나는 군중이 모여 있는 공설 운동장의 나무에 매달려 있는 확성기를 통해, 나에게 곶감과 유과를 싸 주었던 그 단아한 부인의 약간 쉰 듯한 음성을 들을 수 있었다.

"……앞서 어느 후보께서 암탉이 울면 집안이 망한다고 하셨는데, 영국은 엘리자베스 여왕이란 암탉이 울지 않았으면 결코 오늘의 번영을 가져올 수 없었을 것입니다. 친애하는 군민 여러분, 여러분의 사랑하는 아내와 딸들을 암탉에 비유하기를 서슴지 않는다면, 여러분들은 스스로 수탉이기를 자처하신다는 말입니까."

유세장에서 입만 열면 폭발적인 박수 소리를 유도해 냈음에도, 부인회장은 낙선의 고배를 마시고 말았다. 조상 대대로 물려받은 전답을 선거 자금으로 모두 쓸어 넣고도 빚더미에 갇혀 버렸다. 그 속에는 우리 집 논 열 마지기도 포함되어 있었다.

낙선의 충격과 빚쟁이들의 성화에 몸져누운 부인은 2년 뒤에 타계하고 말았다. 그러나 어머니의 정치적 활동은 그것으로 중단되지 않았다. 4년 뒤인 자유당 말기 때는 어머니와 단짝인 친구의 남편이 민주당의 공천을 받아 의원 후보로 나섰다. 선거 운동원으로서 어머니가 보인 헌신적이고도 열성적인 활동은 지역구 전체에 알려져, 민주당 지구당에서는 어머니에게 부녀 부장이란 감투까지 씌웠다.

　신익희 선생과 조병옥 박사가 선서했을 때 통곡을 하며 울었던 그 원색적이고도 소박한 정의감에 힘입어, 어머니는 지방 관공서원의 유형·무형의 박해를 즐거운 고통으로 감수하며 선거 운동에 열을 올렸다.

　그 무렵, 직장에서 돌아온 아버지가 도시락 봉투를 내려놓으며, "자네, 집 안에 들어앉지 않으면, 우리 식구 입에 밥 들어가기 어려운 꼴 당하게 되네"라고 말문을 열었다. 그날 아버지는 모처로 불려 가서 아내의 반정부 활동을 즉각 중지하게 하겠다는 각서를 쓰고 나왔노라고 했다. 어머니는 아버지를 천치라고 몰아세웠고, 아버지는 어머니더러 우리 식구 생활을 책임질 테냐고 반박했다. 며칠 뒤 어머니는 당을 탈퇴하고 직을 사임하겠노라는 내용의 성명서를 사람들의 왕래가 잦은 도청 담벼락에 내다 붙였다. 행인들은 아무도 그 성명서에 유의하지 않았다.

　어머니는 며칠 동안 문밖 출입을 끊었다. "이제 남부끄러워서 어떻게 얼굴을 들고 나다니겠느냐"고 말끝마다 탄식을 터뜨렸다. 아버지는 어머니와 등을 맞대고 돌아앉아 담배를 피우며 가끔씩 위로의 말로 달랬다.

"자네, 그건 착각일세. 이 좁은 강릉 바닥에서 한 발짝만 벗어나 보게. 누가 장 아무개 여사를 아는 사람이 있는가."

하지만 어머니의 귀엔 아버지의 말이 한마디도 담기지 않는 듯, 발작적으로 두 손바닥에 얼굴을 파묻고 몸부림치는 시늉을 되풀이했다. 어머니를 그토록 부끄럽게 만드는 진짜 이유는 자기 속에 있는 듯.

어머니가 지지한 민주당 후보는 선거에서 참패했다. 전국 각지에서 부정 선거를 규탄하는 외침이 날로 높아 갔다. 한쪽 눈에 최루탄이 박힌 김주열의 시체가 물에서 떠오르기도 했다. 그 무렵, 아버지는 의원면직을 당했다.

어머니는 외출을 거의 안 했다. 꿈만 꾸면 신발을 잃어버린다고도 했다. 손거울을 문지방에 괴어 놓고 어머니는 이제 부쩍 늘어나기 시작한 새치를 일삼아 뽑았다. 한밤 자고 나면 또다시 하얗게 돌아나는 흰머리와의 조용한 싸움은 자못 치열했다. 족집게로 감당할 수 없을 만큼 새치가 기승을 부리자, 어머니는 아버지가 쓰다 버린 먹지를 네모나게 접어 관자놀이를 문질러 댔다. 독성 때문에 살갗이 벌겋게 부풀어 오르고 머리카락이 빠지는데도 어머니는 개의치 않았다.

흰머리는 나날이 늘어나는데, 어머니는 억지로 흰머리를 지우는 소리 없는 항변을 계속했다. 어머니는 인생에서 무엇을 찾은 것일까. 아니면 흰머리 그 자체가 방황과 좌절의 흔적이었을까.

"만나 봤니?"

어머니의 다그침에도 오빠는 대답을 미룬 채, 가뭄으로 물이 준 우물 속에 깊숙이 두레박을 던졌다. 허리를 굽혔다 펴는 그의 얼굴은 세파의 시린 입김으로 초췌하고 지쳐 보였다. 책갈피에 넣어서 납작해진 보랏빛 오랑캐꽃이나 분홍빛 코스모스꽃으로 장식된 연서의 무더기 속에 그를 파묻히게 했던 청춘의 푸르름은 실직의 고달픔이 드리워 놓은 서러운 그늘로 해서 빛을 잃어 가고 있었다. 마지막까지 두드려 본 취직의 문마저 그를 거부하자, 오빠는 삶에 대해 품고 있던 환상에서 깨어나 하루하루 쓰디쓴 현실과 마주 서야 했다. 언제부턴가 그는 세수를 하고도 셰이브 로션 바르기를 그만두었고, 목도리를 두를 때 한쪽 가닥을 어깨 너머로 휙 넘기는 일도 없어졌다. 하숙집 반찬이 입에 맞지 않는다고 치즈 값을 따로 송금해 달라고 아우성치던 그가 이제는 하숙생이 남긴 찌꺼기 반찬을 묵묵히 삼키게 되었다. 그동안 무슨 일이 그에게 일어났단 말인가.

두레박으로 길어 올린 물로 세수를 하고 나서 그는 침울하게 대답했다.

"못 만났어요."

"아침에 나가서 지금까지 그럼 뭘 하고 다녔니?"

"길에 서서 기다렸어요."

미국에서 박사 학위를 취득하고 귀국한 부인회장의 아들이 정부 관공서의 장으로 발탁된 기사를 보고, 어머니는 아들의 금의환향을 보지 못한 채 타계한 부인회장이 가엾다고 애석해했다. 그리고 덧붙였다.

"회장님이 살아 계셨더라면 이럴 때 우리한테 큰 힘이 되어 주셨을 텐데."

오빠는 부인회장의 아들을 만나 보러 아침에 집을 나섰다. 모든 것이 그와 무관한 어느 낯선 골목길에서 날 저물 때까지 서 있는 동안 그는 무슨 생각을 했을까. 크나큰 슬픔과 실의를 끌어안고 있는 오빠에게, 낯선 동네의 골목, 어느 집 담 너머에서 들려오는 개 짖는 소리, 미풍에 살랑거리는 정원수와 나뭇가지 사이에서 재재거리는 새소리, 잉잉거리는 벌들을 불러들이는 담 안의 꽃밭에서 날아오는 꽃향기, 맑은 햇빛, 한낮의 아늑한 고요, 멀리서 들려오는 어린아이의 단조로운 노랫소리, 그 세계의 눈부신 무심함은 얼마나 뼈저린 단절감을 자아내게 했을까.

오빠는 '김창순'이라는 문패가 붙여진 집에서 나오는 사람이 있을 때나 들어가는 사람이 있을 때마다 다가가서 "김 회장님이 언제 들어오시느냐?"고 물어보았다고 했다. 아무도 그에게 친절하게 대답해 주는 사람이 없었다고 했다. 터벅터벅 걸어서 전차를 타러 가던 중에 발끝을 내려다보았더니, "글쎄, 내 구두가 거지처럼 입을 딱 벌리고 있잖겠어요"라고 오빠는 킬킬 웃어 댔다. 인생은 오빠에게 있어서도 점점 만만치 않은 그 무엇이 되어 가고 있었다.

"사람이 없으면 돌아올 일이지, 뭣 하러 생고생을 하니."

마음이 아픈 나머지 어머니는 팩 하고 역정을 냈다. 삼대독자이니 만큼 남다르게 길러 남다른 기대를 품었던 아들이 일자리를 찾지 못해 사회의 바닥으로 점점 떨어지는 것 자체가 어머니에겐 견딜 수 없는 괴로움이었으리라.

땅거미는 우물가의 모자(母子)를 삼키고도 한동안 노란 점 하나를 남겨 두고 있었다. 그것은 축대 밑 작은 화단에 피어 있는 백일홍 꽃이었다.

김 회장의 근무처로 찾아가서 어머니 얘기를 한 끝에 오빠는 파손된 수도 계량기를 수리하는 시 산하의 어느 업소에 기능직 사원으로 취직이 되었다(하지만 집안사람이 그 사실을 알게 된 것은 훨씬 뒤의 일이었다).

오빠는 어머니가 싸 주는 도시락을 피엑스에 시험 치러 다닐 때 쓰던 노란 봉투 속에 넣어 셋으로 접었다. 그 당시 직장을 가진 남성들은 자신을 실직자와 구분해 주는 징표로서 종이봉투에 도시락을 말아서 다니는 것을 은근히 자랑으로 생각했다.

댓돌 위에 가지런히 놓인 새 구두를 신고 감색 양복에 붉은 계통의 넥타이를 단정히 맨 차림으로 현관을 나서는 오빠의 등 뒤에다 대고, 하숙생들이 축하의 인사를 던졌다. 자신이 웃으면, 그들이 흉볼 거라 생각한 오빠는 일부러 입술을 꾹 깨물고 말없이 대문을 나섰다.

서른 살이 넘어 처음 출근한 직장에서 돌아온 오빠의 표정은 그다지 밝지 않았다. 말끔하던 그의 양복과 하얀 와이셔츠엔 알 수 없는 오물이 튀어 더럽혀져 있었다.

"그래, 다닐 만하더니?" "맡은 일이 뭐냐?" "상사가 너한테 친절히 대하더냐?" "직원은 모두 몇 사람이냐?" 등등 어머니의 궁금증은 끝이 없었다. 오빠가 말없이 밥만 우적우적 씹고 있는 걸 보고 어머니는 더럭 좋지 않은 예감이 들어, "무슨 일이 있어도 꾹 참고 다녀야 한다"고 사뭇 엄하게 못을 박았다.

어머니가 양복에 묻은 오물을 열심히 닦는 것을 시무룩이 지켜보던 오빠가 말했다.

"그냥 두세요. 내일은 점퍼를 입고 가겠어요."

달포* 만에 오빠가 직장에서 받아 온 봉급은 너무도 쥐꼬리만하여, 취직을 시켜 준 김 회장한테 인사를 가면서 케이크 한 상자를 사고, 한 달치 전차 회수권과 두 달째 밀린 동생의 월사금을 내

*달포 : 한 달이 조금 넘는 기간.

고 나니 남는 게 없었다.

두 번째 봉급을 타 올 무렵의 오빠에게선 험한 일을 하는 노동자와 같은 분위기가 느껴졌다. 직장에서 무슨 일을 하는지 오빠 자신은 한 번도 입 밖에 내어 말한 적이 없으나, 시간이 지남에 따라 그에게서 풍기는 분위기가 절로 우리에게 그것을 알게 해 주었다.

어느 날 한나절도 못 지나서 그의 외마디 목소리가 대문 밖에서 들려왔다.

"어무이요!"

"오빠 아니냐!"

하는 어머니의 대답도 이미 외마디 소리에 가까웠다. 부엌에서 하숙생의 점심밥을 준비하던 어머니와 나는 불길한 예감을 떨쳐 버리며 대문 쪽으로 달려 나갔다.

대문에 딸린 작은 문의 고리를 벗기고 문을 여는 순간, 피가 철철 흐르는 손을 앞세우며 오빠가 고개를 디밀었다. 열려진 쪽문 밖으로 길바닥에 점점이 떨어져 있는 핏방울이 오빠가 걸어온 발자취를 말해 주듯 멀리까지 뻗쳐 있었다.

"이게 웬일이니? 말 좀 해 봐라."

"손가락이 끊어져 나갔어요."

"책상에 앉아 펜으로 글씨 쓰는 사람이 뭐가 어쨌길래 손가락이 끊어진단 말이냐."

양재기에 된장을 퍼서 골방으로 가져갔을 때 어머니와 오빠가 주고받는 소리였다. 된장으로 응급조치를 한 뒤, 어머니는 오빠를 병원으로 데리고 갔다. 어머니는 반 넋이 나가 신발 한 짝이 벗겨진 것도 모르고 뛰어다녔다. 신발이 없어진 한쪽 양말은 발바닥이 새카매진 것은 물론 발뒤꿈치에 구멍이 뚫어져 있었다.

병원에 다녀와 마취 기운으로 잠이 든 오빠의 머리맡에서, 어머니가 분개한 목소리로 부인회장의 아들을 원망했다.

"세상에 그럴 수가 있니. 내 아들이 어떤 자식인데, 겨우 취직을 시켜 준다는 것이 양수기 수리 공장이라니."

각박한 서울 살림에 단련되어 좀체 눈물을 보이지 않던 어머니가 붕대를 친친 감은 손을 가슴에 얹고 잠이 든 아들을 보고 또 보며 울음을 그치지 못했다.

손가락 3개를 잃은 오빠에게 주어진 것은 보름 동안의 유급 휴가뿐이었다.

그 무렵, 우리가 전세를 주고 있는 현관 옆방에는 금테 안경을 낀 40대 초반의 남자가 자그마하고 예쁘장한 여자와 함께 방을 얻으러 왔다. 전세금을 올리자, 전당포를 한다는 먼저 세 살던 사람이 이사를 가겠다고 하여 방을 내놓게 된 것이었다.

"큰길에서 가깝고 방도 크고 이만하면 괜찮겠어. 계약할까?"

턱의 흉터만 아니라면 대단한 미남일 것이 분명한 그 남자는 사무라이 같은 짙은 눈썹을 치켜 올리며 아내의 동의를 구했다.

"당신이 알아서 해요."

희고 곱상한 얼굴에 어울리지 않는 약간 쉰 듯한 음성으로 아내가 대답했다.

방 값을 적지 않게 올려서 마음을 졸이던 어머니는 얼굴의 주름살을 펴고, 그들을 마루로 맞아들였다.

"식구는 몇 분이나 되세요?"

"우리 두 사람하고……."

말끝을 흐리며, 여자는 하얀 수 저고리 소매 속에서 가제 수건을 꺼내어 콧등을 두어 번 자근자근 눌렀다.

"이거, 제 명함올시다. 박 상뭅니다."

팔꿈치를 손바닥으로 괴고 명함을 공손히 건네는 것과는 달리, 그 남자의 표정은 한껏 거드름을 피우고 있었다.

명함을 유심히 들여다보고 난 어머니는 갑자기 목소리를 가다듬고, 오빠를 가리켰다.

"우리 아들이에요. 삼대독자인 데다 믿을 만한 친척붙이 하나 없는 처지예요. 이제는 한집안 식구나 다름없이 되었으니, 앞으로 동생처럼 생각하셔서 잘 좀 보살펴 주세요."

"그럼요. 저도 실은 자손이 귀한 집 자식입니다. 힘닿는 데까지 서로 도우며 잘 지내봅시다. 허허."

아직도 손에서 붕대를 풀지 못하여 약지와 새끼손가락 사이에 펜대를 끼우고 계약서를 쓰던 오빠는, 자칭 박 상무가 내미는 손을 맞잡기 위해 엉거주춤 몸을 일으켰다.

"손을 많이 다치셨군. 어쩌다 그러셨소?"

"직장에서 기계를 만지다 잘못해서 그렇게 됐습니다."

"저런, 그거 어디 위험해서 계속 다니겠소? 옮기든지 해야지. 내 한번 알아보겠소."

그러고 나서 박 상무는 양복 앞섶을 젖히고 노란 금실로 이름이 새겨진 안주머니에서 지갑을 꺼내어 빠닥빠닥한 새 돈으로 계약금을 치렀다.

두 부부가 돌아간 뒤에, 어머니는 박 상무가 남긴 말에 솔깃해진 듯, "그 사람이 어쩌면 너한테 귀인이 될지도 모르겠다"고 은근히 기대를 품었다.

그들이 이사를 오던 날은 마치 잔치가 벌어진 듯 떠들썩했다. 허술하고 보잘것없는 살림살이에 비해 이삿짐 나르는 사람은 10명이 넘었다. 박 상무의 아내를 누나라고 부르는 청년들이 있는가 하면, 언니라고 부르는 여고생도 있었고, 엄마라고 부르는 열 살 남짓한 계집아이와 초등학교 1학년 정도의 사내아이도 있었다. 그리고 이들 모두가 어머니 또는 할머니라 부르는 쪽머리의 함경도 사투리를 쓰는 안노인도 있었다.

그들은 전당포 주인이 박아 놓았던 못을 뽑아 안마루로 통하는 문을 열어젖혔고, 안뜰로 들어와 양동이건 바가지건 필요한 것이면 제 것처럼 가져갔다. 한편으로 밥쌀과 고깃국거리와 나물거리들을 우물가에 질펀히 늘어놓고 소란을 피웠다.

한나절이 채 못 되어 이삿짐을 모두 정리한 그들은 방 안이 그득하게 들어앉아 떠들썩하더니 술과 밥을 들었다. 그러는 사이에도 새 방문객과 낯모를 아이들이 안마루로 끊임없이 들락거렸다. 아예 열어젖혀 놓은 도어문이 가운뎃방의 미닫이문과 포개어져, 학교에서 돌아온 하숙생이 문을 열고 방으로 들어가려고 하자, 압지처럼 붙어 좀체 떨어지지 않았다.

학교에서 돌아와 우물가로 세수를 하러 나온 하숙생마다, 부엌에 있는 어머니 들으란 듯이 "아휴 시끄러워" 하고 투덜거렸다.

저녁에 박 상무가 귀가하자 집 안은 그의 기름진 너털웃음 소리로 한층 떠들썩했다. 환한 불빛 아래, 멜빵식 러닝셔츠 바람의 박 상무는 가슴까지 빨갛게 술이 피어, 안경알을 번뜩이며 높고 들뜬 목소리로 좌중을 들었다 놓았다 하고 있었다. 안뜰에서는 그의 장모가 벌겋게 달아오른 숯불 풍로* 앞에서 지글지글 타는 돼지고기를 뒤적이며, 방 안에 있는 사람들의 말에 귀를 기울이다 말고 큰소리로 참견하곤 했다.

새로 이사 온 그들 일가의 거칠고 방약무인*한 소란은 우리를 어리둥절하게 하고 주눅 들게 했다. 집주인인 오빠는 쫓겨 온 사

---

*풍로: 흙이나 쇠붙이로 만든 화로의 하나.
*방약무인 : 곁에 사람이 없는 것처럼 아무 거리낌 없이 함부로 말하고 행동하는 태도가 있음.

람처럼 부엌문을 닫아 놓고 팔짱을 낀 채 시무룩한 표정으로 부뚜막에 걸터앉아 있었다. 우리는 자기의 소유를 타인에게 내주고, 또 내주어 좁은 부엌과 다락으로 밀려나 있는 꼴이었다. 어떻게 이런 일이 생기게 되었을까. 왜 이런 일이 벌어진 걸까.

떠들썩한 즐거움이 무르익어 가는 술자리에서 노래가 흘러나오기 시작했다. 엿천에 늘어지는 엿가락처럼 누군가 목청을 길게 뽑자, 다른 이들은 젓가락으로 술상 가장자리를 두드려 대며 장단을 맞춰 주었다. "……기름진 문전옥답 잡초에 묻혀 있네" 하는 노래의 끝 소절은 왁자한 웃음소리, 박수 소리에 파묻혀 버렸다. 미처 웃음소리가 다 가라앉기도 전에 두 번째 노래가 흘러나왔다. 박 상무 아내의 음성이었다. 그 음성은 떠들썩한 자리에 있어도 그 즐거움에 전혀 젖어들지 않은 듯, 침울하고 낮고 조용했다.

지나간 그 옛날에 푸른 잔디에
꿈을 꾸던 그 시절이 언제이던가
저녁 하늘 해는 지고 날은 저문데
나그네의 갈 길이 아득하여요

또다시 왁자지껄한 박수 소리, 웃음소리가 단조로우면서도 기묘한 애조를 담은 그 노래의 끝 부분을 삼켜 버렸다.

"답답하다, 문 좀 열어라."

설거지를 하고 있던 어머니가 짐짓 오빠의 심중을 모르는 체 핀 잔을 주었다.

"이게 다 어머니 때문이라니까요."

오빠는 볼멘소리로 불편한 상황을 어머니 탓으로 돌렸다.

"뭐가 내 탓이란 말이니?"

"어머니가 첨 보는 사람한테 잘 좀 봐 주라느니 하니까, 저 사람들이 우리를 얕잡아 보고 이러는 거 아녜요."

"그게 다 너한테 이로울까 싶어서 그랬지, 누구는 첨 보는 사람한테 머리 숙이고 싶어서 그랬니?"

"제가 어떻다는 거예요? 쥐꼬리만 한 월급이지만, 월급 받고 나가는 데가 당장 없는 것도 아니잖아요."

"있으면 뭘 하니? 내가 널 키울 때 손가락 3개 잘려 나가는 데서 밥 벌어먹게 하려고 애지중지한 게 아니다."

"글쎄, 그건……."

자기 연민 때문에 팩 하고 언성을 높인 오빠는 말을 중단했다. 박 상무의 아내가 노크도 없이 부엌문을 열고 나타났기 때문이었다.

"우리 집 양반이 좀 뵙자고 하는데요."

"니가 가 봐라."

어머니가 오빠의 등을 밀었다.

그리고 목소리를 낮추어 덧붙였다.

"돈 주거든 잘 세어서 받아라."

한 시간 남짓 되었을까. 오빠는 얼굴이 벌겋게 되어 빙긋이 웃으며 돌아왔다. 그는 술을 단 한 잔만 마셔도 얼굴이 달아올랐다.

"박 상무가 한미 은행에 내 일자리를 알아보고 있대요. 자기 친구가 그곳에서 지점장 대리를 하고 있대요."

"그래? 내 뭐라던. 그 사람이 꼭 너한테 귀인이 될 것 같더라니까. 그건 그렇고 잔금은 받았니?"

"며칠 후에 주겠대요. 회사에 급한 사정이 있어 며칠간 빌려 주었는데, 2, 3일 후엔 받게 될 거라구요."

"하지만 이사 오면서 돈도 안 들고 오는 사람들이 어디 있니? 진작 짐 들이기 전에 잔금부터 챙겼어야 했는데."

"어머니도 이제 아침저녁으로 얼굴 볼 사람들인데, 그걸 안 주겠어요?"

"내 너 때문에 참는다만, 전세금도 마저 다 안 치르고 짐부터 들이게 한 건 확실히 우리 불찰이다."

이튿날 아침, 우리는 아으아흐흐 하는 비명 같기도 하고 신음소리 같기도 한 야릇한 교성에 귀를 쫑긋 세우지 않을 수 없었다.

세수를 하러 우물가에 나와 있던 하숙생들은 일제히 안마루 쪽으로 달려갔다.

"뭐야? 왜 그러는 거야?"

잠시 후 그들은 킬킬거리며 안뜰로 되돌아왔다.

"선배님, 저 댁 아주머니는 무슨 병이 있는 갑소야?"

"인마, 넌 아직 고추에 장도 안 묻혀 봤니?"

안방의 정치외교과와 영문과가 서로의 어깨를 쳐 가며 또 한바탕 킬킬거렸다. 사실 열린 안마루 문을 통해 그들이 보고 온 광경은 외설스럽기보다 어딘지 측은하고 서글퍼 보였다. 밤사이 방 안을 그득 채웠던 사람들은 어디론지 다 돌아가고, 어둠침침한 방에서 요 위에 올라 앉아, 안경을 벗어 눈알이 두꺼비처럼 튀어나온 박 상무와 그의 아내가 딱히 정사를 하는 것도 아닌 그런 엉거주춤한 자세로 붙어 앉아, 남자가 여자를 주무를 때마다 괴상한 교성을 질러 대고 있었다. 하지만 아으아흐흐 하는, 달콤한 고통이 삭신을 파고드는 듯한 그 소리에서는 왠지 달아오른 뜨거움이 느껴지지 않았다. 그것은 흉내에 지나지 않는 것 같았다.

그 교성은 아침마다, 거의 같은 시각에 되풀이되었다. 그것은 한 지붕 아래 사는 우리 모두의 귀를 붙잡아, 손으로는 면도를 하고, 책가방을 챙기고, 아령을 들었다 내렸다 하고, 밥솥에서 밥을 푸고는 있어도, 우리의 생각을 그것이 아닌 다른 그 무엇, 깊이 모를 저 생이란 수수께끼에 대한 두려움과 슬픔에 사로잡히게 했다.

그러고 나서 20여 분쯤 지나고 나면, 박 상무의 아내가 멀쩡한 얼굴로 쌀을 씻으러 우물가로 나왔다. 그녀와 마주친 어머니는 민망해서 낯을 피하고 있었으나, 그녀는 어머니에게 상냥하고 붙임성 있는 투로 말을 건네었다.

"아주머니, 도시락 반찬은 뭐가 좋아요? 아침마다 귀찮아 죽겠어요."

"내가 그 양반 식성을 알아야 말이지."

어머니는 여전히 그녀를 외면한 채 샐쭉한 음성으로 대꾸했다. 전세금의 반을 차일피일하면서 두 달째나 미루고 있는 데 대한 어머니의 불만은, 그녀가 미운 꼬투리를 잡힐 때는 쌀쌀맞다가, 오빠의 일로 희망이 보일 때는 넉넉한 아량으로 위장이 되곤 했다.

"우리 그 양반 얘기가 아니구요, 저 말이에요, 저."

"참, 나가는 데가 어디라 했수?"

"전화 교환국이에요."

"내외가 벌면서 뭐 하러 남의집살이를 하우?"

"뜯기는 데가 많아 좀체 돈이 모이질 않는군요. 아이들 생활비도 있고……."

"방이 비좁은 것도 아닐 텐데, 왜 애들을 친정에 맡길까?"

가시 섞인 한마디를 던져 놓고 어머니는 휭 돌아서 우물가를 떠났다. 혼자 남은 아내는 어머니의 말을 곰곰이 곱씹어 보는 것일까. 고개를 숙인 채 한동안 가만히 앉아 있던 그녀가 잊었던 듯이 다시 쌀을 씻기 시작했다. 쌀을 북북 문지르는 규칙적인 리듬에 맞추어 그녀는 낮은 목소리로 중얼거리듯 노래를 불렀다. 자신이 노래를 부르고 있다는 것을 전혀 모르는 듯이 어떤 생각에 골몰한 채.

장미 같은 네 마음에 가시가 돋쳐

이다지도 어린 넋 시들어졌나

즐거웁던 그 노래도 설운 눈물도

저 바다의 물결에 씻어 버리고

옛날의 푸른 잔디 다시 그리워

황혼의 길이나마 돌아가리라

그날 저녁 오빠는 밥상을 받은 자리에서 한미 은행에 관한 자세한 정보를 쏟아 놓았다.

"거기는 월급 이외에도 석 달에 한 번씩 보너스를 주고, 점심 값으로 식권도 준대요. 영어만 잘하면 해외 파견 근무도 할 수 있대요. 그리고 여직원들이 5명 있는데, 전부 대학 출신이고 미끈한 미녀들이더라구요."

쑥스러워하면서도 상기된 기분을 감추지 못해 오빠의 얼굴은 소년처럼 붉어져 있었다.

"어떻게 그런 것들을 다 알아내었니?"

"볼일이 있어서 찾아온 것처럼 하고 수위한테 이것저것 물어보았어요."

"니가 그런 데 나가게 된다면 오죽 좋겠니. 오늘 밤 박상무 들어오는 대로 좀 다잡아 보자꾸나. 뭣하면 와이로를 써서라도 넣어 달라고 해 봐야지."

어머니가 교제비에 관한 운을 떼기 무섭게 박 상무는 기다렸다는 듯이, 그러잖아도 며칠 후에 지점장 대리하고 저녁 식사를 같이 하기로 약속이 되어 있는데, 그 기회에 담판을 지어 볼 생각을 하고 있었노라고, 은근히 교제비가 필요하다는 뜻을 비쳤다. 어머니는 부인회 간부 시절에 일선 장병 위문을 갔다가 수양아들을 삼은 청년이 제대 후 만화를 그려서 돈을 잘 번다는 소문을 듣고 그를 찾아가서 20만 환을 빌려 왔다. 빌려 온 돈은 고스란히 봉투째로 박 상무 아내의 손을 거쳐, 박 상무의 양복 안주머니 속으로 들어갔다.

그즈음 한미 은행은 우리 식구 모두에게 고달픈 항해 끝에 가까스로 발견한 항구의 먼 불빛처럼 여겨졌다.

오빠는 동생이 새 운동화를 사 달라거나, 속옷이 낡았다고 투덜거리노라면, "조금만 참아. 내가 한미 은행에 취직만 되어 봐라"고 흰소리*를 서슴지 않았다.

또한 나에게도 은근한 기대 심리가 없지 않았다. 오빠가 월급이 좀 더 많은 직장으로 옮겨 가장으로서의 소임을 온전히 맡아 준다면, 나도 생계를 책임져야 할 압박으로부터 어깨를 빼내어, 집을 벗어나 절간이나 수녀원으로 들어가든지, 아니면 중단한 공부를 다시 계속하든지, 앞으로의 진로가 훨씬 분명해질 게 확실했다.

그런데 교제비를 가져간 박 상무는 열흘이 넘도록 가타부타 말

*흰소리 : 터무니없이 자랑으로 떠벌리거나 거드럭거리며 허풍을 떠는 말.

이 없었다. 그의 입만 쳐다보고 있던 어머니는 답답함을 참지 못하여, 통금 시간이 가깝도록 자지 않고 기다린 끝에, 그가 비틀거리며 들어선 기척이 들리자, 뒤쫓아 가서 문을 두드렸다. 한동안 떠들썩한 웃음이 오갔음에도 우리의 골방으로 돌아온 어머니의 표정은 그다지 밝지 않았다.

"곧 좋은 소식이 있을 거라고 하더라만······."

자신 없게 말끝을 흐린 어머니의 표정은 결코 그 말을 믿는 기색이 아니었다.

그럴 즈음, 투박한 경상도 사투리를 쓰고, 모녀로 보이는 두 여자가 박 상무를 찾으며 대문을 두드렸다. 뚱뚱한 몸매에 얼굴이 희고 넙데데한 어머니 쪽은 길지 않은 머리채를 감아 올려 뒤통수에다 핀으로 꽂고, 자주색 계통의 한복에다 겨드랑이엔 검은 손가방을 끼고 있었으며, 긴 단발머리의 얼굴 생김이 어머니를 쏙 빼박은 듯한 딸은 무릎에서 한 치나 올라간 미니스커트를 입고 있었다. 두 사람은 나름대로 멋을 내려고 애썼지만 어딘지 거칠고 드센 분위기를 감추지 못했다. "부산서 즈 어메가 올라왔다고 전해주이소" 하는, 박 상무 어머니의 말투는 꼭 뭔가를 벼르고 있는 듯한 말씨였다.

그 무렵부터는 야근을 하고 정오가 조금 지나서 퇴근한 박 상무 아내에게 그 소식을 전했더니, 얼굴이 단박 창백해지더라고 어머니는 고개를 갸우뚱했다. 퇴근하기 무섭게 쓰러져 자고 땅거미 질

때서야 일어나는 박 상무 아내가 그날은 잠시도 가만 앉아 있지 못하고 경황 없이 들락날락했다. 시장에서 채소 장사를 하는 친정어머니가 돈주머니를 허리에 묶은 채 달려왔고, 군 복무 중인 그녀의 큰동생도 어디선가 달려왔다. 그런 중에도 아이들만은 얼씬거리지 않았다. 그들의 방에서는 결전을 준비하는 듯한, 조심스런 귓속말과 비장한 긴장감이 감돌았다. 그러나 긴장감만 고조될 뿐 밤이 이슥하도록 박 상무는 돌아오지 않고, 또 그를 찾아왔던 모녀도 나타나지 않았다.

새벽 3시쯤이었다. 연탄을 갈기 위해 나는 '아래층'으로 내려 갔다.

연탄 광에 불빛이 환했고, 안에서 흘러나온 불빛이 축대 밑에 고요히 잠든 봉숭아 화단을 흔들어 깨울 듯 강렬하게 비추고 있었다.

"엄마, 내가 갈 텐데 왜 일어나셨어요" 하며, 광으로 들어가려던 나는, 집게에 연탄을 집어 돌아서 나오는 박 상무 아내와 마주쳤다. 한 지붕 밑에 살면서도 그녀와 나는 가볍게 스치기만 했을 뿐 한 번도 정면으로 마주친 적이 없었다. 내가 당황한 것은 그녀를 어머니로 착각했기 때문만은 아니었다.

울어서 눈두덩이 소복한 그녀는 나를 보고 웃는다고 미소를 지었는데, 나에겐 웃는 것이 아니라 우는 듯이 보였다. 그리고 다음 순간 휘청하는 이상한 현기증이 몸의 균형을 깨뜨리는가 싶더니, 집게에서 연탄이 빠지며 우리의 발밑에서 팍삭 부서졌다. 눈에는 눈물이 핑그르르 도는데 그녀가 활짝 웃으면서, "나 취했어요, 아주 취했다구요" 했다. 그녀를 쳐다보는 동안 내 마음은 알 수 없는 고통과 기쁨으로 가슴 밑바닥까지 떨리는 듯했다.

그녀가 빈 집게로 부서진 연탄을 집으려고 더듬거리는 것을 보고, 나는 문득 내 몸을 짜르르 꿰뚫고 지나가는 기묘한 전율에서 깨어나, 그녀의 연탄집게로 새 연탄을 집어 주었다. 그녀가 가고 나서 나는 한자리에 오랫동안 붙박인 듯이 서 있었다.

이튿날 그녀는 직장을 쉬었다. 아무것도 먹지 않고 이불을 뒤집어쓴 채 누워 있다고 했다. 그녀의 곁을 지켜 주었던 친정 식구들은 아침이 되자 모두 뿔뿔이 흩어졌던 것이다. 점심이 지나 어머니는 그녀를 위해 미음을 끓였다. 맘속으로 흐뭇한 것을 감추느라 고심하는 나에게, 어머니는 속내 근심을 털어놓았다.

"아무래도 심상치 않아. 세를 잘못 준 것 같아. 하지만 굶고 누워 있는 걸 보고 가만있을 수야 없지."

머릿속에서 바람같이 내닫는 생각을 쫓느라 나는 어머니의 말을 귓등으로 흘려보냈다. 기회를 봐서 그녀의 방 연탄을 갈아 줄 참이었다.

그날 밤이었다. 부산서 상경한 두 모녀는 뜻밖에도 박 상무를 앞세우고 다시 나타났다.

박 상무 일가가 모두 방으로 들어가고 나서 5분도 채 못 되어서였다.

"어머니? 누가 니 어메란 말이고?"

투박한 사투리로 모질게 면박을 주는 소리가 들려왔다. 잠시 후 그 전화 교환수는 맨발로 우리 집 부엌문 앞에 나타나 어머니에게 부탁했다.

"아주머니, 저희 어머니 좀 오시라고 해 주세요."

그녀는 어깨를 와들와들 떨면서 자기네 방으로 되돌아갔다.

그녀의 부탁을 받은 어머니는 날듯 달려가서 친정어머니를 데리고 왔다. 그들의 방문 밖엔 차츰 더 많은 신발들이 모여들었다. 고무신과 운동화와 구두와 하이힐과 군화 따위들이.

"조근히, 조근조근히 말하기요."

하고 아내의 친정어머니도 나직한 음성으로 만만치 않게 응수하는 소리가 들려왔다.

"니가 무슨 말로 내 아들을 꼬드겼는지 모르지만, 이 사람은 자식과 여편네가 두 눈 시퍼렇게 살아 있는 몸이라. 듣자 하니 자식까지 딸린 주제에 무슨 염치로 남의 앞을 탐내노."

"아이, 꼬드기다니, 누가 할 소린데 그러기요."

본인들을 제쳐 놓은 입씨름에서 시작된 싸움은 급기야 본인들의 맞고함으로 번지고, 험악한 맞고함 끝에 무엇이 깨지고 부서지고, 그러다가 소리 높이 통곡하는 울음소리가 10월 상달로 접어든 으스스한 밤공기를 뒤흔들었다.

고성이 오가는 동안 들추어진 뜻하지 않은 사실들이, 한 지붕 아래 사람들의 잠자리를 뒤숭숭하게 파고들었다. 박 상무는 광복동에서 옷 장사를 하는 어머니가 맺어 준 아내와의 사이에 1남 2녀가 있으며, 아내는 빗물을 받아 빨래를 하는 살림꾼이며, 박 상무는 빚에 쫓기어 서울로 도망 왔으며, 친척 집을 전전하는 그를 뒷바라지하여 자리를 잡게 도와준 것은 전화 교환수인 서울의 아내이며, 그의 성 버릇 가운데는 병적인 점이 있으며, 전화 교환수는 군인이던 남편이 훈련 중 동료의 오발 사고로 희생되고 원호 대상이 되었으며, 소파 수술을 두 차례 했다는 것 등이었다.

갑자기 안마루로 통하는 문이 열리는 소리와 함께, 옷소매를 걸어붙인 박 상무 어머니가 "사나가 비치다! 사나가 비치야"라고 방 안을 향해 주먹질을 해 댔다.

안방의 하숙생들이 쑤군대는 소리가 들려왔다.

"저 아주머니 손 오브 어 비치를 사나가 비치라고 하는 거 아냐?"

그들의 킬킬대는 웃음소리를 밀치며 어머니가 방에서 달려 나왔다. 문 열리는 소리로 미루어 어머니는 단단히 화가 나 있는 것 같았다.

"보자 보자 하니까 사람을 무시해도 분수가 있지. 지금 도대체 몇 시야, 몇 시. 남 생각도 좀 해야지, 이 집에 자기들 혼자 사나?"

그것은 어머니가 박 상무에게 걸었던 기대를 스스로 산산조각 내는 순간이기도 했다. 부질없는 헛된 희망의 사슬을 풀어 버린 어머니의 매서운 결의는 미친 듯이 흥분한 그들을 일시에 조용하게 만들었다.

"귄댁에 폐 끼치지 말고 우리 길 건너 여관으로 갑시다"라고, 목소리를 낮추어 조심스럽게 말하는 박 상무는 이미 빠닥빠닥한 새 돈으로 계약금을 치르며 거드름을 피우던 때의 그가 아니었다.

밤의 고요 속으로 적막한 여운이 흘렀다. 단조로운 귀뚜라미 소리가 한층 영롱해지며 베갯머리 가까이로 다가왔다. 지붕 아래 깨어 있는 사람은 나 혼자뿐이었다.

나는 잠을 이룰 수가 없었다. 귀를 아무리 베개 속에 깊숙이 파묻고 있어도, 세상의 슬픔 한가운데를 가리켜 보이는 듯한 박 상무 아내의 울음소리를 지울 수가 없었다. 눈을 아무리 꼭 감고 있어도 그녀의 이런저런 모습―처음 집을 얻으러 왔을 때, 식구가 몇이냐는 어머니의 물음에 저고리 소매 속에서 가제 수건을 꺼내어 콧등을 자근자근 누르던 거라든가, 아침마다 안마루 문을 반쯤 열어 놓은 채 남편에게 엉거주춤 안기어 아으아흐흐 하는 교성을 지를 때의 창백하도록 하얀 얼굴, 해가 뉘엿뉘엿 넘어가는 시각에 칫솔을 입에 물고 우물가로 나와서 하염없이 이를 닦다 말고 맑은 하늘을 쳐다보며 난데없이 "비가 올래나?"라고 중얼거리던 거라든지, 박 상무의 모친이 다녀갔다는 소리를 들은 뒤에 집 안팎을 들락날락하더니만 커다란 양푼에 쌀을 담아 가지고 우물가로 와서, 씻지는 않고 양푼만 그대로 두고 훌쩍 일어나던 거라든지 — 하나하나가 현실이기보다는 꿈속에서 본 듯한 영상처럼 생생하게 살아났다.

그 밑도 끝도 없는 영상 하나하나를 이어 주는 한 여자의 삶의 어렴풋한 전모, 엎어지고 넘어지며 생의 험준한 고개를 숨차게 넘어온 고달픈 역정이 내 마음에 벅찬 고통을 심어 주었다. 그 고통은 너무도 친숙한 것이어서, 나는 그녀와 흡사한 인생 역정을 걸어가야 할 운명의 불씨를 내 속에 담고 있지 않나 하는 의구심마저 들었다. 교사가 되기를 거부했을 때부터 나는 이미 평탄치 못한 인생 역정을 향해 걸음을 내딛었던 게 아닐까.

다락이 거처가 된 뒤부터 나는 늘상 옷을 입고 잠자리에 들었다. 천장이 낮고 주위가 옹색하여 옷을 벗고 입을 계제가 못 되었던 것이다. 동생이 이불자락을 끌어당겨 가 버리는 바람에 나는 그만 자리에서 벌떡 일어나 앉았다. 어둠 속에서 나는 물끄러미 창밖의 어둠을 응시했다. 밖에서 알 수 없는 힘이 나를 잡아당기고 있는 것 같았다.

나는 창문을 빠져나온 다음 사다리를 타고 아래로 내려왔다. 밤이슬에 축축이 젖어 있는 어머니의 헌 고무신을 발에 꿰자 나도 모르게 흠칫 몸이 떨렸다. 살포시 기운 상현달 주위로 검은 먹구름이 몰려들고 있었다. 사방은 캄캄하고 조용했다. 나는 잠시 무엇을 해야 좋을지 모르는 채로 우물가에 서 있었다. 그때 오래 익

은 술처럼 내 안에서 노래 하나가 맴돌았다. 그것은 차츰 삭일 수
없는 울음처럼 가슴을 밀고 밖으로 넘쳐 나왔다.

    장미 같은 네 마음에 가시가 돋쳐
    이다지도 어린 넋 시들어졌나
    장미 같은 네 마음에 가시가 돋쳐
    이다지도 어린 넋 시들어졌나
    장미 같은 네 마음에……

갑자기 나는 입을 다물었다. 얼굴이 화끈거렸다. 내 마음을 나
자신에게 들킨 것이 부끄러웠다. 그럼에도 나는 입속에서 절로 중
얼거려지는 노래를 멈출 수가 없었다. 길 건너 동네를 다 뒤져서라
도 박 상무 아내를 찾아내어 집으로 데려오고 싶었다. 그녀가 받을
모욕, 그녀에게 가해질 핍박으로부터 그녀를 보호하고 싶었다. 그
러한 생각을 하자마자 나는 가슴이 두근거리기 시작했다.

발소리를 죽이고 뜰을 가로질러 대문께까지 가서 쪽문의 고리
를 벗겼다. 캄캄한 어둠 속에서 파묻혀 버린 골목 저편으로부터
섬뜩하도록 고요한 바람이 불어왔다. 길 양쪽으로 늘어선 집들의
창문은 방금 구름을 헤치고 얼굴을 내민 희미한 달빛을 받아 더욱
어둡게 보였다.

나는 잠시 망설이다가 큰길 방향으로 나아갔다. 길 저편은 분명

어둠과 정적뿐인데도 나는 꼭 무엇에 이끌리어 가는 기분이었다. 생각은 박 상무 아내를 찾으러 간다고 하는데, 마음에선 다른 여인들의 얼굴이 명멸했다. 폭주가인 남편에게 저녁마다 구타를 당하고 우리 집으로 쫓겨 온 이웃집 아주머니(그녀는 어느 날 남편에게 코를 물어 뜯겨 피를 입으로 삼키며 달려오기도 했다), 한평생 다른 여자에 대한 사랑을 품고 조금씩 조금씩 폐인이 되어 가는 남편 때문에 세 번이나 약을 먹고 자살을 기도한 친척 올케, 전도사와 같은 검박한 옷차림에 항시 울고 난 사람처럼 눈이 벌겋게 충혈되어 수업 시작 전과 끝난 뒤에 묵상을 강요하던 노처녀 한문 선생님, 임신한 몸으로 아버지에게 얻어맞아 얼굴에 푸르스름한 멍 자국을 달고 우리 집에 숨으러 왔던 효순, 교사 임용 고시에 네 식구 생계를 걸고 시험관 앞에서 나풀나풀 뛰다가 벌렁 넘어진 사범학교 선배……. 그렇다, 나는 또다시 사랑에 빠진 것이다. 마음이 무너지고 상심할 뿐, 다른 별 도리가 없는 허망한 사랑을.

갑자기 야경꾼의 딱따기* 소리가 내 발걸음을 집으로 돌려 놓았다. 대문은 열린 채로 있었다. 그것은 무언가가 그리로 빠져나간 빈 구멍이 아니라, 아직도 그 무엇의 늘어뜨려진 긴 자락을 가득 물고 있는 입처럼 보였다. 밖에서 들여다보이는 대문 안엔 희미한 불빛이 끌리고 있었다. 나올 때는 미처 느끼지 못했던 불빛

---

*딱따기 : 밤에 야경을 돌 때 서로 마주 쳐서 '딱딱' 소리를 내게 만든 두 짝의 나무토막.

208

이었다. 어디서 스며 나오는 불빛일까? 어머니가 깨신 걸까?

나는 대문 안으로 들어섰다. 그러자 그 불빛을 좀 더 가까이 느낄 수 있었다. 현관 옆에는 슬레이트 지붕을 잇대어 만든, 셋방에 딸린 간이 부엌이 있었다. 빛은 그 부엌 안에서, 더 정확히 말하자면 부엌 쪽으로 반쯤 열려 있는 방에서 흘러나오고 있었다. 그들이 몰려 나갈 때 열어 두고 간 듯했다.

보잘것없는 부엌살림 ─ 유리가 깨지고 문짝이 비틀어진 조그만 찬장, 김칫국 자국이 불그스름한 도마, 손잡이에 헝겊이 감겨 있는 부엌칼, 찌그러진 양푼, 뚜껑의 꼭지가 떨어져 나간 냄비, 새끼줄에 묶이어 기둥에 매달아 놓은 간고등어 한 마리 ─ 과 푸르스름한 빛깔의 캐비닛, 그 옆의 뚜껑 없는 사기요강, 조잡한 솜씨의 자개경대, 빨아서 옷걸이에 걸어 놓은 전화국의 푸른 제복 따위의 방 안 살림들을 바라보고 있는 동안 내 마음은 까닭 없이 미어지는 듯했다.

방문을 닫아 놓고 돌아서려는데 어머니의 기침 소리와 발자국 소리가 들려왔다. 하숙생 방의 연탄을 갈아 넣기 위해 일어나신 듯했다. 어느새 새벽이 가까워지고 있었다.

다음 날 아침 나는 흠씬 두들겨 맞은 사람처럼 온몸이 아팠다.

그날 이후로 박 상무는 집으로 들어오지 않았다. 박 상무의 발길이 끊기자, 전화국에 다니는 젊은 미망인은 퇴근하는 길로 곧장 친정으로 가서 밤이 되어도 돌아오지 않았다. 박 상무가 있을 때는 얼씬거리지도 않던 아이들이 늦은 시각에, 또는 아침 일찍 엄마의 심부름으로 무언가를 가지러 오곤 했다.

한동안 그들의 집안 속사정을 관망하기만 하던 어머니가 오빠에게 "아무래도 안 되겠다"고 말문을 열었다.

"취직은 이미 틀린 거고 어물어물하다간 돈까지 떼이게 생겼다. 박 상무에게 전화를 해서 만나든지, 직장으로 찾아가서 돈을 돌려 달라고 말해 봐라."

시선을 허공에 둔 채 자기의 후두 뼈를 만지작대고 있는 오빠에게 어머니는 빨랫거리를 손질하며 당부했다.

잠시 동안 어머니가 하숙생들의 이불 빨래에 입으로 물을 뿜는 소리만 계속되었다. 갑자기 오빠가 벌떡 일어나며, "에이 더러운 세상, 에이 좆같은 세상, 이래 가지고 살면 뭐 해"라고 큰 소리로 울분을 터뜨렸다. 요 몇 년 사이에 그에게 일어난 일들은 그의 피해 의식을 자극하여 그는 이기적이고 공격적으로 변해 갔다.

"얘가 왜 이래, 진정해! 앉아!"

어머니의 음성도 절망과 환멸감에 떨고 있었다.

그런데 박 상무의 직장으로 찾아간 오빠는 더욱 나쁜 소식을 가져왔다. 그의 명함에 적혀 있는 제일 물산이란 무역 회사는 벌써 5개월 전에 부도를 내고 문을 닫은 상태나 다름없더라는 것이었다.

"그 사람 고의로 우리한테 사기를 친 거라구요. 한미 은행 지점 장하고 친구라는 것도 새빨간 거짓말이었어요."

"설마…… 그것까지야."

"지점장을 찾아가서 박 아무개씨 심부름을 왔다고 하니 그런 사람 전혀 모른다는 거예요. 명함을 꺼내 보여도 고개만 절레절레 저었어요."

어머니와 오빠가 사기꾼인 박 상무와 그 일을 방조한 인애 엄마 (어머니는 전화 교환수인 미망인을 그렇게 불렀다)를 어떻게 혼내 주나 부심하고 있는 동안, 나는 메울 길 없는 공허감을 노래로 달래며 그녀가 나타나기를 애타게 기다렸다.

'아래층'에 내려가면 무엇을 하거나 옆얼굴에는 그녀의 방이 느껴졌다. 그 방에는 비어 있는 동안 늘상 자물쇠가 채워져 있었고, 밤이 되어도 창문은 캄캄했다. 나는 우리 집 연탄을 훔쳐다가 그녀의 아궁이에 넣어 주곤 했는데 불을 꺼뜨리지 않으려니 신경이 적지 않게 쓰였다. 뿐만 아니라 재를 어머니 눈에 띄지 않게 처리 하는 것도 쉽지 않은 일이었다.

그러던 중 나의 행동은 어머니에게 발각되고 말았다. 밑불이 아 직 괄한 것을 무리하게 떼어 내서 연탄을 간 것이 문제였다. 나는 그녀의 아궁이에서 빼낸 연탄재를 어머니 눈에 띄지 않게 하려고 집 밖으로 들어내 담장 밑에 쌓아 두는 다른 연탄재 속에 슬쩍 끼 워 넣곤 했다. 거기엔 청소차가 미처 거둬 가지 못한 연탄재들이

늘상 쌓여 있어 어머니 눈을 감쪽같이 속일 수 있었다. 그런데 그
날은 무슨 까닭에선지 어머니가 하숙생 방의 연탄을 갈고 그 재를
아침까지 아궁이 곁에 두었다가 나중에 한꺼번에 집 밖의 쓰레기
통 옆으로 옮겨 가는 습관을 깨고, 곧바로 집 밖에 버리러 나왔다
가, 마치 비밀을 스스로 폭로하듯 어둠 속에서 이글거리며 타는
연탄불 하나를 발견했던 것이다.

한밤중임에도 불구하고, 그리고 자칫하다간 하숙생들의 잠을
깨울 염려가 있는 것도 아랑곳없이, 어머니는 사다리를 타고 올라
와 다락문을 조금 열고 손을 들이밀어 두 딸의 다리를 차례로 꼬
집어 잠을 깨웠다.

내 동생은 깊은 꿈속을 헤매는 참이었고, 나 역시 잠이 막 들려
는 참이었다.

"어찌 된 건지 말 좀 해 봐라."

어머니가 나직한 목소리로, 그러나 단호하게 추궁했다.

"대문 밖의 연탄재 누가 버린 거니?"

"무슨 연탄재?"

투덜거리며 내 동생이 도로 몽롱한 잠 속으로 쓰러지자 범인은
절로 가려진 셈이었다.

아래로 내려오라는 어머니의 호출을 받고 나는 사다리를 내려
갔다. 어머니가 나를 연탄 광 그늘 속으로 끌고 갔다. 뜰에는 교
교한* 달빛이 가득했고, 귀뚜라미조차 숨을 멎은 듯 사위는 고요

했다.

"누가 자꾸 연탄에 손을 대나 했더니……. 난 도무지 무슨 영문인지 모르겠다. 남의 집 빈방에다 무엇 때문에 불을 갈아 넣어 주냔 말이다."

나는 혀로 타는 입술을 축였다. 어머니로부터 꾸중을 듣는 나는 나 같지가 않았다. 나는 내 행동 이상의 그 무엇인 '나'를 어머니에게 설명해 드릴 방도가 없었다. 어머니가 낯설었다. 어머니가 야속했다.

"에미는 연탄 한 장 아끼려고 밤마다 잠을 설치는데…… 딸년은 피도 살도 안 섞인 남에게 선심이나 쓰고, 잘한다 잘해. 네 나이가 도대체 몇이냐? 언제 철이 날 거냐?"

나는 벽에 등을 기댔다. 꼿꼿이 서 있는 것이 힘이 들었다. 갑자기 살아가야 할 앞으로의 길고 긴 나날들이 아득하게 느껴졌다. 그것은 결코 연탄 문제가 아니었다. 그날 밤 그녀가 눈에는 눈물이 가득한 채 웃으며 "나, 취했어요, 취했다구요" 했을 때, 한 여자의 삶이 나를 관통하고 지나가는 그 짜르르한 전율……. 그것이 단지 연탄만의 문제라면, 남자 학교 운동회장 한복판에서 여학생 교복을 제비 뽑은 남학생을 도와주기 위해 창피한 것도 무릅쓰고 저고리를 벗어 주었던 그 정열적인 여학생으로 하여금, 삶이 연탄 몇 장에도 벌벌 떨도록 가르쳐 주는 거라면……. 나는 손바닥 가

* 교교한 : 맑고 밝은.

득히 얼굴을 파묻었다. 나는 철이 들고 싶지 않아. 나는 나이를 먹고 싶지 않아. 나는 살고 싶지 않아.

발자국 소리가 내 곁을 지나갔다. 나를 혼자 버려 둔 채 어머니는 내 밖을, 내 곁을 스쳐 지나갔다. 창백한 달빛과 가슴 밑바닥까지 저리게 하는 고요와 나뿐이었다. 살아 있음의 외로움, 사는 일의 두려움이여. 나는 차마 얼굴에서 손바닥을 떼어 낼 수가 없었다.

나는 어머니와 단둘이 아침상에 마주 앉을 일이 끔찍스럽도록 거북하고 싫었다. 동생과 하숙생들이 먼저 아침을 먹고 학교로 가고, 그 뒤를 이어 오빠가 직장에 나가고 나면, 어머니와 나는 이 상 저 상에서 남은 음식들을 거두어 맨 나중에 아침을 먹었다.

나는 어머니 앞에서 아무런 일도 없었던 듯이 나 자신을 꾸밀 수가 없었다. 간밤에 대면한 삶의 쓰디쓴 공포가 아직도 나를 가위처럼 짓누르고 있었다. 나는 결심했다.

집을 나서면서, 어머니가 생활비를 넣어 두고 쓰는 부엌 선반 위의 약탕관 속에서 돈 1천 환을 떨리는 손으로 끄집어냈다. 가능하면 집으로 다시 돌아오는 일이 없기를 바랐다. 어쩌면 그것은 가능할 것 같기도 했다. 다락에서 낮은 곳으로, 낮은 곳으로 흐르는 내 창을 통해 수없이 혼자 서는 연습을 해 왔기 때문이다.

만약 현실이 영화 같다면, 지금쯤 수녀원의 저 육중한 문은 나와 내 가족, 그리고 속세의 무거운 삶으로부터 나를 갈라놓으며 내 등 뒤에서 오싹하게 닫혔을 것이다. 그런데 명동 성당의 별관 앞 계단에서 마주친 그 수녀는, 수녀가 되고 싶다는 나를 즉시 손잡아 수녀원으로 데리고 가는 대신, 성당에 나가라는 말만 남기고, 나를 지나 총총히 사라졌다. 살기에 버거운 순간을 맞을 때마다 유일한 위안처럼 수녀를 동경해 온 이 나를 지나서 말이다. 검은 옷자락을 휘날리며 그 수녀가 사라진 건물의 지붕 위에서 정오의 햇빛이 눈부신 축복을 내리고 있었다.

하지만 해가 지려면 아직 멀었다. 나는 당장 갈 데가 없었다.

버스와 전차를 갈아타고 여숙에게로 가는 동안, 줄곧 생각했음에도 나는 좀체 납득할 수가 없었다. 수녀가 되겠다는 나를 어째서 '수녀'가 모른 체할 수가 있단 말인가. 나는 어찌나 그 수수께끼를 결사적으로 물고 늘어졌던지, 차 속에서 줄곧 창밖을 내다보았음에도 눈에 담은 것은 아무것도 없었다. 마침내 적십자가 그려진 약국 간판이 내 속의 수녀로부터 나를 떼어 놓을 때까지.

굴레방다리를 지나 복개되지 않은 개천을 따라가면, 여숙이 일을 해 주고 숙식을 제공받고 있는 중학교 때 영어 선생님의 약국이 있었다. 암으로 돌아가신 여숙의 어머니가 딸에게 남겨 준 것은 노망든 친정어머니와 자신의 화려했던 시절을 담은 커다란 자개 화장대뿐이었다. 집과 두 대의 트럭은 모두 차압 딱지가 붙여져 남의 소유가 되어 버렸다. 그리하여 할머니는 양로원에, 화장대는 어머니의 친구 집에 맡기고, 여숙은 학교를 휴학했다.

이제는 옛 스승과 그 스승에 얹혀 지내는 친구와 세상의 온갖

병에 대한 처방 약들이 수녀원 대신 나를 맞아 줄 것이다.

스승이 머리맡에 라디오를 켜 놓고 방 안에 누워 있기만 하다면, 여숙과 나는 초록색 비닐 장의자에 나란히 앉아 다리를 흔들며 유리창 밖으로 지나가는 행인들을 구경하기도 하고, 활명수나 뇌신을 찾는 손님에게 약을 팔기도 하면서 그런대로 오붓한 시간을 즐길 수도 있으련만.

시장과 인접해 있는 약국은 난전들이 늘어놓은 함지들로 포위되어 있었다. 장날이었던 것이다. 목판에 놓여 출입문을 가로막고 있는 홍시 무더기를 조심스럽게 타 넘고 나는 간신히 출입문 안으로 들어섰다.

노처녀 약제사는 골이 잔뜩 난 얼굴로 책상 앞에 앉아 있고, 조제실 뒤의 좁은 부엌 쪽에선 설거지하는 소리가 들려왔다. 미처 낭패감을 숨기기도 전에 원병을 만난 듯 벌떡 일어나 다가온 스승에게 나는 손을 잡혔다. 그녀의 하얀 가운 앞섶엔 방금 떨어진 김칫국 자국이 아직도 시큼한 냄새를 풍기고 있는 듯했다.

"정애야, 너 잘 왔다. 지금 무슨 일이 있었는지 아니. 너도 들어오면서 봤지? 저 사람들 남의 상점 앞을 다 막아 버리면 우리 손님들이 어떻게 드나드니. 그래서 내가 길 좀 치워 달라고 했더니, 되레 나한테 남의 함지박을 발로 찼다고 떼거리 지어 달려드는 거야."

그것은 늘상 되풀이되는 시비였다. 변덕이 많은 그 노처녀는 어

216

느 땐 장사꾼들 때문에 약이 잘 팔린다고 좋아하다가도, 또 어느 땐 그들의 함지박을 몽땅 쓸어 없앨 듯이 시비를 붙곤 했다.

어찌 됐든 집을 나온 나의 입장으로선 해 질 녘까지만이라도 이곳에서 어정거려야 할 판이었다.

"까딱했으면 봉변당할 뻔했군요."

약제사는 나의 미지근한 반응이 불만스러운 모양이었다.

"그게 바로 봉변이지 뭐니? 여숙이도 봤다구."

그릇 씻은 설거지물 그릇을 들고 나온 여숙은 나와 눈 맞춤할 겨를도 없이 증인이 되어야 했다.

"맞아. 내 눈으로 봤어. 함지박은 건드리지도 않았는데 발로 찼다고 억지를 쓰더니 선생님을 막 때리려고 덤벼들었어."

여숙이 개숫물을 버리러 출입문 밖으로 나갔기 때문에 약제사는 더 이상 그녀를 자기편으로 끌어들일 수가 없었다.

"저 여자야, 저 여자."

노란 금시계를 번쩍거리며 약제사가 손가락으로 유리창 밖 장바닥 한가운데를 가리켰다. 몸뻬 차림의, 얼굴이 볕에 익어 가죽처럼 두꺼워진 시골 여인이 삶은 고구마 줄기를 사기 공기에 담아 놓고, 한편으론 콩깍지의 콩을 열심히 까고 있었다. 그 죄 없는 시골 여인을 비난함으로써 약제사의 비위를 맞추어야 할까. 슬그머니 짓궂은 장난기가 꿈틀거렸다.

"선생님, 순경을 불러올까요?"

비로소 나는 약제사를 정면으로 쳐다보았다. 가벼운 당혹감이 약제사의 씩씩거리는 감정을 주춤하게 했다.

"그렇게까지야……."

"한 번은 시시비비를 가려 놓을 필요가 있다구요."

"그래, 그럼 네가 가서 순경을 좀 불러오렴."

나는 속으로 뜨끔했으나 이미 내친걸음이었다. 약제사도 마찬가지였다.

"여숙아, 너 정애랑 파출소 가서 순경 좀 데리고 와라. 오늘은 아주 결판을 내야겠어."

개숫물을 개천에다 버리고 돌아온 여숙이 영문을 알고 싶지도 않다는 듯, 피로하고 지친 얼굴로 장의자 위에 털썩 주저앉았다. 아마도 여숙은 날이면 날마다 이런 식의 부대낌을 적지 않게 받아 왔던 것이리라.

"일어나, 가자!"

나는 여숙의 넓적다리를 힘껏 꼬집어 기운이 빠진 그녀가 무릎을 벌떡 일으켜 세우지 않을 수 없게 했다.

우리의 뒤에서 약제사의 불안해하는 눈길이 계속 뒤쫓아 왔다. 파출소는 약국에서 개천을 따라 일직선 거리에 있었던 것이다. 지나가는 트럭이 몸을 숨겨 줄 수 있게 되었으므로, 나는 여숙을 골목 안으로 잡아끌었다. 그 골목은 시장통과 이어져 있어 목을 잡지 못한 상인들이 드문드문 노점을 차리고 있었다.

"이리로 가면 어떡하니?"

몸을 돌려 골목을 도로 빠져나가려는 여숙을 붙잡으며 나는 태연하게 대꾸했다.

"뭘 어떡해? 파출소에 갔더니 순경들이 모두 일 나가고 아무도 없더라고 하면 되지. 너 풀빵 안 먹을래? 난 배고파."

우리는 어느 집 담 밑에 이르러 걸음을 멈추었다. 풀빵을 5개씩 나누어 손에 들고, 봉지는 찢어서 땅바닥에 깔고 앉았다. 짙은 집 그늘이 우리를 뒤덮고 겨울을 재촉하는 쌀쌀한 바람이 옷깃을 파고들었다.

풀빵을 먹는 동안 내내 나의 눈길은 스커트 밑으로 가지런히 나온 여숙의 신발 위에 머물러 있었다. 대학 입학 때 사 신은 그 구두가 이제는 뒤축이 꺾이어 막 신는 신발이 되어 있었다. 콧등에는 고춧가루가 말라붙어 있었다. 보이지 않는 태양이 눈부신 양 여숙은 줄곧 손바닥으로 이마를 가리고 있었다.

"너 왜 안 먹니?"

마지막 하나 남은 빵을 입으로 가져가며 내가 물었다.

"너는 내가 이담에 뭐가 될 것 같으니?"

"쩝쩝 ─."

나는 잠자코 그리고 한층 천천히 빵을 씹었다.

"나는 내가 스무 살이 넘었을 때 지금보다 훨씬 근사한 사람이 되어 있을 줄 알았어."

보이지 않는 태양이 사라져 더 이상 눈부실 것이 없는지, 여숙은 손을 내렸다. 그 손으로 이제는 싸늘하게 식어 버려 풀처럼 처진 빵을 집어 내 손에 놓아 주었다. 그녀가 한숨을 쉬며 혼잣말로 중얼거렸다.

"이런 날이 언제까지 계속될까."

나는 더 이상 빵을 씹을 수가 없었다. 여숙이 울음을 터뜨릴까 봐 나는 겁이 났다. 우리 생애에서 참으로 짧고도 긴 순간이었다. 시장통 어디에선가 다리를 묶인 수탉이 홰치는 소리가 들려왔다.

"난 요새 의자에서 잠을 자."

그와 동시에 나는 씹지도 않은 빵을 한꺼번에 꿀꺽 삼켜 버렸다. 여숙이 추운 듯 몸을 옹송그리며 말을 계속했다.

"밤에는 선생님 애인이 찾아와서 자고 간단다. 그 남자가 안 오면 괜히 이것저것 트집 잡고 사람을 들들 볶아. 가정교사라도 하면 좋겠는데 누가 알아봐 주는 사람이 있어야지."

물건을 팔고 집으로 돌아가는 여인이 함지를 머리에 인 채 엉덩이를 씰룩이며 우리 앞으로 지나갔다. 여숙과 나는 약속이나 한 듯이 그녀의 모습이 보이지 않을 때까지 뒤를 배웅했다.

"이대로 약국에서 나올 수는 없을까."

어쩌면 여숙은 나를 따라 우리 집에 갔으면 하는지도 몰랐다. 나는 그녀를 만나 하고 싶었던 이야기를 한마디도 꺼낼 수가 없었다. 나는 코가 빠진 내 스타킹만 물끄러미 바라보았다.

"어머나!"

여숙이 갑자기 자지러지듯 비명을 지르며 벌떡 일어났다. 어느 새 저만큼 달려가는 그녀를 뒤쫓으며 내가 소리쳤다.

"왜 그러니? 무슨 일이야?"

"연탄불에 빨랫거리를 얹어 두었어."

약국이 보이자 숨을 돌리려고 잠시 뛰기를 멈춘 여숙은 내 손의 풀빵을 보고 또 한 차례 놀랐다.

"얘, 빵 치워."

우리는 5개의 빵을 다섯 입에 모두 먹어 치우고, 입가를 닦은 뒤 약국으로 들어섰다. 비장한 각오를 하고서.

약제사는 우리들이나 우리들이 데리러 간 순경을 전혀 기다리지 않은 눈치였다. 방 안에서 그녀의 목소리가 들려왔다. 방문 밖엔 윤이 반짝거리는 남자 구두 한 켤레가 안쪽을 향해 놓여 있었다. 유리창 속에 갇힌 날파리 한 마리가 붕붕거리며 출구를 찾고 있었다.

여숙과 나는 재빨리 안도의 눈 맞춤을 나누었다. 그렇다고 문제가 모두 해결된 것은 아니었다. 여숙이 발소리를 죽이고 부엌으로 가고 있는 사이에, 나는 기어드는 목소리를 가까스로 잡아 늘였다.

"선생님, 파출소에 갔더니……."

입속에 외워 둔 말을 미처 다 맺기도 전에 방 안에서 한껏 너그러운 목소리가 나를 제지했다.

"그래 알았다. 수고했어. 저녁 먹고 여숙이랑 가게 좀 봐줘."

부엌에서 헛바닥을 길게 늘인 여숙이 나왔다. 눈에는 웃음을 가득 담은 채. 빨래에는 이상이 없는 모양이었다. 내게로 다가온 여숙이 입술을 내 귓바퀴 속에 문을 듯이 파묻고 속삭였다.

"너 오늘 여기서 자고 가."

그날 밤이었다. 약국의 홀에 마련된 딱딱한 비닐 침상 위에서 우리는 몸을 찰싹 붙인 채 귀와 입술을 맞대고 스물한 해를 살아온 자기 이야기를 모두 털어놓았다. 흥분한 우리는 전장에서 일시 집으로 돌아온 휴가병이 가족들에게 무용담을 털어놓듯 자신의 가장 아픈 치부까지 신이 나서 열어 보였다.

"잠깐 기다려 봐. 보여 줄 게 있어."

스커트 주머니에서 성냥을 꺼낸 여숙은 손으로 불 주위에 동그란 갓을 씌우고 약장 앞으로 걸어갔다. 두 사람이 잠든 방문 위로 그림자가 미끄러져 갔다.

여숙은 일단 불을 끄고 약장의 맨 밑 서랍을 잡아 뽑았다. 어둠 속에서도 그녀의 손길은 매우 익숙해 보였다.

"이거 뭐니?"

여숙에게서 받아 든 작은 약병을 나는 어둠 속에서 높이 쳐들어 살펴보았다.

"약이야."

"무슨 약?"

"내가 자살할 때 먹을 약."

"약 이름이 뭔데?"

"세코날. 본래는 수면제야. 치사량이 되려면 50알은 먹어야 하는데, 42알밖에 안 돼. 아직 8알이 모자라."

"어떻게 모았니?"

"훔쳤어. 식모들도 월급 받는데 나는 공짜로 일해 주는 대신 세코날 좀 훔쳤기로서니 죄가 되겠니."

여숙은 나에게서 도로 약병을 빼앗아 본래 있던 자리에다 신중하게 감춰 두었다. 그날 밤의 클라이맥스는 그렇게 해서 서랍 속으로 도로 자취를 감추었다.

어느새 우리의 머리맡 약장 위에 놓아 둔 자명종 시계가 푸른 야광 초침으로 새벽 3시를 가리키고 있었다. 하품 소리에 뒤이어 여숙은 이내 코를 쎅쎅 골기 시작했다.

그러나 여숙이 잠이 든 뒤부터 내 가슴은 뛰는 말처럼 두근거렸다. 비굴한 목숨을 단칼에 베어 낼 무기가 내 손 가까이에 있는 것이다. 성당 같은 데다 시간을 쓸어 박지 않아도, 그것은 내 맘 먹기에 따라 당장 바람을 이루어 줄 수 있을 것이다. 이제부터 내 삶의 위안은 수녀가 되는 것이 아니라, 저 42알의 세코날이란 약이다! 나는 살그머니 몸을 일으켰다. 떨리는 기쁨을 이빨로 지그시 깨문 채.

그 빨간 알약의 무기를 써먹을 날은 의외로 빨리 다가왔다. 가출에서 돌아온 지 1주일이 지났을 때였다.

거의 한 달 만에 집으로 돌아온 인애 엄마는, 얼굴은 야위고 핼쑥한데 표정은 침착하고 평온해 보였다. 연탄 광 옆에서 신문지와 번개탄으로 연탄불을 피우느라 매운 연기를 마시고 연방 기침을 해 대던 그녀가 뜰로 나온 어머니의 기척에 얼른 일어나서 허리를 굽혔다.

"내가 참견할 일은 아니지만……."

하고 어머니가 그녀의 사적인 문제에 대해 조금의 관심을 보였고, 그녀는 담담한 목소리로 그날 밤 이후의 자초지종을 들려준 끝에 덧붙였다.

"아주머니, 저 그 사람이랑 아주 헤어졌어요."

난데없는 기침의 폭발 때문에 헤, 어, 졌, 어, 요, 하는 낱말이 눈물처럼 방울방울 끊어졌다.

다락 문틈으로 그 광경을 지켜보고 있던 나는 왠지 마음이 조마조마했다. 어머니의 표정 뒤에 뭔가 감추고 있는 것이 있어 보였기 때문이다.

"진작 내가 알았으면 우리 밑불을 줄 걸 그랬네."

하고 돌아서 부엌으로 돌아가던 어머니가 발걸음을 되돌려 그녀에게로 다가갔다.

뭔가 망설이던 표정이 결연한 빛으로 바뀌어 있었다.

"인애 엄마, 서운하게 듣지 마시우⋯⋯."

나는 가슴이 심하게 두근거리고, 무거운 쇳덩이가 목을 짓누르는 듯하여 어머니의 말을 계속 듣고 있을 수가 없었다. 라디오의 리시버를 귀에 꽂고 낭랑한 음성의 아나운서가 들려주는 일기 예보에 귀를 기울였으나, 이미 마음으로 알아 버린 사실은 어쩔 수 없었다. 어머니는 인애 엄마에게 방을 비워 달라고 요구했다. 뿐만 아니라, 박 상무에게 교제비조로 주었던 돈을 전세 값에서 제하겠노라는 말도 덧붙였다.

"네, 알겠어요, 아주머니. 내일 나가서 집을 구하러 다녀 보겠어요."

체념한 듯 낮고 조용한 음성으로 인애 엄마가 대답했다. 그러고 나서 다시 댓살만 남은 부채로 연탄불을 붙이기에 부심했다. 그녀가 어머니의 요구를 아무리 담담하게 받아들인다 하더라도 내 미어지는 마음엔 아무런 위안이 되지 않았다. '비열해. 비인간적이야'라고 나는 속으로 외쳤다.

마침내 번개탄 위에 얹은 숯불이 빨갛게 살아 오르자, 그녀는 그 위에 연탄을 얹어 놓고, 자기네 방으로 돌아갔다.

나는 '아래층'으로 내려갔다. 가슴이 터질 듯 답답하여 가만히 앉아 있을 수가 없었다. 나는 마치 대문 밖에 볼일이라도 있는 듯이 황급히 대문으로 가서 쪽문의 고리를 벗겼다. 그 짧은 한순간, 내 옆얼굴에 스치는 그녀의 방이 뜨거운 지문처럼 느껴졌다. 대문

밖에 서서 나는 한동안 우두커니 한길 쪽을 지켜보았다. 그리고 다시 문을 닫고, 이번엔 반대쪽 옆얼굴에 그녀의 방을 묻혀 가지고 나의 다락으로 되돌아갔다.

나는 내가 무엇을 해야 하는지 확실히 알 수 있었다. 그녀를 위해 내가 아무 힘이 되지 못해 슬프고 괴로운 것이 아니라, 이제야말로 그녀를 위해 가장 결정적인 용기를 보여 줄 수 있게 된 것이 너무도 기쁘고 대견스러웠다.

나는 여숙이처럼 유서 같은 것은 남기지 않기로 했다. 내가 스스로 목숨을 끊는 이유는 오직 나만의 비밀로 내 속에 복장(伏藏)하기로 결심했다. 그 결심으로 해서 나는 내가 스물한 해를 살아온 것과 맞먹는 성장을 한순간에 성취한 것 같았다. 내일 아침이면 나의 어머니, 나의 가족들은 웃으면서 죽은 나를 발견하게 될 것이다.

한밤중에 응급실로 실려 온 나를 위세척시키고 나서, 의사는 이마의 땀을 훔치며 중얼거렸다고 한다. "모를 일이로군. 어떻게 색깔 하나 변하지 않은 약이 입에서 튀어나올 수 있었을까." 의사에게 말하지는 않았으나, 나는 의사보다 먼저 내 목숨을 살려 낸 것은 웃음이었다고 믿고 있다. 식도를 거쳐 위장과 십이지장과 소장에 이른 알약을 들어온 통로로 다시 그토록 말짱하고 화끈하게 도로 밀어 올릴 수 있었던 힘이란 웃음뿐이다. 웃음은 마치 강냉이 튀기듯 빨간 알약을 입 밖으로 퉁겨 내었을 것이다.

나흘 만에 37개의 시디신 배[梨] 속(그 뇌쇄적인 신맛은 정신을 세척해 준다)만 먹고 나는 회복되었다. 누워 있는 동안 나는 한 번도 그녀를 생각하지 않았다. 일시적인 치매증 비슷한 증세였다.

동생으로부터 인애네가 이사를 간다는 말을 듣고도 나는 아무런 느낌이 없었다. 죽었던 느낌이 되살아나 동생의 말을 다시 떠올려 본 내가 후들거리는 다리로 아래로 내려갔을 땐, 인애네가 벌써 이사를 떠난 뒤였다.

노끈과 종잇조각, 못 같은 것이 흩어져 있을 뿐, 사시장철 햇빛 한 점 들지 않아 어둠침침한 빈방을 먼발치서 넌지시 들여다보고 있던 나는 방바닥에서 뭔가 반짝이는 것을 발견하고 방으로 들어갔다. 내가 허리를 굽혀 그것을 주웠을 때 그것은 더 이상 반짝이지 않았다. 그것은 하얀 빛깔의 구멍이 4개 뚫린 조그만 단추였다. 그 모든 것은 야멸친 저버림을 드러내고 있었다. 아, 얼마나 어리석은가. 얼마나 허망한가. 그녀로 해서 애태우고 조바심 치던 그 마음의 미망이 환히 걷히고, 모든 것이 분명해졌다. 그러고 보니 나는 그녀와 말 한마디 제대로 나눠 보지 못한 사이였다.

손에 단추를 가졌다는 생각도 없이 나는 방에서 나왔다.

이렇게 해서 또 한 여인의 모뉘망이 내 마음속 폐허 위에 세워지는 것이었다.

현관 옆방의 새 주인인 과부댁은 남편도 자식도 없는 홀몸의

50대 여자였다. 키가 작고 엉덩이가 팡파짐한 그 여인은 언제나 머리에다 삼각으로 접은 스카프를 덮어쓰고 있었는데, 주근깨가 담뿍 뿌려진 동그란 얼굴에는 표정이 거의 담기지 않아 마음을 읽을 수 없었다. 거기다 말수가 극히 적어 한 달이 넘도록 한 지붕 밑에 살면서도, 우리는 그 여인이 언제 집을 나갔다가 언제 들어오는지, 무얼 해서 생계를 꾸려 가는지, 왜 그 나이 되도록 홀몸으로 지내는지 아는 바가 전혀 없었다. 다만 한 가지 분명한 점은, 그녀가 머리에 썼던 스카프를 벗어 던지고 한복을 곱게 차려입은 채 두꺼운 성경책과 찬미가를 겹쳐 들고 교회에 나가는 날이 일요일이 아니라 토요일이라는 것이었다.

어느 날 어머니는 부엌 바닥에다 신문지를 펼쳐 놓고 시금치를 다듬던 중, 부엌문 앞을 가득 메우는 그림자가 소리 없이 이마 위에 얹히어 고개를 쳐들었다.

"어이구머니나, 깜짝 놀랐네. 이 사람아, 인기척이라도 낼 일이지."

어머니의 핀잔에도 아무 표정이 없던 과부댁이 아직 상표도 뜯지 않은 알루미늄 양푼을 불쑥 내밀며 말했다.

"이것 좀 드셔 보시라구요."

"강냉이 가루네."

양푼 속에 7푼 남짓 담겨 있는 가루를 엄지와 검지로 비벼 보는 어머니의 표정은 달갑다기보다 어리둥절했다. 잠시 후 어머니가 그 가루의 출처와 용도에 대해 물어보려 했을 때, 그녀는 벌써 자리를 떠 버리고 없었다.

그 뒤 과부댁은 사람이 있거나 없거나 우리 집 부엌문 앞에다 자기가 교회에서 받은 구호품들을 말없이 놓아두고 산타클로스처럼 사라졌다. 강냉이 가루를 비롯한 나머지 것들, 분유, 빨랫비누, 버터 따위는 우리 살림에 적지 않은 보탬이 되었다. 특히 분유는 아침잠이 많은 오빠가 뜨거운 물에 진하게 탄 우유 한 잔으로 한 끼를 때우기엔 안성맞춤이었다.

어머니는 "과부댁에 대한 인사로나마 교회에 한번 얼굴을 비쳐야겠다"고 하면서도 단서를 붙이곤 했다. "일요일 날 나가는 교회 다 놔두고 하필이면 토요일 날 나가는 교회에 나갈 게 뭐냐"는 거였다. 어머니가 토요일을 들먹이는 이유는 단지 그것이 요일의 문제만이 아니었다. 종로 4가의 어느 극장 입구에서 담배를 파는 과부댁이 토요일마다 꼬박꼬박 가게 문을 닫고 교회에 나가는 것은 그렇다 치더라도, 금요일 해 질 녘부터 토요일 해 질 녘까지 아무 일도 해서는 안 된다 하여, 하루치 밥도 미리 한 솥 해 놓을 정도로 안식일에 관한 규율이 엄격한 점 때문이었다.

"글쎄, 무슨 교회가 두 손이 부르트도록 일해도 살지 말지 한데……" 하고 어머니가 도저히 납득하지 못하는 것도 당연했다. 어머니의 입장으로선 드넓은 푸른 허공뿐인 하늘나라를 구하기 위해, 하숙생들에게 찬밥을 먹인다는 것은 생각조차 할 수 없는 일이었다.

그러는 사이에도 옥수수 가루와 우유 가루는 계속 어머니 마음에 부담스런 짐을 더했다. 드디어 어머니는 빈 그릇을 돌려주기가 미안한 나머지, "집에는 왜 나더러 교회에 나가자는 말을 한 번도 안 하느냐"고 자진해서 미끼를 던졌다.

"아이, 아주머니. 그런 거 부담 느끼실 필요 없어요" 하고 과부댁은 짐짓 면구스러워했다.

"신앙이란 마음에 변화가 일어나야 하는 거지, 누가 끈다고 해서 되는 게 아녜요."

모처럼 말문을 연 과부댁의 까무잡잡한 얼굴이 붉게 상기되어 있었다. 그쯤 되니 어머니도 빈말에 속을 채우지 않을 수 없었다.

"사는 데 골몰하다 보니 마음의 여유가 없어서 그렇지, 신앙을 가질 생각이야 왜 없겠수."

"그러시면 이번 주 안식일 날에 함께 교회에 나가 보시겠어요?"

어머니의 마음속을 신앙이란 이름으로 스치고 지나간 이승의 고뇌, 구원에의 희구를 꿰뚫어 본 과부댁은 눈에 이상한 광채를 띠고 있었다.

그로부터 나흘 뒤 안식일 날이었다. 어머니에겐 영하로 내려간 날씨로 해서 김장 걱정, 연탄 걱정으로 세상살이의 시름이 한층 깊어진 터에다, 하숙생들이 벗어 놓은 빨래를 점심시간 전에 빨아

널어야 하는 등, 집안 일거리가 숨 가쁘게 밀려드는 다른 여느 날과 조금도 다름없는 하루였다.

어머니는 필시 과부댁과의 약속을 까맣게 잊어버린 게 분명했다. 시리고 곱은 손으로 먹물처럼 진한 구정물을 꾸역꾸역 뱉어 내는 작업복을 빨기가 힘에 부쳐서, 등 뒤에서 인기척이 나는 것도 깨닫지 못했다. 과부댁은 검은 홈스펀 외투를 단정하게 차려입고, 손에 두툼한 성경책이 들어 있는 낡은 손가방을 들고 있었다. 화장을 한 것도 아니고 장신구로 몸치장을 한 것도 아닌데, 화사한 생기가 감돌았다.

물끄러미 하수구로 흘러 내려가는 비누 거품을 지켜보던 과부댁이 혼잣말처럼 중얼거렸다.

"시몬과 안드레는 어떻게 해서 나를 따라오너라는 그 한마디 말씀에 그물을 집어던질 수 있었을까."

그제야 어머니는 어깨 너머로 그녀를 돌아다보았으나, 일손을 멈추지는 않았다.

"안 가시겠어요?"

과부댁은 어머니의 스웨터 밑자락을 잡아당겨 몸뻬의 고무줄 밖으로 벌겋게 드러난 허리를 덮어 주며 간곡한 음성으로 며칠 전의 약속을 상기시켰다.

"빨래를 하다 말고 어떻게 가겠어요. 다음에 가지요."

어머니의 대답은 아주 시큰둥했다.

"하지만 옛날에 시몬과 안드레라는 사람은 나를 따라오너라는 그 한마디에 고기잡이하던 그물을 던져두고 예수님을 따라나섰지요. 그리고 새 삶의 길로 들어섰지요."

"나도 내 눈앞에 예수가 나타나 그렇게 말씀하신다면 당장 따라나서겠어요."

작업복을 주물러 대느라 규칙적으로 들썩거리는 어머니의 엉덩이는 비록 예수가 나타난다 해도 좀체 멈출 것 같지 않아 보였다.

"아주머니, 믿어지지 않으실지 모르지만, 예수님은 겉보기엔 저보다도 더 허술한 옷차림에, 외모도 보통 사람과 조금도 다를 바 없는 분이셨어요. 지금, 여기 나타나신다 하더라도 지금 상태로선 아주머니가 몰라보실 거예요. 그분이 하나님 독생자 되심을 겉모양에서 찾으려 했기 때문에 사람들은 그분을 십자가에 못 박았답니다. 예수님을 알아보기 위해선 마음의 눈을 떠야 합니다. 그리고 그분이 걸어가신 발자국을 따라 한 걸음 한 걸음 새 삶의 길로 들어서는 동안, 예수님은 우리의 마음속에 조금씩 떠오릅니다. 예수님은 십자가상에서 돌아가심으로 해서 오히려 매순간순간 우리 마음속에서 다시 부활하십니다. 사람들이 이 세상 삶을 통해 만들어 가야 하는 가장 지고한 영혼의 한 상태, 그것이 부활하신 예수님입니다. 그러므로 우리가 이 세상을 살아가는 방법 여하에 따라, 눈먼 마음에서 진흙을 씻어 내 예수라는 놀라운 기적의 빛을 빚어낼 수도 있고, 눈먼 그대로 죽을 수도 있습니다. 따라서 우리 앞에 주어진 삶은 커다란 시련인 동시에 기쁨을 낳기 위한 기나긴 고투이기도 해요."

어느새 어머니는 일손을 놓고 뜻밖이라는 듯이 과부댁의 얼굴을 살폈다. 그러고 나서 어머니는 다소 언짢은 기색으로 말했다.

"이제 보니 집에는 그렇게 말을 잘하면서 입을 딱 닫고 있었구려."

"무슨 영문인지 나도 모르겠네요. 내 스스로가 말을 한 것 같지 않아요. 아시다시피 전 말을 할 줄 모르잖아요."

얼굴을 빨갛게 붉힌 채 어쩔 줄 몰라 하면서도, 비밀스런 어떤 확신으로 그녀의 표정은 활짝 핀 꽃처럼 보였다.

갑자기 그녀가 어머니의 비누 묻은 손을 덥석 붙잡으며 감격에 떨리는 음성으로 말했다.

"감사해요, 아주머니! 아주머니 덕분에 저는 입이 트였어요."

잠시 후 과부댁은 영문을 몰라 어리둥절해 있는 어머니를 남겨두고 교회로 달려갔다.

교회에 나가게 됨으로써 어머니의 토요일은 한층 바쁜 하루가 되었다.

전날에 안식일을 맞기 위해 완벽한 준비를 끝내고 아침 기도까지 느긋하게 하고 나서 기쁜 마음으로 옷을 차려입는 과부댁과는 달리, 교회에 함께 가기 위해 기다리는 과부댁을 문밖에 세워 두고 급히 얼굴에 크림을 찍어 바르고 옷을 갈아입는 동안에도 어머니는 집안일에 몸이 친친 묶여 있었다.

"생선묵은 납작납작하게 썰어서 간장 좀 넣고 살짝 볶다가 나중에 파를 넣어야 한다. 그리고 가운뎃방 연탄불을 갈았으니 30분쯤 있다가 불 문을 닫아라. 잊어버리면 안 돼. 경상도 학생이 12시 반에 점심을 먹으러 온댔어. 쌀만 좀 씻어 놔라. 밥은 내가 와서 할 테니까. 그리고…… 가만있어, 무슨 할 말이 또 있었는데. 내 머플러. 내 가방. 아휴, 이거 정신이 헷갈려서 살 수가 있나."

문밖까지 나가서 어머니는 갑자기 생각난 듯 되돌아왔다.

"정애야. 나 없는 사이에 연탄 가지고 오거든, 안쪽으로 차곡차곡 쌓아 달라고 해라. 돈은 며칠 후에 준다고 하고."

그렇게 해서 간신히 집안일에서 헤어난 어머니는 교회에 당도하여, 수많은 신자들이 엉덩이로 비비적거려 빤질빤질 윤이 나는 의자에 앉는 순간부터 그만 몸과 마음이 나른해지며 졸음이 쏟아진다고 했다.

체면 때문에 눈은 뜨고 있었으나, 정신이 가물가물 졸고 있었으므로, 주를 찬양하는 우렁찬 합창도, 눈먼 마음과 눈먼 귀를 트이게 하려고 열정적으로 복음을 전하는 목사의 설교도 그만 귓등으로 스쳐 지나가기만 할 뿐이었다.

어머니의 졸음이 말짱하게 달아날 때는 헌금을 거두는 권사들이 검은 주머니가 달려 있는 긴 막대를 들고, 가볍고 경쾌한 노래의 반주에 발 맞춰 신자들의 열 속으로 들어설 때였다.

가방을 열고, 1백 환을 낼까 2백 환을 낼까 하는 그 망설임이 바로 졸음에 취해 있던 어머니의 정신을 반짝 깨어나게 하는 것이었다.

"나는 교회에만 갔다 하면 졸음이 오니 무슨 조화 속인지 모르겠다."

집으로 돌아온 어머니가 나갈 때만큼 바삐 옷을 벗으며 자신에 대해 변명 삼아 말했다. 당장 두 팔 걷어붙이고 해야 하는 많은 일거리들과, 몇 푼 안 되는 생활비로 매일같이 3개의 밥상을 차려야 하는 힘겨운 생활이 기다리고 있는 집으로 돌아오자마자, 교회에서와는 달리 어머니의 얼굴엔 긴장된 생기가 감돌았다.

교회에 나간 지 두 달도 못 되어 어머니는 구호 대상 명단에 올랐다. 그것은 집으로 심방 온 목사와 전도사 앞에서 어머니가 신세 한탄을 하며 울었기 때문이었다.

"밥을 굶는 것도 아닌데, 우리가 뭣 때문에 구호를 받느냐?"는 나의 항의에 어머니는 "나쁠 것 하나 없다"고 일축했다. 그리고 덧붙였다.

"믿음만 좋으면 자식들 유학 보낼 길도 얼마든지 있다더라."

나가다 말다 하던 교회에 어머니가 매번 빠지지 않고 나가게 된 것은 그 말을 들은 뒤부터였다.

그 빨간 재킷은 구호 대상이 된 어머니가 처음으로 교회에서 받아 온 구제품 옷 보따리 속에서 나왔다.

양 어깨에 크고 높은 봉이 들어 있는데다 소매 끝에 요란한 장식이 붙어 있어 마음에 들지는 않았다. 그러나 실이 질기고 포근하여 그냥 처박아 두기에는 아까웠다. 봉과 장식을 뜯어내고 나니 그런대로 입을 만해 보였다. 하룻밤 내내 비눗물에 담가 놓았다가 건져서 빨려는데, 오른쪽 주머니 속에 들어 있던 종이쪽 하나가 젖은 채 뒤늦게 발견되었다.

쪽지에는 검은 볼펜으로 미시즈 윌리엄 넬슨이란 이름과 주소가 적혀 있었다. 미국 네브래스카 주 링컨 시. 글씨는 둥글둥글한 흘림체였다. 태평양 건너 미지의 땅에 사는 어느 여인이 다른 미지의 땅에 사는 누군가를 위해 자신이 입었던 옷을 보내면서 이름과 주소를 적어 호주머니 속에 넣어 둔 그 훈훈하고 애틋한 배려가 내 마음을 저리게 했다. 나는 한 조그마한 도시를 상상할 수 있었다. 네모난 돌로 정교하게 모자이크 된, 크지도 작지도 않은 어느 광장 한복판에 볼이 홀쭉하게 패고, 턱이 짙은 구레나룻 속에 파묻혀 있는 링컨의 청동 입상이 세워져 있을 듯싶은 조용하고 단아한 이국의 한 도시…… . 젖은 손에 젖은 종이를 든 채 나는 한동안 꿈에 잠겼다

그 종이쪽을 잘 펴서 따끈따끈한 솥뚜껑 위에 펼쳐 놓았다. 빨래를 다 하고 나서 보니 종이는 말라서 가랑잎처럼 오그라들어 있

었다. 나는 그 쪽지를 내 동생의 수업 시간표가 붙여져 있는 벽의 반대쪽 편에다 풀로 붙여 놓았다.

때 아닌 겨울비가 음산한 낙수 소리를 내며 귓전을 파고들던 어느 날이었다. 방학을 맞은 하숙생들은 모두 귀향하고 집 안은 텅 비어 절간처럼 조용했다. 비어 있는 하숙생의 방에서 어머니는 아랫목에 담요를 덮고 밀린 잠을 주무셨고, 나는 설혹 비어 었다 해도 그들의 짐이 그대로 있는지라, 추위도 무릅쓰고 엄동을 다락에서 나겠다고 오기를 부리던 참이었다.

불기 하나 없는 널빤지 쪽에다 가슴을 붙이고 『광세』를 읽던 나는 어느새 손에서 책을 놓고 무연히 창밖을 응시했다. 덜컹거리는 창 너머 비바람 자욱한 풍경 쪽으로 내 눈길을 들어 올린 것은 불현듯 끓어오른 자괴감과 쓰디쓴 비애였다.

며칠 전에도 나는 신문에서 오려 낸 구인 광고를 서양사 노트 갈피 속에 끼우고 집을 나섰다. 도심의 빌딩과 빌딩 사이의 좁은 골목길에서 쪽지를 펴 들고 기웃거리노라니, 누군가 나를 불러 세웠다. 양 갈래로 머리를 땋아 내린 앳된 소녀가 길을 물었다.

"삼원 빌딩이 어디 있어요?"

내가 고개를 가로젓자, 소녀는 무심히 내 곁을 지나갔으나 나는 움직일 수가 없었다. 구인 광고를 꼭꼭 접어, 험난한 세파를 헤쳐 나가는 해도(海圖)마냥 손에 들고, 모퉁이를 돌아가는 그 소녀의 뒷모습이 바로 나 자신이었기 때문이다.

곧이어 나는 회전 의자 속에 푹 파묻힌 채, 책상 위에 놓인 나의 보잘것없는 이력서를 비스듬히 흘겨보며, 입속에서 은단을 굴리는 중년 남자 앞에 섰다. 그가 정구공을 벽에 대고 치듯이 말을 던졌다

"타이프 칠 줄 알아요?"

"못 치는데요."

"속기할 줄 알아요?"

"못해요."

"주판, 주판도 놓을 줄 몰라요?"

"네."

"그럼 도대체 할 줄 아는 게 뭐요?"

　그렇다. 직업을 얻어야 한다는 절박한 희구뿐, 내가 할 줄 아는 것은 아무것도 없었다. 삶의 비정한 메커니즘 앞에서 나는 등에 식은땀이 맺히는 것을 느꼈다.

　그 후로 계속 나는 눈앞에서 내 뒷모습을 지울 수가 없었다. 절박한 희구, 식은땀, 절박한 희구, 식은땀 사이를 나는 계속 오락가락했다. 내 자의식은 그 사이에 압정처럼 꽂혀 있었다. 파닥거리면 파닥거릴수록 비애는 피처럼 진해졌다.

　지붕을 두드리는 빗소리 사이로 언뜻 내 이름을 부르는 소리를 들은 것 같았다. 착각인가 했지만, 대문에 달아 놓은 조그만 종이 딸랑거리며 그 목소리와 합세했다. 아무도, 더욱이나 남자가 이렇

듯 심한 우중에 날 찾으러 왔을 리 만무했다. 나는 몸을 반쯤 일으킨 채 여전히 망설였다. 그러는 사이, 부르던 소리도 딸랑거리던 종소리도 뚝 그치고 한층 요란해진 빗소리가 귓전을 가득 메웠다.

하지만 갑자기 그 목소리의 남자가 누구라는 것이 깨달아지면서 나는 아찔했다. 아래로 내려갈 일이 그토록 까마득하게 느껴지긴 처음이었다. 더 이상 꾸물거리다간 그를 놓칠지도 모른다는 생각과, 쏟아지는 빗속에 놓인 사다리를 밟고 내려가서 젖은 얼굴, 젖은 머리로 그를 만나야 하는 참담함이 나를 갈팡질팡하게 했다.

마침내 나는 수개월 동안 손조차 대기를 꺼려해 온, 벽보다 더 높이 담을 쌓고 지낸 다락 문을 열고 하숙생들의 옷과 이불과 책상과 책꽂이에서 나는 짙은 숫내를 가로질러, 밖으로 달려 나갔다.

그는 건넛집 처마 밑에서 우산 끝을 들어 올리고 우두커니 우리 집을 바라보고 있었다. 하얀 터틀넥 셔츠 위에 받쳐 입은 베이지 색 바바리, 그 끈에 묶여 있는 세피아 색 버클이 그가 날 보는 순간 떠는 듯 달랑거렸다.

나 역시 가슴이 심하게 뛰었다. 우리는 한동안 길을 가운데 두고 말없이 건너다보기만 했다. 그가 군에 입대한 뒤로 소식이 끊긴 그 3년 남짓한 세월이, 또는 그사이에 각자가 겪었을 변화가 그 길을 선뜻 좁힐 수 없게 했다. 우산 속에 얼굴을 깊숙이 파묻은 남자가 우리 사이를 지나갔다. 그 참에 그가 내 쪽으로 건너왔다.

"집을 어떻게 찾았어?"

그가 받쳐 주는 우산 속으로 들어서자, 3년의 세월이 낯익은 그의 체취 속에 묻혀 버렸다.

"잘못 찾았나 해서 번지수를 다시 확인해 볼 참이었어. 우리 차나 한잔 마실까?"

그를 문밖에 세워 두고 나는 안으로 달려 들어왔다. 마음의 허둥거림 때문에 하숙생의 방문을 열어젖히고, 어머니가 잠이 든 머리맡을 돌아 다락으로 오르는 발판에 올라설 때까지도 그 방에서 나던 역한 숫내는 내 후각에 전혀 느껴지지 않았다. 오른쪽 다리를 높이 쳐들어 다락 바닥에 발을 얹는 순간, 지금 이 광경을 그가 만약 뒤에서 보고 있다면, 하는 생각이 스쳐 감과 동시에 몸이 차디차게 식는 것 같았다. 내 몸은 이미 다락에 올라와 있음에도 역한 숫내가 코를 찔렀다. 마음이 하얗게 비워지는 그 정지의 한순간, 나는 그 무엇을 똑똑히 보았다. 그것은 한 치의 자기기만도 용납하지 않는 생의 무시무시한 정면(正面)이었다.

나는 옷을 갈아입을 마음도, 입술에 연지를 바를 생각도, 머리 매무새를 가다듬을 생각도 싹 가셔 버렸다. 설혹 그가 아무것도 눈치 채지 못한다 하더라도 내가 나를 용납할 수가 없었다.

그가 군에 입대하기 전전날의 일이 불현듯 떠올랐다. 교외선을 타고 송추로 놀러 갔을 때였다. 그가 싸온 깔끔한 일본식 도시락 반찬 가운데 내가 생전 처음 보는 불그레한 열매가 있었다. 나는 그것이 무엇이냐고 물어보기가 싫었다. 아니, 이제까지 자기를 한껏 과장해서 그에게 보여 준 바의 나는 그런 것쯤 당연히 알고 있어야 했다. 나는 그것을 한입에 쑥 집어넣었다. 그 맛은 눈물이 날 만큼 떫고 짜디짰다. 그는 내가 무안해할까 봐 모른 체했다.

얼굴에 한 점의 쓴 내색도 하지 않고 그 고약한 것을 꿀꺽 삼키며 나는 깨달았다. 아, 이 사람을 더 이상 감당할 수가 없겠구나. 내가 꾸민 나 자신의 가공할 허상이 짐스러워졌다. 「스지웡의 세계」에 나오는 주인공 스지웡이 입었던 검은 우단 바지에 흰 블라우스, 「초원의 빛」에 나오는 나탈리 우드의 머리 모양을 흉내 내어 왼쪽 머리카락을 오른쪽 귀밑까지 잡아당겨 핀을 꽂고, 발뒤꿈치를 퉁기듯 걷는 걸음걸이의 나는 내가 아니었다.

그는 군에 입대한 뒤 여러 차례 편지를 보내 왔다. 나는 한 번도 답장을 쓰지 않았다. 그러는 동안 그에 대한 기억도, 그 뼈아픈 낭패감도 흐르는 시간 저편으로 희미하게 잊혀져 갔다.

나는 입은 옷에 외투만 걸치고 집을 나섰다. 내가 나오는 것을 보고 그는 입에 물고 있던 담배를 뽑아, 물웅덩이에 버렸다. 피식, 하는 소리와 함께 빨란 불똥이 물속으로 삼켜졌다.

"벌써 제대를 하다니. 시간이 참 빠르지?"

우산 귀를 마주 댄 채 우리는 나란히 걷고 있었다.

"그보다 더 빠를 수도 있었지. 하지만 내가 거절했어. 특권층은 나의 아버지지, 내가 아니니까. 휴학은 언제 했어?"

"니가 입대한 후에."

"이유는?"

"등록금 마련하기가 어려워서."

"오빠가 좀 도와주지 않았어?"

나는 말문이 막혔다. 그는 나의 오빠가 유솜(USOM)*에 나가는 줄 알고 있었다. 나는 그가 진실을 알게 될까 봐 은근히 겁이 났었다. 잠시 망설인 끝에 나는 솔직히 털어놓았다.

"그는 실업자였어. 지금은 시 산하의 조그만 회사, 아니 공장에 나가지만."

"내 편지들 받았지?"

"답장을 하고 싶었지만 할 수가 없었어."

"왜?"

"설명하기 힘들어. 답장을 안 하고 있으면 니가 저절로 깨닫게 되리라 믿었어."

"지금도 같은 생각이니?"

"음."

나는 과거에 내가 나를 가둬 놓았던 허상의 감옥으로부터 서서히 풀려나고 있었다. 그러나 그 단호함 뒤에 두려움이 없는 게 아니었다.

"그 이유가 뭐야?"

그가 발걸음을 멈추고, 그러나 시선은 머리 위에 쓰고 있는 우

* 유솜(USOM) : 주한 미국 경제협조처.

산 속의 한 정점을 바라보며 물었다.

"한쪽은 발꿈치를 땅에 대고 있는데, 다른 한쪽은 키를 맞추려고 발꿈치를 치켜들고 있는 그런 차이 때문이랄까. 니 앞에 있으면 나는 본연의 나 자신이 될 수가 없어. 매실 장아찌를 한입에 삼키는 짓은 다시 되풀이하고 싶지 않아."

그와 헤어지고 돌아와서, 나는 영어 사전을 옆에 펼쳐 놓고 편지를 쓰기 시작했다.

사랑하는 넬슨 부인
사랑하는 넬슨 부인

나는 신음처럼 그 말을 되풀이했다. 얼굴 한 번 본 일이 없는 이국의 한 여인에게 다짜고짜 '사랑하는……'으로 시작되는 편지를 다 쓰고 났을 때, 비로소 싯누런 코 같은 울음이 목구멍이 뻐근하도록 차올라 왔다. 그러나 울음은 아프고도 후련했다.

그날 오빠는 안뜰의 양지바른 담벼락에 등을 붙이고 해바라기하듯 서 있었다. 그의 고개는 짐스런 생각을 머릿속에 가득 담아 지탱할 수 없는 듯 아래로 푹 꺾여 있었다. 그는 가끔 고개를 뒤로 젖히고, 갑자기 햇빛에 눈이 부신 듯 한쪽 눈을 감고, 다른 한쪽 눈은 실눈을 한 채 오래도록 엷은 아지랑이 너머 저 멀리 허공을 응시하다가 빈 코를 훌쩍 들이마시며 도로 고개를 떨어뜨렸다.

어머니는 부엌문과 연탄 광문 사이에 묶여 있는 빨랫줄에 가득 널려 있는 빨래 사이를 숨바꼭질하듯 나왔다 들어갔다 하면서 손질을 하고 있었다. 두 사람은 세 발짝도 못 된 거리에 있으면서도 서로에 대해 없는 듯 행동했다.

그러다가 갑자기 골몰했던 생각에서 풀려나듯, 오빠의 손이 붉은 바탕에 검은 줄무늬 진 긴팔 남방셔츠 윗주머니로 옮겨 갔다.

"어무이요!"

어머니가 하얀 베갯잇 앞에서 몸을 돌리고 오빠를 돌아다보았다. 오빠는 막상 어머니가 돌아다보자 당황함을 감추지 못해 윗호주머니에 손을 찌른 채 킬킬 웃어 댔다.

"싱겁긴."

"이것 좀 보세요."

어머니 앞으로 다가와 그가 호주머니에서 꺼내 보인 것은 여자의 명함판 사진이었다. 어머니는 무심히 힐끗 사진을 스쳐 보았다.

"그게 누구니?"

"자세히 좀 보세요."

"아무리 봐도 아는 여자 같지는 않다."

"미국 텍사스 주에 살고 있는데 고국에서 신랑감을 찾고 있대요."

"그래서?"

244

어머니의 얼굴빛도 목소리도 긴장했다. 오빠는 또다시 킬킬거리고 웃어 댔다.

"편지라도 보내 볼까 하구요. 뭐, 밑져야 본전 아녜요."

쑥스러움을 감추기 위해 그는 아무렇지도 않은 표정을 꾸미며 사진을 도로 주머니에 집어넣었다.

"가만, 어디 좀 자세히 보자."

며칠 뒤 그는 퇴근길에 문방구에 들러, 붉은 마름모와 푸른 마름모로 테가 둘러져 있는 푸른 항공 봉투와 눈처럼 깨끗한 타자 용지 한 묶음을 사와서 다락으로 올라왔다.

"니네들 아래로 좀 내려가 있어."

그의 표정이 하도 진지하여 우리는 두말없이 자리를 내주고 사다리를 내려왔다.

그 뒤 그는 직장에서 돌아오면 우리가 무슨 말을 해 주는 게 없나, 기다렸다가 물어보곤 했다.

"나한테 뭐 온 거 없니?"

"없어."

그의 표정에는 다시 희망의 불씨를 키우는 사람의 행복한 불안이 서리고, 서성이는 기다림이 담기었다. 그를 제외한 나머지 가족들이 그 사진 건을 까맣게 잊어 갈 무렵, 조지 워싱턴 초상이 담겨 있는 우표의 힘으로, 편지 한 통이 우리 집 대문 안으로 날아와 떨어졌다.

내용이 궁금한 나머지 봉함 선을 따라 조심스럽게 뜯다가 만 편지를 어머니는 나에게 내밀었다.

"니가 기술적으로 잘 뜯어 봐라."

그리하여 나는 예리한 바늘 끝으로 자국이 나지 않게 봉함을 여는 데 성공했다. 어머니가 편지를 훑어보고 있는 사이, 나는 동봉된 천연색 사진 한 장을 꼼꼼히 들여다보았다. 귀가 혓바닥처럼 축 늘어진 커다란 개를 앞에 앉히고 뒤에 서 있는 여자는 명함판의 사진보다 나이가 좀 들어 보이긴 해도 같은 여자임이 분명했다. 팔이 긴 스웨터를 입지는 않고 어깨에 걸치기만 했는데, 그 소매 끝이 개의 머리에 닿을 듯했고, 허리에 얹고 있는 오른팔이 팔꿈치까지 드러나 손목에 차고 있는 검은 줄의 시계를 반짝거리게 했다. 명함판 사진에서는 서글서글해 보이던 눈매가 맵고 야무지게 변해, 활짝 웃고 있음에도 그 표정은 어딘지 선뜻 호감이 가지 않았다. 개와 여자의 등 뒤로는 푸른 잔디밭에 둘러싸인 하얀 집의 현관이 보였고, 현관 오른쪽으로는 분홍 꽃을 활짝 피운 유도화 나무가 있는가 하면, 왼쪽으로 블라인드가 걷혀 올라간 차고 앞에는 잿빛 승용차가 한 그루의 풍성한 나무 그늘 속에 잠기어 있었다.

잔디도 집도 자동차도 애완용 개도 시계도 하늘도 부유한 미국, 풍요로운 미국을 은연중 과시하고 있는 듯했다. 그럼에도 그 사진은 모르는 곳에 깊은 함정을 숨겨 가지고 있는 것처럼 보였다. 이것은 희롱이 아닐까. 금방 깨어질 꿈.

편지와 사진을 보고 난 어머니가 혼잣말처럼 중얼거렸다.

"무언지 얼떨떨하다. 길에서 1백만 환 뭉치를 줍는다 해도 이보다는 실감이 나겠다. 본디대로 잘 봉해 놔라."

봉투의 내면에 칠해져 있는, 접착성이 강한 풀 때문인지, 오빠는 자기보다 먼저 편지를 뜯어 본 사람이 있음을 전혀 눈치 채지를 못했다.

편지를 보고 난 오빠는 표정이 덤덤했다. 적어도 겉으로 보기엔 그랬다. 저녁밥을 먹으면서도 그는 회사에서 생긴 가벼운 누전 사고에 대해서만 말했다.

의아한 나머지 어머니는 그를 슬쩍 떠보았다.

"그래, 그 여자는 뭐라는 거냐?"

"읽어 보세요."

그는 남방셔츠 윗주머니에서 편지를 꺼내어 어머니에게 내밀었다. 어머니는 편지를 읽는 척만 하다가 사진을 한 번 더 들여다보았다.

"인물도 이만하면 반반해 뵈는데, 무엇이 아쉬워서 이런 여자가……."

저녁 내내 가시지 않은 의문을 그런 식으로 흘려버렸다.

"최근 사진을 한 장 더 찍어서 보내야겠어요."

어쩌면 그는 일부러 외면하려는 것인지도 몰랐다. 사실을 직시

한다면 그의 앞에 가로놓인 것은 벽뿐이었으므로 함정에 빠지는 한이 있더라도 새로운 돌파구를 마련해 보고 싶은 것인지도 몰랐다.

"하기야 니가 무슨 절름발이도 아니고, 애꾸눈도 아닌데, 기죽을 것 없다."

오빠의 의중을 희미하게나마 간파한 어머니는 생각을 돌리기로 작정한 모양이었다.

편지가 네다섯 차례 오가는 동안, 우리는 며느리와 올케가 될 여자에 대해서 단편적인 신상 파악을 할 수 있게 되었다. 그녀의 나이는 오빠보다 세 살 위였고, 하와이로 이민 온 부모가 죽고 나서 유산을 정리하여 본토로 이주했으며, 흑인 한 명과 한국인 유학생 두 명을 고용하여 조그마한 슈퍼마켓을 운영하고 있는데, 교회에는 나가지 않고, 영화 보는 것이 취미라고 했다.

혼담은 급진전되었다. 초청장과 수속에 필요한 서류 일체가 오고, 오빠는 고향의 시청으로, 동회로 뛰어다니며 수속을 밟기 시작했다. 그러는 한편, 무엇이든지 기술을 배워 가면 그곳에서 자리 잡기가 유리하다는 직장 동료의 권고로 용접을 배우러 다녔다. 직장에서 돌아와 손에 묻은 쇳녹을 닦고 저녁을 먹고 나면 쓰러져 자는 것이 고작이던 그의 일과는 새로운 삶으로 탈바꿈하려는 몸부림으로 열기가 가득했다. 푸른 범선이 그려진 우윳빛 사기 용기에 담긴 화장수를 바르고, 나르시스처럼 얼굴을 두들겨 대는 옛

습관도 되살아났다. 그는 그녀의 생일에 카드를 보내기도 하고, 김과 오징어를 사서 소포로 부치기도 했다.

그가 미 대사관 지정 병원으로 엑스레이 사진을 찍으러 가기 전날 밤, 어머니는 연탄 광 지붕 위에 마련된 장독대로 가서 정안수를 떠놓고 하늘을 우러러 두 손을 맞비볐다. 예전에 오빠가 앓던 병의 흔적이 사진에 나타나지 않게 해 달라는 것이었다.

비자 면접을 앞두고서는 밤마다 정안수를 갈아 놓고 빌었다. 어머니가 꺼림칙하게 여기는 것은 오빠의 다친 손가락이었다. "손을 무릎 사이에 꼭 감춰야 한다"라고 당부하기까지 했다. 오빠를 피엑스의 굳게 잠긴 문밖에 세워 두고 오랫동안 희롱해 온 망령이 되살아난 듯했다.

그러나 내가 사진 속에서 언뜻 엿본 것은 그런 것이 아니었다. 함정은 저쪽 미국 땅에 숨겨져 있다고 나는 확신했다. 너무나 깊어 상대방의 일체를 불문에 부치려는 듯한 함정. 유도화와 잔디밭과 승용차와 슈퍼마켓이 있는, 그래서 부족함이 없는 풍족한 미래를 약속해 주는 듯한 그 눈부심이 나에게 본능적인 경계심을 불러일으켰다.

공항 도로 양쪽으로 멀리까지 펼쳐진 김포평야에는 금빛 물결이 출렁거렸다. 달구지를 타고 가는 오누이의 손에는 날개를 파닥거리는 메뚜기들이 가득 담긴 사이다 병이 들려 있었다.

오빠는 명동 에스콰이어에서 맞춘 구두와 불입 기한이 두 달 더 남은 월부 양복으로 몸치장을 하고, 속주머니에는 아직 얼굴도 보지 못한 신부에게 줄 쌍금가락지를 품고, 손에는 스케치북만 한 엑스레이 사진을 든 채, 출국 통로 앞에 열 지어 늘어선 사람들의 뒤꽁무니에 몸을 붙였다. 그는 출영 나온 사촌이 건네준 껌을 입 안에서 우물거리고 있었다.

자동문이 한 번씩 열렸다 닫힐 때마다 줄은 짧아져 갔다. 울어서 눈이 퉁퉁 부은 사람들이 손을 흔들며 보이지 않는 국경선 너머로 사라졌다.

차례가 가까워지자 오빠는 입 안에서 우물거리던 껌을 꺼내어 어머니의 손바닥에 올려놓았다.

"어머니, 내 아들의 호적은 한국에다 올리겠어요."

아들이 씹던 껌을 어머니는 주저 없이 입에 넣었다. 북받치는 울음을 그 껌이 야금야금 삭여 가라앉혀 주었다.

드디어 오빠의 차례가 되었다. 양쪽으로 갈라지는 문 앞으로 다가가며 그는 주머니에서 뭔가를 꺼내었다. 그를 삼킨 문이 닫히기 직전, 우리는 검은 색안경을 낀 그가 손을 흔들고 있는 모습을 마지막으로 보았다.

그는 자기 앞에 닥칠 어떠한 고난에 대해서도 못 본 듯이, 앞으로만 돌진하려는 것처럼 보였다. 푸른 잔디밭으로 둘러싸인 하얀 집과 영양이 풍부하여 말만큼 큰 개, 활짝 웃고는 있으나 어딘지 눈매에 날카로운 발톱을 감추고 있는 듯한 여자의 모습을 한 함정, 그 속으로 두려움 없이 뛰어들기 위하여.

마침내 나는 취직이 되었다. 그것은 오빠가 손가락 3개를 잃은데 대한 보상인 셈이었다.

추석 무렵 오빠는 갈비 한 짝을 사 가지고 부인회장의 아들을 찾아갔다. 직장 얘기를 묻는 김 회장에게 오빠가 사고를 당한 얘기를 했다.

"내가 무능하여 자네에게 그런 변을 당하게 했네. 모친 볼 면목이 없네"라고 김 회장은 몇 번씩 되뇌었다고 한다. 오빠가 손을 다치게 된 것이 자기 책임이라도 되는 듯이 난감해하면서 김 회장은 동생의 취직자리를 적극 알아봐 주겠노라고 약속했다는 것이다.

그런 지 1주일 만에 나는 독립문 근처에 있는 ○○ 수도 사업소의 총무과장을 찾아가 보라는 전갈을 받았다. 타자직 자리 하나가 생겼다는 것이다.

그날로 타자 학원에 등록을 하고 나는 자판과 손 자리를 익혔다. 수강료를 더 내고 타자기 한 대를 완전히 혼자 독점하여 하루 10시간씩 두드려 댔다. 나흘 만에 더듬더듬 타자를 칠 수 있게 된 나는 ○○ 수도 사업소의 총무과장을 만나러 갔다.

독립문과 서대문의 중간 지점에 새로 지은 3층 벽돌 건물이 있었다. 아래층에는 은행이 있고, 2층, 3층으로 오르내리는 계단이 은행의 출입구와 별도로, 건물의 우측에 있었다. 그 계단 바깥에는 나무로 된 초라한 간판이 세로로 걸려 있었다.

나는 계단을 올라갔다. 검은 장화를 신고, 시청의 노란 마크가 가슴 오른쪽에 그려져 있는 감색 점퍼를 입은 남자들이 무리를 지어 아래로 내려오고 있었다. 나는 그중의 한 사람에게 총무과가 어디냐고 물어보았다. 고된 일터로 가는 그들의 철떡거리는 고무장화 소리가 내게 까닭 모를 두려움을 자아냈다. 절박한 희구, 식은땀……. 그러나 나는 내 뒷모습에 매여 있을 겨를이 없었다.

3층에는 총무과와 조정계가 함께 쓰는 커다란 방이 있었다. 학교의 교실 모양, 책상이 빽빽이 놓인 조정계에서는 수도 검침계원들이 검침 카드를 작성하고 있었다. 수도 계량기 뚜껑을 여는 갈고리가 군데군데 눈에 띄었다.

나는 북쪽 벽을 등지고 기역 자 모양으로 책상이 놓인 총무과로 갔다. 턱에 수염 자국이 거뭇거뭇하고 아랫배가 튀어나온 뚱뚱한 총무과장이 김 회장의 이름을 들먹이는 나에게 의자를 내밀었다. 총무과장의 옆 자리에는 양 볼을 빨갛게 물들인 타자수가 앉아 있었다. 그녀가 두드려 대는 타자 소리는 프라이팬에 콩을 볶는 소리와도 같았다. 그녀의 손가락 끝에는 보이지 않는 눈알이 박혀 있는 것 같았다.

내 마음은 비로소 후들후들 떨리기 시작했다. 문득 임용 고시 때의 일이 생각났다. 시험관 앞에서 유희를 해 보이다 뒤로 벌렁 넘어진 선배. 굴욕스러움을 정직한 용기로 바꾸는 안간힘. 그때 나는 얼마나 바보였었나.

남대문 시장에서 사 신은 내 싸구려 기성화를 물끄러미 내려다보던 총무과장이 물었다.

"김○○ 회장님이랑 무슨 사입니까?"

어디선가 시멘트 바닥에 철제 의자를 잡아끄는 소리가 났다. 어머니가 귀띔해 준 말이 떠올랐다. 누가 묻거든 김 회장의 사촌 동생이라고 해라.

"먼 친척이 돼요."

"타자 칠 줄 알지요?"

"네."

"1분간에 몇 자 정도 칩니까?"

"150자 정도."

"미스 리, 잠깐 자리 좀 비켜 줘요."

또다시 시멘트 바닥에 철제 의자 잡아끄는 소리가 났다.

"한번 쳐 보시겠습니까?"

잿빛의 비닐 덮개를 씌운 의자는 볼이 빨간 그 타자수의 체온으로 미적지근했다. 종이를 롤러에 끼우고 나서 나는 총무과장을 쳐다보았다.

"무얼 칠까요?"

"아무거나 생각나는 대로."

나는 자판을 두드려 댔다. 등을 적시던 식은땀이 진짜 땀으로 바뀌며 하얀 종이엔 활자들이 찍혔다.

솟사락 세게 송가락 세개 속사랑 에개 손가락 세게 솨가락 헤개 솜가랑 세개 속가락 세?

내가 치는 타자 소리가 '콩 볶는 소리'와 흡사하게 들리도록 나는 안간힘 썼다. 1분에 150타로 부족하면 200타를 치는 흉내라도 낼 것이다. 그러다가 뒤로 벌렁 넘어져 치마가 추켜 올라간다 해도, 나는 이 삶을 부둥켜안고 씨름할 것이다. 비록 엎어지고 구르더라도 삶 앞에서 가련하도록 정직한 나의 어머니, 나의 선배, 그 밖의 다른 많은 여자들이 그랬던 것처럼. 그것은 취직을 하느냐 못하느냐보다 훨씬 중요한 문제였다.

"그만."

나는 롤러에서 종이를 빼내어 총무과장에게 주었다. 오자투성이의 타자지를 훑어본 총무과장이 빙긋이 웃었다. 나는 그의 눈 속에서 내 비위를 맞추려는 미세한 떨림을 보았다. 그는 감히 나를 비웃지 못했다. 나는 총무과장이라는 거대한 조직으로부터, 그 너머의 더 큰 힘으로부터 시험을 받으면서도 내가 더 강하다는 것을 느꼈다. 그들보다 내가 더 강하다는 것을 알았다. 왜냐하면 내 속엔 몰락이든, 죽음이든, 진창이든, 심연이든, 저 정복되지 않는 생의 영원한 깊이 ─그 소름 끼치는 정면을 소리 지르지 않고 지그시 바라다볼 수 있는 눈이 열렸기 때문이다.

"손가락 세 개, 뭔지는 모르지만 아주 의미심장하군."

나는 고개를 창밖으로 돌렸다. 전봇대를 가로지르는 전깃줄에 검은 제비 두 마리가 나란히 앉아 꽁지를 빳빳이 세우고 있었다. 멀지 않은 곳에 먹이라도 발견된 것일까. 총무과장은 서랍에서 신원 진술서 용지를 꺼내어 나에게 주었다. 출근은 아침 9시, 퇴근은 저녁 6시라고 했다.

나는 밖으로 나왔다. 바람도 없는데 갑자기 이마가 서늘했다. 전깃줄에 앉아 있던 제비는 이미 어디론지 날아가 버리고 없었다. 하늘이 창호지처럼 뿌옇게 보였다. 나는 걸음을 옮겼다. 포도를 물들인 짙은 가로수 그늘이 파문을 일으키듯 일렁거렸다. 이제 나의 창에서도 사다리가 치워질 모양이었다. 그러나 더 많은 사다리로 불어난 나의 미래는 방금 시작되었던 것이다.

서영은 연보

1943년	강원도 강릉시 남문동 205번지에서 출생.
1961년(18세)	강릉 사범학교 졸업. 서울로 이사.
1965년(22세)	건국대학교 영문과 중퇴.
1968년(25세)	『사상계』 신인 작품 모집에 단편 「교(橋)」 입선.
1969년(26세)	『월간 문학』 신인 작품 모집에 단편 「나와 '나'」 당선.
1975년(32세)	한국 문학 퇴사.
1977년(34세)	창작집 『사막을 건너는 법』(문학예술사) 출간.
1978년(35세)	창작집 『살과 뼈의 축제』(문예비평사) 출간.
1980년(37세)	문학사상사 퇴사
1981년(38세)	장편 『술래야 술래야』(대운당) 출간.
1983년(40세)	단편 「먼 그대」로 제7회 이상 문학상 수상.
1984년(41세)	창작집 『황금 깃털』(나남출판) 출간. 최정희 전기 소설 『강물의 끝』(문학사상사) 출간.
1986년(43세)	『서영은 작품선』(문학사상사) 출간.

1987년(44세) 김동리와 결혼. 산문집『새와 나그네들』(청림출판사) 출간.

1989년(46세) 장편『그리운 것은 문이 되어』(청맥) 출간.

1990년(47세) 중편「사다리가 놓인 창」으로 제3회 연암 문학상 수상.
창작집『사다리가 놓인 창』(문학과비평사) 출간.

1991년(48세) 산문집『내 마음의 빈 들에서』(고려원) 출간.

1992년(49세) 창작집『길에서 바닷가로』(작가정신) 출간. 동화집『금
빛 자유』(동아출판사) 출간.

1993년(50세) 산문집『한 남자를 사랑했네』(미학사) 출간.

1995년(52세) 장편『꿈길에서 꿈길로』(청아출판사) 출간. 남편 김동리
별세.

1996년(53세) 동화집『바다를 꿈꾸는 달팽이』(신태양사) 출간.

1997년(54세) 『서영은 중단편 전집』(전 5권. 둥지) 출간.

2000년(57세) 장편『그녀의 여자』(문학사상사) 출간.

2002년(59세) 산문집『안쪽으로의 여행』(바다출판사) 출간.

2004년(61세) 산문집『내 사랑이 너를 붙잡지 못해도』(해냄) 출간.

2005년(62세) 산문집『(일곱 빛깔의) 위안』(나무생각) 출간. 일본어판
『먼 그대(遠いあなた)』(草風館) 번역 출간.

사다리가 놓인 창

초판 1쇄 인쇄일 · 2006년 1월 25일
초판 1쇄 발행일 · 2006년 1월 31일
지은이 · 서영은
펴낸이 · 임성규
펴낸곳 · 문이당

등록 · 1988. 11. 5. 제 1-832호
주소 · 서울시 성북구 동소문동 4가 111번지
전화 · 928-8741~3(영) 927-4990~2(편)
팩스 · 925-5406
ⓒ 서영은, 2006

홈페이지 http://www.munidang.com
전자우편 webmaster@munidang.com

ISBN 89-7456-326-6 83810